Best of
Mark Galsworthy

e pluribus unum

COOLNESS 3.0

Autorenverlag Berlin

© Autorenverlag Berlin

Umschlaggestaltung: Morgana Freundt, Berlin

Herstellung und Verlag: BoD - Books on Demand, Norderstedt

ISBN 978-3-739244594

Inhalt

1. Meinen Lesern 8
2. Mein Strebergarten 9
3. Der Apfelbaum 14
4. Die Eibe 17
5. Midnight Lady 20
6. Nordic Walking 22
7. Der Ausflug 25
8. Wiedersehen 27
9. Mein Wille geschehe 30
10. Hat es Helmut Schmidt geschadet ? 33
11. Himmelfahrt 35
12. Ganz in Weiß 38
13. Bindungen 40
14. Die Windmühle 42
15. Der Zwilling 44
16. Chapter One 46
17. Nur ein Traum 49
18. Der Augenblick 53
19. Coming Out 56
20. Bildbeschreibung 58
21. Schwere Geburt 59
22. a u d i 61
23. Leidenschaft 63

24.	Meine Postmaus	65
25.	Die Bäckerin	68
26.	Paul und Paula	70
27.	Perkussion	73
28.	Wer fürchtet sich vorm Schwarzen Mann ?	75
29.	Die Qualen des Theodore Antalos	78
30.	Abendmahl	82
31.	Shalom	85
32.	Spieglein, Spieglein in dem Sand	87
33.	Biß zum letzten Tropfen	89
34.	Fairytale	91
35.	Janis for freedom	94
36.	Bruderliebe	98
37.	Affentheater	102
38.	Immer am 1. August	104
39.	Und ab der Luzi !	108
40.	Inkarklatsch	112
41.	Leaf me	114
42.	Kopfbahnhof	116
43.	Happy Birthday	121
44.	Kling Glöckchen klingelingeling	123
45.	Im Auge des Betrachters	126
46.	Angeln macht Spaß	130
47.	Augenblicke	132
48.	Corpus delicti	134

49.	Das nasse Grab	137
50.	Ein Lump, der Böses dabei denkt	139
51.	Neulich auf der Buchmesse	142
52.	Die Brücke	145
53.	Ententanz	148
54.	Jürgen Rabe	151
55.	Gott sei Dank	153
56.	Der Höllenhund	155
57.	Damals in Woodstock	157
58.	Ruhestand	159
59.	Trauma	162
60.	Über die Planke	165
61.	I Will Always Love You	167
62.	Wahlabend	171
63.	Die feurige Nacht	173
64.	Walpurgisnacht	176
65.	Der grüne Schal	180
66.	2012 der Tag an dem die Welt erlosch	183
67.	Der letzte Flug	185
68.	Die Fallschirmjäger der Cluaran	187
69.	Nichts geht mehr	190
70.	Die Eisfee	193
71.	Wenn alte Liebe rostet	195
72.	Der Sonne entgegen	197
73.	Herodes	199

74.	Ha Ho He	202
75.	Stollenschicksal	205
76.	Erwin der Glücksritter	208
77.	Gelegenheit macht Liebe	210
78.	Father-Bull and Son-Bull	212
79.	Bananenpaul	214
80.	Hot Chicken	216
81.	Berlin ist eine Reise wert	218
82.	Der beste Freund des Menschen	221
83.	Rocker sind nicht durchweg braun	223
84.	Drei sind zwei zuviel	225
85.	Ritter Ethelbert von Rabenstein und der Drache	227
86.	Ritter Ethelbert von Rabenstein und der Keuschheitsgürtel	229
87.	Weihnachtsbäckerei	231
88.	Der Spandauer Weihnachtsmarkt	233
89.	Tim und Struppi	236
90.	Winterabend	238
91.	Und Lennard fährt zum Weihnachtsmann	240
92.	Sonnenuntergang	245
93.	Freiherr vom und zum Stein	247
94.	Un/Geliebte	249
95.	Metamorphose	250
96.	Herbst	252
97.	Entschuldigt	253
98.	Auf der Schwelle	255

99.	Flug	257
100.	In ihrem Sinne	259
101.	Atoll der Sinne	261
102.	Alz die Koralle heimkam	263
103.	Der Liebesbrief	265
104.	Schrödingers Katze	266
105.	Das Floß der Gescheiterten	267
106.	Freispruch für Tantalus	268
107.	Berater	269
108.	Wir machen was aus	270
109.	Platanenallee	272
110.	Das verschwundene Zimmer	274
111.	Ich weiß nicht, was soll es bedeuten	277
112.	Unter den Schwingen des Adlers	279
113.	Der Chor	281
114.	Daniel in der Löwengrube	284
115.	Das Bild von Walter	286
116.	Wenn sich die späten Nebel dreh'n	288
117.	Die Buche	290
118.	Mutter	293
119.	Nachruf	295

Meinen Lesern

An dieser Stelle möchte ich mich bei meinen Lesern bedanken, besonders bei denen, die mich zu dieser „Gesamtausgabe" drängten. Ich wünschen allen eine gute Unterhaltung.

Mein Dank gilt besonders auch Christel, Morgana und Sigrid für deren tatkräftige Unterstützung

Mark Galsworthy

Fest und stark ist nur der Baum,

der unablässig Windstößen ausgesetzt war,

denn im Kampf festigen und verstärken sich seine Wurzeln.

Seneca

Mein Strebergarten

Ja, da vorne links, die Auffahrt!

Moment, ich springe mal rasch raus und öffne die Schranke.

Sie war wieder nicht abgeschlossen, das waren sicher wieder die Neuen, die haben sich hier noch nicht so richtig eingelebt.

So, jetzt kannst Du auf dem Feld 37 parken, das ist für unsere Gäste.

Wo 37 ist? Na dort!

Siehst Du nicht die netten Keramiktäfelchen? Die hat unsere Frauengruppe getöpfert. Auf jeder ist ein anderes Küchenkraut drauf.

Was das für ein Kraut auf der 37 ist? Keine Ahnung, ich koche ja nicht.

Nein, um Gottes Willen n i c h t rückwärts einparken. Diese wertvollen Rhododendren vertragen keine Auspuffgase.

Ich finde Deine Idee hervorragend, Dir endlich auch einen Kleingarten zuzulegen.

Du wirst sehen, wie erholsam es ist, mitten in der Natur zu sein.

Und schau, wie schmuck unsere Anlage ist.

Die Hecken alle 1,25 hoch. Alles Liguster, der läßt sich hervorragend pflegen.

Ja sicher, wenn wir das nicht vorschreiben würden, pflanzte hier ja jeder was er will.

Schrecklicher Gedanke! Was sehe ich denn da?!

Wegerich, W e g e r i c h !

Auf dem Weg genau v o r der Hecke.

Der Gartenfreund ist gerade im Urlaub. Wenn er wieder hier ist, muß ich mit ihm reden, denn so geht es ja nicht. Dann muß er sich eine

Urlaubsvertretung organisieren. Er hat doch einen Sohn, der kann das doch übernehmen.

Was mich das angeht?

Na, Du bist gut, ich bin doch der Wegewart hier ! Was das ist? Das sagt doch schon der Name!

Ich überwache hier die Wege, damit wir eine schöne Gesamterscheinung bilden.

Das ist wie ein großes Orchester, das klingt auch nur dann gut, wenn alle demselben Takt folgen.

Ja, das ist ein offizieller Posten. Wege-, Wasser- und Gerätewarte gehören dem erweiterten Vorstand an.

Ja sicher! Wir sind sogar ein eingetragener Verein!

Was der erweiterte Vorstand macht? Einmal im Monat Frühschoppen im Vereinshaus.

Sicher gibt es dort auch Getränke, aber auch Beschlüsse. Was für Beschlüsse?

Viele!

Über unsere Sommerfeste, unsere Arbeitsdienste und Ordnungsmaßnahmen.

Wozu Ordnungsmaßnahmen? Ich gebe Dir mal ein Beispiel:

Letztes Jahr hat der Neue sich einen Grill gemauert. Verstehst Du? G e m a u e r t !

Was dabei ist ?

Gemauerte Grills sind auf den Parzellen verboten!

Das ist das ausschließliche Recht vom Vorstand und auch nur am Vereinshaus!

Was wir gemacht haben?

Also, im Vordergrund jeder Ordnungsmaßnahme steht ja der erzieherische Gedanke, also haben wir ihn erstmal bauen lassen. Und als er uns zur Einweihung einlud, haben wir ihm die Gartenordnung vorgelesen.

Er hat den Grill dann wieder abgerissen. Nein, eingeladen hat er uns dann nicht mehr.

Nein, das ist nicht weiter schlimm, wir sind hier eine eingeschworene Gemeinschaft!

So, da sind wir, hier ist mein Reich!

Jadanke, ich gebe mir alle Mühe, damit mein Schmuckstück auch eins bleibt.

Nein, das ist kein Pilz, das ist eine Bierfalle!

Noch nie gehört? Da füllt man Bier hinein, das lockt die Nacktschnecken an, die fallen rein und ersaufen.

Schöner Tod, gell? Hahaha...

Immer schön auf die Steinplatten treten, der Rasen ist sehr empfindlich, ich habe ihn gestern erst vertikutiert und nachgesät.

So, das ist meine Terrasse.

Nein, das ist kein Kalk, das ist Ameisenpulver. Wenn man die Biester nicht in Schach hält, laufen die hier überall herum, als wäre es ihr Revier.

Die Terrasse ist die Zinne eines Kleingartens!

Von hier aus residiert, kommuniziert und kommandiert man. Hahah…

Hallo Gartenfreund, ja das ist mein Arbeitskollege! Er interessiert sich für die freigewordene Parzelle!

Ja, sicher weiß er was Kleingärtnern bedeutet, ja diesmal gehe ich auf Nummer sicher, nicht daß uns wieder so ein Fauxpas passiert wie mit dem Vorgänger. Der pflanzte ja alles, was er wollte.

Du verstehst, er hat auch Sorgen. Du wirst nachher selber sehen, wie verwildert die Parzelle ist. Aber Du bekommst das schon hin! Und für gute Ratschläge hast du ja mich!

Was da an der Wand neben dem Wagenrad knistert? Das ist die elektrische Wespenfalle!

Ungemein effizient!

Wenn es Pflaumenkuchen gibt, dann knistert sie munter vor sich hin, und im Sekundentakt fallen die schwarzgelben Terroristen geröstet in den Eimer darunter. Und nachts wird es besonders schön, dann sieht man ihr UV-Licht glimmen und dann geht es sämtlichen Faltern ans Chitin. Hahaha...

Auf den Komposthaufen? Also Du machst mir Spaß! Weißt Du wie sowas riechen kann?

Und überhaupt, wie sieht das denn aus? Nee, nee ! Jeder bekommt ein halbes Dutzend Laubsäcke. Da kommt der ganze Pflanzendreck rein. Das ist eine feine Erfindung und saubere Lösung, schließlich sind wir doch keine Ökos! Hahaha...

Nein, das ist Pflicht! Die Gebühr für die Laubsäcke, wird zusammen mit dem Vereinsbeitrag und der Pacht kassiert. Aber das erkläre ich Dir noch alles ganz genau.

Bäume, wozu? Dann bist Du den ganzen Tag damit beschäftigt, irgend etwas vom Rasen zu harken. Ich müßte dann ja fast jeden Tag mit dem Laubsauger ran. Der ist zwar sehr praktisch, aber mit seinen 1500 Watt kostet mich das richtig Geld!

Und dann sind Laub und andere Dinge im Pool!

Nee, Bäume sind ganz schlecht, glaub mir! Wer ißt außerdem heute noch Obst?

Wie meinst Du das jetzt mit dem Gift?

Das ist doch auf dem Terrassenboden und wenn man mal zum Spray greift, müßte man es ja nicht Richtung Obstbäume tun.

Nein, Bäume sind einfach nur unpraktisch! Gemüse?

Selbstverständlich habe ich Gemüse!

Schau, dieser Topf mit Petersilie aus dem Supermarkt, der fühlt sich sehr wohl hier auf der Fensterbank!

Und die hier sind mein ganzer Stolz: Cocktailtomaten. Das ist bei mir inzwischen Tradition. Die sind lecker auf den Käsepiekern zum Erntedankfest!

Aber genug der Vorrede, ich hole mal den Schlüssel, und dann gehen wir zu Deiner künftigen Parzelle!

Was heißt, Du weißt nicht?

Du hast es Dir überlegt? Ja, nein, kein Problem. Ja, bis morgen im Büro.

Wer nicht will der hat schon.

Es ist schade, daß es Menschen gibt, die jeden Bezug zur Natur verloren haben!

Der Apfelbaum

Na, das wird ein hartes Stück Arbeit.

Fünf Meter hat er sicher. Ich kann mich noch daran erinnern, wie mein Vater ihn pflanzte. Ich durfte ihn dann mit meiner kleinen roten Gießkanne angießen.

Dann das Warten im nächsten Frühling und die Enttäuschung, als sich aus allen Knospen nur Blätter entwickelten und keine einzige Blüte.

Mein Vater tröstete mich und meinte, wenn ich ihn jeden Tag schön gieße, dann würde er im nächsten Jahr sicher blühen. Selbstredend bekam er nun jeden Tag eine Kanne Wasser von mir und sonntags sogar zwei.

Der Lohn der Mühe kam dann tatsächlich im nächsten Jahr: Elf rosa Blüten trug der Baum, und es waren die schönsten Apfelblüten, die ich bisher gesehen hatte.

Einige Wochen später waren sechs kleine grüne Kügelchen zu erkennen, und ich fieberte dem Herbst entgegen.

Bis dahin verlor er vier Äpfel, die wurmstichig zu Boden fielen. Nun bangte ich um die letzten zwei und fragte meinen Vater, wann diese wohl reifen würden.

Er meinte, daß es wohl bald soweit sei, und am nächsten Tag erschrak ich, weil an dem einen ein ganzes Stück fehlte. Irgendein Vogel hatte es herausgepickt. Ich rief meinen Vater, und er pflückte die beiden. Den angepickten brachte er Mutter für das Kompott, und den anderen gab er lächelnd mir.

Das war der schönste, wohlschmeckendste Apfel, den ich je gegessen hatte.

Ja, das ist nun 40 Jahre her. Es wird Zeit für etwas Neues. Mein Nachbar hat da schon recht.

Nicht nur, daß er ziemlich dicht am Zaun steht und mit seiner Höhe sein Rosenbeet verschattet; der Baum hätte seine Zeit hinter sich, meinte er. Und er als gelernter Kleingärtner mußte das wissen. Es gäbe jetzt so ganz kleine Apfelbäume, die könnte man sogar in Kübel pflanzen.

Am besten hole ich mal die große Leiter aus dem Schuppen, damit ich die Außenäste kappen kann.

Im Schuppen fällt mein Blick auf das Regal mit den Pflanzgefäßen. Oben drauf liegt meine alte Strickleiter. Während ich die Leiter heraustrage, denke ich wieder ein wenig rückwärts.

Mein Vater hatte mir, als der Baum etwas stabiler war, und ich aus dem Kindergießkannenalter heraus war, ein Minibaumhaus gebaut. Also, es war jetzt eher weniger Haus, als mehr Nest. Ich sah es als Piratenschiff, und das bestieg ich mit besagter Strickleiter.

Im Herbst enterte ich dann den Baum und erbeutete alle Äpfel, derer ich habhaft werden konnte. Das waren inzwischen so viele, daß sie in Mutters Apfelmus landeten, welches uns dann getreu durch den Winter begleitete, bis es gegen Frühling verzehrt war.

Ich stellte die Leiter auf und drückte die Holme mit einem starken Fußtritt auf die unterste Sprosse in den weichen Boden.

Ich hielt inne. Hier lag Doris, mein Meerschweinchen. Papa und ich hatten es hier begraben, nachdem es sein glückliches Nagerleben nach acht Jahren beendet hatte, und meine Mutter mich beim Wekken, ganz vorsichtig, darauf vorbereitet hatte. Ich stelle die Leiter lieber an eine andere Stelle.

Mit welchem Zweig sollte ich anfangen? Der lange dicke? Es war ein Ast, der kaum Nebenzweige hatte. Konnte er auch nicht, denn da hing die Schaukel dran. Die Schaukel, auf der Gitti von nebenan immer so gerne schaukelte, bis ich ihr ganz unvorbereitet einen Kuß gab. Anschließend schaukelte ich eine ganze Weile alleine, denn Gitti betrat unseren Garten nicht mehr.

Der zweite Kuß kam einige Jahre später, hatte schon ein etwas anderes Kaliber und war garniert mit duftenden Apfelblüten um uns herum.

Es war nicht Gitti, und sie floh auch nicht.

Im nächsten Frühjahr stand ein Kinderwagen unter dem Baum, dessen Krone nun stark genug war, Schatten zu spenden. Und es dauerte nicht lange, dann lief ein kleines Mädchen mit meiner alten Gießkanne herum.

Ich trat ein paar Schritte zurück. Seine Krone ist schon recht ausladend und seine Äpfel auch nicht mehr so groß wie früher.

Das letzte Mal, als wir in größerer Runde unter dem Laubdach saßen, war bei der Kaffeetafel nach der Beerdigung meines Vaters, als wir still unseren Kaffe tranken und niemandem zum Lachen zumute war. Bis Helmut einen Apfel auf den Kopf bekam und alles in Gelächter ausbrach. Als wollte uns der Baum sagen, daß das Leben weiter ginge. Vielleicht war es aber auch ein kleiner Trost von Paps gewesen.

Derweil hängt mein Nachbar über unserem Zaun und lobt mich ob meines Tatendranges. Irritiert schaue ich in seine Richtung, in seinen gelackten Garten, in dem er sogar mit einem Sauger durchfuhrwerkte, in seinem Wahn, aus der Natur ein Wohnzimmer zu machen. Alles wie auf einer Ausstellung für Gartenmöbel, mit der Natur als Dekoration.

Ich frage ihn, ob es nicht auch Rosen für Kübel gäbe, was er mir freudig bestätigt. Ich packe meine Leiter und gehe Richtung Schuppen.

„Dann kaufen sie sich die doch!"

Die Eibe

Endlich hatte er sie, die Fällgenehmigung. Triumphierend ging er vom Briefkasten in das Haus. Er zog seine alte Arbeitshose an und ein großkariertes Hemd, verließ das Haus durch den Hintereingang und ging zum Schuppen. Keine Sekunde wollte er vergeuden.

Bald hatte er alle Geräte zusammen und die große Kabeltrommel abgerollt.

Er stand vor ihr.

Die Eibe ragte vor ihm 5 m in den Gartenhimmel und schien sich der Gefahr nicht bewußt zu sein. Wie sollte sie wissen, daß er sie nur lästig fand, im Wege, Verschattungsobjekt.

Zu Weihnachten holte er sich lieber einen Tannenbaum zum Wegwerfen, als sie zu schmücken und ins Fest mit einzubeziehen.

Er hatte sie nicht gepflanzt und alles was er nicht selber gepflanzt hatte, gehörte auch nicht in seinen Garten. Da war er sehr konsequent.

In allem!

Auf den Naturschutz pfiff er, aber die Eibe war zu groß, zu sichtbar und stand zudem unter dem Schutz des Gesetzes.

Bis jetzt ! Im dritten Anlauf war es ihm endlich gelungen den Sachbearbeiter des Grünflächenamtes zu erweichen, der Fällung des Baumes zuzustimmen. Wahrscheinlich wollte jener aber nur endlich seine Ruhe haben.

Er warf einen letzten siegesgewissen Blick auf den Baum, steckte dann das Kabel der Kettensäge in die Kabeltrommel und schritt zur Tat.

In weitem Bogen regnete das Fleisch des Baumes in Spänen aus dem Schlitz, in dem Millimeter für Millimeter das Schwert der Säge versank. Als der Stamm halb durchtrennt war, machte er eine Pause.

Spürte er da etwas? Hatte sich etwas bewegt? Nein, das war sicher der Wind gewesen.

Er setzte die Säge an der anderen Seite des Stammes an, um dort einen Keil herauszuarbeiten, der die Richtung bestimmen sollte, in die der Baum fallen sollte.

Er legte abermals eine Pause ein.

Der Baum stand noch total senkrecht, als wäre sein Stamm nicht schon bizarr in eine klaffende Wunde und einen langen Schnitt geteilt.

Er legte die Säge beiseite und begann, vorsichtig von hinten den Stamm zu drücken. Vergebens. Er ging in den Schuppen und holte ein Seil. Er warf es in einem Bogen so hoch er konnte in den Baum, zog das herunterfallende Ende um den Baum herum, so daß er um den Stamm herum eine Schlinge in ca. 2 m Höhe hatte.

Er begann zu ziehen. Nichts. Er ging in den Schuppen und holte den alten Flaschenzug. Er schlug eine schwere Eisenstange in den Boden und befestigte daran den Flaschenzug mit dem Seil.

Nun bemerkte er eine Regung, die Eibe zitterte etwas mit ihren Nadeln, bis sie ganz langsam ihr Gewicht nach vorne verlagerte.

Dann kam der Punkt, wo die noch verbliebenen Holzfasern die Last nicht mehr halten konnten und sie kippte laut knirschend noch vorn.

Er machte einen Sprung zur Seite. Der Baum krachte direkt neben ihm auf den Boden.

Er fluchte!

Ein angebrochener Zweig hatte ihm am Oberschenkel getroffen. Durch den Riß des Stoffes sickerte etwas Blut.

Er ging ins Bad und zog die Hose aus. Eine kleine Schramme - nicht weiter wild. Er klebte ein Pflaster drauf, zog sich wieder an und ging wieder in den Garten, um aufzuräumen.

Im nächsten Frühjahr saß ziemlich genau an dieser Stelle die Kaffeegesellschaft im Garten. Sie hatte viel zu reden.

Über diese Wunde die nicht heilen wollte, die Tetanusspritze die nicht wirkte, die Entzündung, die Krankenhausaufenthalte, die Labore die zu keinem Ergebnis kamen.

Die Verzweiflung als sie ihm das Bein abschneiden mußten, weil es dunkelbraun und schorfig geworden war wie ein alter Baumstamm. Von der noch größeren Verzweiflung, als auch das nichts half, weil irgend etwas immer noch in seinem Körper sein Unwesen trieb.Die einen Ärzte tippten auf das Taxin die anderen auf Bakterien, doch nicht einmal die Obduktion brachte darüber Klarheit.

Alle erzählten, was sie wußten und jeder wußte etwas, aber alles Wissen war nicht der Rede wert.

Keiner bemerkte wie aus der Wunde, die er der Eibe zugefügt hatte, keine 2 m hinter ihnen, ein kräftiger hellgrüner Trieb wuchs

Midnight Lady

Instinktiv hatte sie es geahnt. Sie hätte nicht in das Haus eindringen sollen.

Irgendwann mußte sowas ja mal schiefgehen.

Sicher, sie war sehr erfahren in ihrem Job und beherrschte ihr Handwerkzeug wie im Schlaf. Ihre Sinne waren geschärft, und die Geschwindigkeit, mit der sie sich in manchmal ziemlich halsbrecherischen Aktionen die Fassenden entlang hangelte, war beachtlich.

Vor ihren Raubzügen baldowerte sie das Terrain stets penibel aus.

Auch hier war das nicht anders gewesen. Zwar sah es hier nicht nach fetter Beute aus, aber das eine oder andere Schnäppchen vermutete sie schon hinter dieser Fassade, die ihre besten Jahre schon lange hinter sich hatte.

Sie drang durch ein schludrig geschlossenes Fenster ein. Es war sehr leicht diesmal, allerdings beschlich sie direkt danach schon dieses ungute Gefühl. Sie konnte nicht genau sagen, was es war, aber irgend etwas lag in der Luft.

Diesen Gedanken verdrängend, schlich sie tastend die Wohnzimmerwand entlang. Sie erreichte die Tür, die ebenfalls nur angelehnt war, und gelangte so in den Flur. Es war ein langer und dunkler Flur.

Lautlos schob sie sich auch hier vorwärts. Ganz am Ende des Flures sah sie am Boden einen Lichtspalt. Dahinter hörte sie nun gurgelnde Geräusche.

Die Tür wurde plötzlich abrupt geöffnet, und ein großer Kerl in Unterhosen und Unterhemd stand im Türrahmen seiner Toilette.

Er schaute sie an.

Sie versuchte sich ganz eng an die Wand zu ducken, als wäre es ihr möglich, sich dort unsichtbar zu machen.

Mit einem Grunzen kam er langsam auf sie zu.

„Wen haben wir denn da?"

Sie erstarrte, war unfähig sich zu rühren.

Mit einem Satz überwand er den letzten Meter, der die beiden noch getrennt hatte.

Er packte sie mit einer Geschicklichkeit, die sie solch einem groben Kerl niemals zugetraut hätte.

Es war aus, dachte sie, aber sie wollte sich auch nicht in ihr Schicksal ergeben. Doch seine Hände umfaßten sie stärker als Schraubstöcke, es gab kein Entrinnen.

Er ging mit ihr in das Zimmer, in das sie durch das Fenster eingedrungen war.

Er stieß es mit dem Ellenbogen auf, hielt sie gefühlte Stunden über den Abgrund der Straße und setzte sie dann völlig überraschend auf den Sims.

Er schloß das Fenster diesmal richtig und rief ihr zu:

„Fang Deine Fliegen wo Du willst, aber nicht bei mir!"

Nordic Walking

Eins-zwei, eins-zwei, im Sauseschritt, die Stöcke fliegen, ich fliege mit!

Mit Jumps und meisterlichen Doppelstockschüben pflüge ich durch die Außenbezirke Berlins. Meine Arme laden so weit aus, daß Albatrosse vor Neid erblassen würden, wären sie nicht ohnehin schon farblos.

Neid bemerke ich in den Gesichtern, die ich achtlos links und rechts meiner Bahn zurücklasse. Ich weiß genau, was die denken. Zerrissen von ihrer eigenen Mißgunst, meine ich sie tuscheln zu hören, wo ich denn meine Ski gelassen hätte, warum ich denn ohne diese rumlaufen würde.

Ignorantes Fußgängerpack ! Von wegen umlaufen! Nordic walken bedarf eines höchsten Maßes an navigatorischem Können.

Taucht auf der Bahn z.B. in 10 m Entfernung ein Hundehaufen auf, dann sind alle Sinne gefordert!

Entfernung abschätzen, durch die exakte Schrittlänge teilen, die Auftreffwahrscheinlichkeit berechnen, und das alles in Bruchteilen von Sekunden. Bei einer Auftreffwahrscheinlichkeit höher 70%, sofort Ausweichkurs berechnen, sanft, aber schnell auf diesen einschwenken und nur ja nicht aus dem Takt kommen, oder was noch schlimmer wäre, die Geschwindigkeit verringern. Nulltempo gilt nur an roten Ampeln, aber ohne den Schrittrhythmus zu ändern.

Mögen diese Ignoranten doch behaupten, das sähe so aus, als wäre ein Aufziehhase gegen eine Wand gelaufen, was juckt mich das.

Mit Schrecken denke ich an das Frühjahr, als die Krötenwanderung war. Diese dummen Tiere sind ja total unberechenbar und entziehen sich jeglicher korrekter Kursberechnung.

In solchen Fällen kann die Devise nur lauten: „Augen zu und durch durch den Lurch!".

Was ich da anschließend an Lurchigem aus meinen Profilsohlen rauspuhlte, gab dem Begriff Salamanderschuh eine völlig neue Bedeutung.

Aber heute walkt alles perfekt.

An der Buswendeschleife biegen zwei Mitwalker auf meine Bahn ab und fädeln sich ein.Ein kurzes Kopfnicken reicht als Begrüßung, denn nun kommt die Zeremonie der Synchronisation der Bewegungen. Wie bei Musikern in einem Orchester wird der Takt übernommen und nun stampfen 6 Füße und staksen 6 Stöcke wie die Kolben eines Schiffsdiesels. Eins zwei, eins zwei…

Es ist ein sehr erhabener Moment, und er gibt uns den Habitus einer Marschkolonne. Wenn jetzt einer mit einem Marschlied begonnen hätte, wer weiß, ob wir rechtzeitig vor dem Ural zu stoppen gewesen wären.

An der Weggabelung verlasse ich die Formation, wippe kurz mit den Flügeln, ähm… Kopf und schwenke zur Siedlung, wo mein Reihenhaus nebst Inhalt auf mich wartet.

Stöcke an die Wand, Jacke aus, durchatmen. Müde, aber glücklich sinke ich in meinen Fernsehsessel.

„Schatz, kannst Du mir bitte mal ein Bier holen?"

„Stundenlang durch die Gegend rennen und nun will der Herr auch noch bedient werden!" schlägt es mir aus dem Badezimmer entgegen.

„Hol es Dir selber! Ich mach jetzt die Waschmaschine!"

Ich tue so, als hätte ich das Wort „rennen" nicht gehört. Sie wird das nie begreifen, dabei habe ich es ihr so oft schon erklärt, daß ich walke, wenn ich renne.

Ich stemme mich wieder aus dem gemütlichen Sessel empor, und bevor ich den ersten Schritt mache zucken meine Hände Richtung Stöcke, die verführerisch an der Wand lehnen.

Ich halte kurz inne, widerstehe dem Zwang, lasse sie dort stehen, wo sie sind und gehe barhändig in die Küche.

Hier wird mich ja keiner so sehen.

Der Ausflug

Er lief über die saftig grüne Wiese so schnell ihn seine kleinen Füße tragen konnten. Die Sonne gab ihr bestes an diesem Spätherbsttag, und der Wind wehte leicht aus der Richtung das nahen Waldes, trug die Würze der Nadelbäume mit sich, wenn er an dem kleinen Mann vorüber wehte.

Er blieb stehen. Da hinten am Waldrain hatte sich etwas bewegt. Er schlich sich langsam in diese Richtung, und dann sah er vor sich, tief ins Gras geduckt, das kleine Rehkitz. Zu gerne hätte er es gestreichelt, aber das durfte man ja nicht, weil die Mutter es dann nicht mehr versorgen würde. Er hatte das jedenfalls so gehört. Aber anschauen, anschauen ging ! Und so betrachtete er das kleine Tierbaby ganz still und ohne sich zu bewegen.

Im Augenwinkel bemerkte er eine Bewegung. Er sah etwas ganz langsam näher kommen. Es war die Mutter des Kleinen, die, ihn argwöhnisch fixierend, langsam näher kam.

Das Bambi bewegte sich immer noch nicht. Erst als die Mutter es zart mit ihrer Schnauze anstupste, hob es den Kopf. Es stand auf und suchte nach den Zitzen der Mutter, um zu trinken.

Es ging sehr schnell, auf einmal huschte ein Schatten über die beiden Tiere, und die Mutter sprang ein Stück in das Unterholz, in das das Kleine ihr auf staksigen Beinen zu folgen versuchte.

Er blickte nach oben. Ein weit ausgebreitetes Flügelpaar hatte diesen Schatten gesandt. Es war ein Kranich und somit keine Gefahr für Mutter und Kind. Der Teich war nicht weit, und im Schutz der alten Weiden, die dort standen, brüteten ganze Kolonien dieser wunderschönen Vögel.

Schnell spurtete er wieder los. Er breitete seine Arme weit aus und ahmte Flugzeugmotorengeräusche nach. Es war nicht weit, ein sanfter

Abhang führte zum Ufer. Er legte sich hin und ließ sich laut juchzend durch das frische Gras hindurch rollen, bis er am Ufer zu liegen kam.

Es war ein wunderschöner Teich, auf dem noch die letzten Seerosen blühten. Ab und zu schnappte ein Fisch nach Luft und hinterließ Luftblasen im Zentrum ringförmiger Wellen, die die Wasseroberfläche tanzen ließen. Er setzte sich ganz dicht an das Ufer auf ein sehr großes und dichtes Moospolster, steckte die Füße in das Wasser und stützte sich mit den Händen im weichen Gras ab.

Es war wunderschön. Er genoß diesen Augenblick und merkte gar nicht, wie seine Füße immer tiefer in den Boden des Teiches einsanken. Erst als sie so tief drin steckten, daß er sie nicht mehr bewegen konnte, wollte er sie wieder herausziehen. Kräftig drückte er seine Hände in das Gras. Doch je fester er drückte, um so tiefer versanken auch sie. Das ganze geschah nicht blitzschnell, aber mit der Stetigkeit eines Uhrwerks. Er spürte keine Schmerzen, ganz im Gegenteil. Arme und Füße schienen nur nicht mehr da zu sein. Er spürte sie nicht mehr.

Nur noch der leichte Wind war da. Eine vermeintlich unendliche Weile später öffnete er seine Augen.

Er bemerkte die Bewegung.

Unfähig selber einen Muskel zu bewegen, sah er eine Baumreihe an sich vorübergleiten.

Da war wieder dieser Geruch, ein angenehmer und vertrauter. Es war das Parfum seiner Mutter, die ihn wie jeden Tag durch den Stadtpark schob.

Zu gerne hätte er ihr von seinem Ausflug erzählt.

Wiedersehen

Er ging den hell erleuchteten gefliesten Flur entlang. Die Fußfesseln erlaubten ihm nur kleine Schritte.

Es war wie ein böser Traum.

Dabei wollten sie sich doch nur einen Traum erfüllen, ihren Traum!

Im Wohnmobil durch Kalifornien!

Lange hatten sie dafür gespart und zur Silberhochzeit konnten Sie sich diesen Traum endlich erfüllen.

Schon der Flug in diese ferne Welt war atemberaubend. Die Flugroute über die Gletscher Grönlands hinweg, dann über die Weiten Nordamerikas, die Schleife über die Golden-Gate und die Landung in San Francisco. Dann mit dem Campingbus auf den Highway 1 die Pazifikküste entlang südwärts nach Los Angeles.

Es war ein einmaliges Abenteuer, doch dann wollte sie an diesem einen Tag wieder einmal in einem richtigen Bett schlafen.

Dieses kleine Motel lag zwar wunderschön, machte auf mich aber keinen guten Eindruck. Ich weiß nicht, ob es an dem Blick des Portiers lag oder an den eigenartigen Möbeln, aber es sollte ja nur für eine Nacht sein.

Als die Morgensonne ihr Licht durch die Gardinen schickte, wurde ich wach. Ich setzte mich auf die Bettkannte und schaute durch den Spalt der Gardine auf das Meer.

Einfach wunderschön!

Heute wollten wir nun weiter Richtung Mexiko. Ich fragte sie, ob sie zuerst ins Bad wollte. Aber sie schlief tief und fest. Ich ging zurück zum Bett und tippte sie auf die Schulter. Sie mußte fest schlafen, als ich ihren Arm streichelte, kroch in mir Panik empor. Er war eiskalt. Was dann alles geschah, weiß ich nur noch sehr undeutlich.

Wie in einem Film erlebte ich Hotelpersonal, Sanitäter und diese Polizisten.

Diese arroganten Polizisten!

Sie begriffen nicht, daß ich sie nicht verstand.

Sie sprach perfekt Englisch, ich verstand noch nicht einmal Schlagertexte. Mit meinem Latein, das ich seinerzeit lernte, war ich hier an meinem Ende.

Der Dolmetscher - der Anwalt - ich begriff nur, daß sie an einer Überdosis irgendeiner Chemikalie gestorben war. Sie starb direkt neben mir, ging im Schlaf einfach heim und ließ mich hier zurück.

Das erste Urteil ging an mir vorüber, weil mein Anwalt mir bedeutete, daß er eh in die Berufung gehen würde.

Doch nun gehe ich, gehe ich diesen gefliesten Gang, der mein letzter Weg sein wird.

Die Wache, die vor mir läuft, macht halt und öffnet eine Tür linkerhand zu einem Raum. Auch er ist gefliest. In der Mitte steht eine Liege. Vor dieser angekommen drücken mich die beiden Wachen, die bisher links und rechts neben mir liefen, auf das weiße Einmallaken. Meine Arme und Beine werden angeschnallt.

Jemand redet etwas in diesem verdammten Englisch, als ein Bediensteter sich an meinem Arm zu schaffen macht. Mit einem Stich führt er eine Kanüle in meine Ellenbeuge ein und fixiert sie mit einem Pflaster.

Nun höre ich noch andere Stimmen, verstehe nichts. Ich spüre, daß sich etwas durch die Kanüle seinen Weg in meine Adern bahnt, wie eine böse Schlange in eine Kaninchenhöhle. Es beginnt zu schmerzen, meine Vene brennt wie Feuer, meine Augen werden immer kleiner, ich sehe nur noch durch den Saum meiner Wimpern.

Es wird dunkel.

Da höre ich ihre Stimme. Das Sterben ging ja leichter als ich dachte. Sie ruft meinen Namen, ich meine sie sehen zu können.

Sie freue sich, daß ich bei ihr sei.

Ja ich freue mich auch, aber wie soll das nun weiter gehen?

Mit aller Kraft bemühe ich mich meine Augen zu öffnen. Ganz verschwommen sehe ich einen Umriß. Er ist mit nicht fremd, es ist der mir vertraute.

Langsam, ganz langsam wurde das Blickfeld klarer. Sie ist es wirklich !

„Es wird jetzt alles anders!" sagt sie lächelnd und hält mir einen kleinen Vortrag über all die Dinge, die ich ab nun nicht mehr tun könne.

„Hören Sie auf Ihre Frau!" mischt sich nun eine Männerstimme ein. Ich bemühe mich, meinen Kopf in

ihre Richtung zu drehen. Es war mein Bettnachbar der ständig BBC hörte, auch wenn ich schlafen wollte.

„So, fertig!" fügt die Schwester hinzu, die gerade die Infusionsflasche gewechselt hat. „Und klingeln Sie wenn Sie, etwas möchten, ihre Wunde braucht jetzt absolute Ruhe!"

Mein Wille geschehe

Schön, daß Du da bist! Ich fühle mich so wohl Dein Gesicht zu sehen, Deinen Blick, Deine Nähe, nur lächeln, lächeln tust Du nie. Ich liebe Dein Lächeln, warum lächelst, warum lachst Du nicht? Ich kann es doch hören, ich kann es doch sehen, warum tust Du es nicht? Weil ich es im Moment nicht kann? Schau in meine Augen, ganz tief in ihnen kannst Du mein Lächeln sehen, schau doch bitte, nein schau nicht weg, ist es Dir so unangenehm mich anzuschauen? Habe ich mich so verändert? Ich kann hier keinen Spiegel sehen. Nur die Lampe über mir, dieses weiße Licht, keine Sonne, dabei weiß ich, daß sie gerade scheint, nur sehen kann ich sie nicht. Lächel doch bitte einmal. Ich sehe eine Träne in Deinen Augen. Weinen kann ich auch nicht mehr, meine Augen sind trocken. Deshalb bekomme ich von der Schwester Augentropfen.

Warum weinst Du heute nur so, sag es mir doch bitte, hören kann ich doch! Aber woher sollst Du das wissen. Verdammt, warum verweigern meine Lippen und meine Zunge ihren Dienst? Warum kann ich Dir nicht sagen, daß ich Dich sehe, rieche und daß ich Dich liebe. Ich liebe Dich wegen unserer gemeinsamen Zeit und weil Du jeden Tag kommst, mich hier zu besuchen, an meinem Bett, an diesem Bett, das mich bettet und fesselt, nein, fesseln tut mich mein Körper. Dieser Panzer, der auf mir liegt, wie aus Blei.

Du denkst ich schlafe, ich schlafe nicht mehr als Du, nur bemerkt ihr das nicht, weil ich mich beim Erwachen nicht räkle, nicht gähne mich nicht bewege, nicht bewegen kann. Aber ich weiß, daß Du spürst, daß ich denke und fühle. Sonst würdest Du nicht jeden Tag bei mir sein. Ich schäme mich fast, Dir diese Zeit abzuverlangen, aber ich genieße sie zu sehr.

Warum bist Du heute so aufgeregt? Warum trauriger als in den Tagen vorher? Du schaust zur Tür. Ich kann sehen weshalb. Der Chefarzt ist eingetreten. Ein netter Mann. Ich habe vor dieser Sache oft mit ihm gesprochen. Wir sind Segelfreunde und haben so manche Seemeile gesurft. Er hat mich allerdings noch nie angeschaut, also als Arzt schon, aber nicht als Freund. Ich glaube, er schämt sich, weil seine Therapie noch nicht wirkt.

Was sagt er zur Dir? Meine Patientenverfügung. Ja die ist für den Notfall, richtig. Ich will nicht leiden und an Apparaten hängen. Will mein Leben selber bestimmen. Er half mir, diese Verfügung so aufzusetzen, daß sie auch im Falle des Falles wirksam ist. Ich bin also für den Fall der Fälle gerüstet. Aber warum erwähnt er das jetzt? Mir geht es doch relativ gut, ich habe keine Schmerzen, kann sehen, riechen, denken und lieben. Sie kann ich lieben, die mir die Idee mit der Verfügung damals ziemlich übelnahm, weil sie meinte, ich würde ihr die Entscheidung nicht zutrauen.

Sie weint, sie sagt, sie würde spüren, daß noch aktives Leben in mir ist. Der Doc meint, sie sähe das esoterisch, vom medizinischen Standpunkt aus wäre ich austherapiert. Austherapiert – ein nettes Wort, er meint eigentlich, das ich tot bin ohne gestorben zu sein.

M A N N , ich lebe, Du Trottel, kauf Dir neue Apparate, wenn diese Dir das nicht zeigen !

Nun erklärt er ihr, daß nach der neuen Gesetzeslage die Patientenverfügung ein stärkeres Gewicht hat als ihr Wort und daß ein Intensivbett, wie das meine, sehr viel Geld koste.

Sie läßt ihren Tränen freien Lauf, und ich würde sie so gerne trösten, ihr sagen, daß sie sich nicht sorgen muß, daß ich gewiß wieder Gewalt über meinen Körper bekommen werde.

Ich kann es nur nicht, nicht jetzt. Aber jetzt ist der Doc am Werk und erklärt mich für hirntot. Sie kann nur noch schluchzen, sie rennt aus dem Raum. Diesmal hat sie mir nicht einmal einen Kuß gegeben.

Ich bin allein mit dem Arzt.

Er schaut mir immer noch nicht in die Augen. Er legt ein paar Schalter an den beiden Geräten auf meinem Nachttisch um, löscht das weiße Licht und verläßt den Raum.

Ich denke über die Situation nach, vermisse den nicht erhaltenen Kuß meiner Liebsten und versuche einzuschlafen.

Meinen Atemzügen gelingt es aber nicht mehr, meine Lungen bis in ihre Spitzen mit frischer Luft zu versorgen, die fehlende Unterstützung durch den Atemschlauch macht dies unmöglich. Ich würde nach Luft ringen, könnte ich mich bewegen. Meine Bronchien beginnen zu brennen. Ich habe Todesangst und bin mit dieser ganz allein.

Ohne mich bewegen zu können, kämpfe ich gegen den Tod, aber ohne die Apparate habe ich keine Chance.

Patientenverfügung - leicht verfügt, wenn einem nichts fehlt, mich bringt sie nun um. Läßt mich einen schrecklichen Tod sterben, weil keiner meine Schmerzen, die ich vorher nicht hatte, lindert, weil ich schon als tot gelte.

Ich verrecke wie ein angefahrenes Tier im Straßengraben.

Ein Schmerz in meinem Brustkorb . . .

In Deutschland liegen ca. 15.000 bis 30.000 Menschen im Wachkoma.

Nach neuesten Untersuchungen von Boris Kotchoubey von der Universität Tübingen, sind bis zu 40 Prozent der Wachkoma-Diagnosen falsch.

Hat es Helmut Schmidt geschadet?

Langsam komme ich zu mir. Ich blicke auf meinen Nachttisch. Wo waren meine Zigaretten? Ach ja, hier im Krankenhaus darf ich ja nicht. Aber das ist bald vorbei. Er habe keine Schmerzen mehr. Die lange Wunde in meinem Brustkorb tut nicht mehr weh, und ich habe ja noch einen Lungenflügel. Ist doch sowieso alles nur Propaganda. Wären Zigaretten schädlich, wären sie ja verboten.

Ich rauche schon seit meinem zwölften Lebensjahr, und mein Vater hatte mir damals die erste angeboten. (Hier mein Junge, damit Du es nicht heimlich machst!) Also so richtig geschmeckt hatte sie mir damals nicht, aber für meinen Vater schien ich nun erwachsen zu sein. Der Geschmack kam dann doch ziemlich schnell, und in der Schule begann das spannende Spiel „Lehrer jagen Raucher". Das ging so: Man versteckte sich auf dem Schulhof hinter den Büschen und die Lehrer mußten einen beim Rauchen erwischen. Ab und zu gelang es denen sogar, denn die hatten unfairer Weise einen sehr kleinwüchsigen Referendar auf ihrer Seite, den unser Beobachtungsposten immer für einen Schüler hielt.

Für mich war das nicht weiter schlimm. Mein Vater erschien vorgeladen beim Direktor, welcher, bei dem ganzen kalten Rauch, den mein Vater mit sich herum- schleppte, genau wußte, wie unsinnig die Standpauke war, die er mir und meinem alten Herren hielt.

Meine Nikotinfinger wurden irgendwann mein Marken- und Erkennungszeichen: „Freier Rauch für freie Bürger".

Mann, was war das für ein Terz, als sie im Büro anfingen, einen auf rauchfrei zu machen. Sollen doch die rausgehen, denen es nicht paßt, sind doch Frischluftfanatiker.

Und überhaupt, Helmut Schmidt hat es doch auch nicht geschadet. Er qualmt wie ein Schlot und ist über 90!

„Rauchen kann tödlich sein!"

Ja kann es, Strom auch, steht das auf den Steckdosen? Man kann auch in der Badewanne ertrinken, wird baden nun für Personen unter 18 verboten?

Mann, ich könnte mich aufregen. Ich brauche eine Zigarette!

Ich schwing mich aus dem Bett, gehe zum Regal. Neben dem Waschbecken, da müßte doch noch eine Packung liegen.

Da geht die Tür auf, und zwei Pfleger kommen herein.

Im Schutz der geöffneten Tür können sie mich nicht sehen. Ich fädle mich um die Tür herum in den Flur.

Die Kantine!

In der Kantine gibt es sicher Zigaretten! Schnell den Gang hinunter links um die Ecke. Da ist die Glastür. Sie ist geschlossen, Feierabend. Die Küchenhilfe wischt den Fußboden; sie schaut kurz in meine Richtung - ich winke ! Sie wendet sich wieder ihrem Wischmop zu und fährt mit ihrer Arbeit fort.

Dann frage ich halt die Pfleger. Notfalls zahl´ ich denen was extra, schließlich bin ich ja Privatpatient.

Also zurück zu meinem Zimmer. Die Tür steht immer noch offen. Sie schieben gerade mein Bett hinaus, na wurde auch Zeit, das mal zu wechseln.

Ich spreche den einen an, der aber nicht reagiert. Der andere zupft an der Decke, und als sie dann mit dem Bett durch mich hindurch fahren, sehe ich die Hand, die unter der Decke hervor gerutscht ist, und mein Blick bleibt an den beiden gelben Fingern kleben.

Himmelfahrt

Ich war ganz aufgeregt. Nun sollte sie beginnen, meine große Fahrt. Jahrelang hatte ich mich darauf vorbereitet. Nicht mit diesen fauchenden stinkenden Heißluftballonen, nein mit einem Fesselballon. Das war kein Fliegen, das war Fahren - ein schwereloses Gleiten durch die Luft.

Die Haltetaue waren gelöst. Ganz gemächlich hob sich der Ballon in die Luft. Alles unter mir wurde kleiner und kleiner und konnte bald schon nicht mehr von meiner Netzhaut aufgelöst werden.

Da fiel mir beim Beobachten des Höhenmessers auf, daß er nicht weiter stieg.

Ich mußte Ballast abwerfen und öffnete den ersten Sandsack.

Fein rann der Kies durch meine Finger der Erdoberfläche entgegen. Bei diesem Anblick dachte ich an meinen Freund, damals in der Kinderzeit. Fast jeden Tag spielten wir zusammen auf dem Spielplatz. Streit gab es selten, und doch war da etwas in einer ganz dunklen Ecke meines Gedächtnisses.

Robert hatte damals so ein ganz modernes Auto zum Aufziehen bekommen. Einen kleinen Rennwagen mit richtigen Gummireifen. Da konnte mein Schwungradauto nicht mithalten. So sehr ich es mir auch von meiner Mutter wünschte, dieses Rennauto war ihr zu teuer. Robert hatte nicht mitbekommen, daß ich in einem unbemerkten Augenblick das Uhrwerk so überzog, daß die Feder sprang. Er war todunglücklich, und ich tröstete ihn auch noch.

Das war gemein von mir, und heute schäme ich mich dafür.

Der Sack war nun leer und riß mich aus den Gedanken. Ich faltete ihn zusammen und verstaute ihn. Eine Weile später war der Aufstieg wieder vorbei. Ich griff Sack Nummer 2 und entleerte ihn.

Diesmal rann der Sandstrom in kleinen Turbulenzen der Luft kreisend abwärts, ähnlich wie bei den Versuchen im Physikstudium.

Das war eine verrückte Zeit. Wir hatten gelernt aber noch mehr gefeiert. Und da waren meine Kommilitonen Chris und Tina. Die beiden waren ein Paar.

Nach einer feuchtfröhlichen Feier überredeten wir Tina zu einem Dreier. Am nächsten Morgen war sie verschwunden, und auch Chris hatte nie wieder etwas von ihr gehört.

Heute finde ich das nicht mehr so prickelnd - auch dafür schäme ich mich.

So wie der Sandstrom versiegte, als der Sack leer war, versiegten auch meine Gedanken wieder.

Ich überfuhr jetzt einen See.

Das Wasser so blau wie die Adria, an der ich manchen Urlaub verbrachte, mit meiner Frau. Wir hatten 7 schöne Jahre und 3 Kinder miteinander, als sie die Scheidung wollte.

Der Blick auf den Höhenmesser ließ mich den nächsten Sandsack öffnen.

Der Sand rieselte wie Goldstaub im Licht der Sonne in den Abgrund.

Sie wollte die Scheidung, sie bekam ihre Scheidung und darüber hinaus nur das, zu dem ich vom Familiengericht verurteilt wurde, keinen Pfennig mehr.

Nur den Kindern machte ich Geschenke, die sich ihre Mutter und ihr neuer Freund, dieser Schöngeist, nicht leisten konnten.

Das war schon fies von mir, und ich bereue auch das zu tiefst.

Wieder ging es dank des Abwurfes etwas höher, aber die Nadel des Höhenmessers ging nicht über 300 Meter hinaus.

Einen Ballastsack hatte ich noch. Es war nicht nur der letzte, es war der schwerste. Er ging auch schwerer auf als die anderen. Es war inzwischen windstill, sodaß ich meine Position hielt.

Der Sand rann wie Staub zur Erde.

„Staub zu Staub" schoß es mir durch den Sinn. Das war dieser Satz damals, den ich bei der Trauerfeier meiner zu früh verstorbenen Mutter hören mußte, und der mich zu dem Schluß führte, daß die Welt reine Physik war.

Alles konnten wir erklären, wollten wir beweisen und kamen bei den wirklich wichtigen Fragen kein Jota weiter. Keine Kraft durfte wirken, die wir nicht erforschen konnten.

Schicksal, Liebe, Glauben – alles Firlefanz, zu recht in die Abstellkammer des vergangenen Jahrtausends entsorgt.

Quarks, Neutrinos, Quanten - das waren die wirklichen Herrscher des Universums. Ihre Wirkungen konnten wir messen, indem wir sie in riesigen Ringtunneln aufeinander prallen ließen, um dann aus den Spuren, die ihre Bruchstücke auf Folien hinterließen, die Weltenformel herauszufinden.

Daß ich täglich von Kräften geschützt und versorgt wurde, die an keiner Tafel eines Hörsaals mit Kreide geschrieben auftauchten, ließ ich nicht mehr in mein Bewußtsein.

Aber ich spürte, daß da was war. Nichts Greifbares, nichts was man erforschen, geschweige denn berechnen konnte. Etwas war da, auch wenn man es ignorierte und verneinte.

Ja, auch meine Ignoranz bereue ich aufrichtig.

Mein Blick geht zum Höhenmesser. Die Nadel bewegt sich wieder. Sie zieht langsam aber stetig ihre Kreise, bleibt nicht mehr stehen.

Die Gondel steigt dem Himmel entgegen.

Ganz in Weiß

„Wir sind heute hier zusammengekommen…."

Die Worte des Pfarrers kamen für ihn wie aus einer fremden Welt. War das hier real?

Er blickte neben sich, hinter einem weißen Schleier erahnte er die Gesichtszüge seiner Sophie.

Wie ein Film lief vor seinem geistigen Auge alles ab, was vor 20 Jahren begann.

Sophie, die Tochter des Nachbarbauern, mit ihren frechen Zöpfen und ihrem noch frecheren Mundwerk. Wie viel Spaß hatten die beiden beim Spielen auf dem Hof und im nahen Wald. Sie sammelten nach manchem Wolkenbruch Schnecken von den Feldwegen und beobachteten im Frühjahr die Kröten, die dann diese querten, um zum Teich zu gelangen.

Noch vor der Schulzeit waren sie sich einig, später einmal zu heiraten, und er mußte, wenn er ihre Lieblings- puppe im Puppenwagen schob, versprechen, daß er später nicht sooft weg sein dürfe wie ihr Vater, der fremde Häfen öfter sah, als seine Familie. Besonders zu Weihnachten solle er immer zu Hause sein. Dieses Versprechen gab er ihr gern, ließ ihn die christliche Seefahrt doch ziemlich kalt.

Er war nur ein Jahr älter als sie, aber das reichte, da man zwar in dieselbe Schule, dort aber nicht in dieselbe Klasse ging. Es gab Zeiten, da dachte er ernsthaft darüber nach, ob er nicht einfach einmal sitzen bleiben sollte. Aber dazu war sein Ehrgeiz zu groß, wollte er doch so bald wie möglich studieren, um Richter zu werden, um die Welt gerechter zu machen.

Aber sie hatten ja die Pausen und die übrige Freizeit. Hier, weit ab vom sozialen Whirlpool der Großstadt, hatten sie eine wunderbare Kindheit.

Später machten sie im Alpenverein die herrlichsten Bergtouren, hatten Aussichten, die sich nur dem ehrgeizigen Kletterer boten und genossen Arm in Arm so manches Alpenglühen.

Nun war ihr ganz großer Tag. Immer hatten sie davon geschwärmt, beim Klang des Hochzeitsmarsches die Kirche zu betreten. Sie taten es gemeinsam, denn ihr Vater war gerade irgendwo vor Kap Horn. Aber sie hatten sich, und alle sollten heute daran teilhaben.

Er achtete nicht auf die Worte des Pfarrers. Dessen Ausführungen über das Leben der beiden waren für ihn eher Hintergrundgeräusche. Seine Sophie beherrschte sein Denken und Fühlen. Auch daß die Kirche gefüllt war bis zum letzten Platz, drang nicht in sein Bewußtsein. Er mußte nur aufpassen, nicht die richtige Stelle zu verpassen, an der er reagieren mußte.

Und so schwelgte er in der Erinnerung, bis er die Worte hörte „Was Gott zusammengeführt hat, soll der Mensch nicht trennen!"

Jetzt rappelte er sich, gleich mußte es kommen. Dröhnend setzte die große Orgel ein. Die Bässe der großen Pfeifen brachten seinen Brustkorb in leichte Schwingungen.

Da begann die Sängerin kraftvoll.

„Ave Maria! Jungfrau mild, erhöre einer Jungfrau Flehen, aus diesem Felsen starr und wild soll mein Gebet zu dir hinwehen. Wir schlafen sicher bis zum Morgen…

Mühevoll stützte er sich auf seinen Gehstock, um aufzustehen. Er schaute auf den weißen Sarg, der nun angehoben und an ihm vorbei den Gang entlang getragen wurde.

„Bis bald Sophie!"

Bindungen

Früh brachen sie von der Mönchsjochhütte auf. Vorbei an den Resten des ausgebrannten Berggasthauses am Jungfraujoch ging es zum Rottalsattel. Immer wieder zog das Dreigestirn der Berner Alpen die Männer an, sich mit ihnen zu messen. Noch lange hatten sie sich nicht sattgesehen an dem Panorama des Berner Oberlandes.

Nach 3 Stunden lag der Gipfel nicht mehr allzu weit entfernt. Die Steigung betrug gut 45° und sie waren sehr konzentriert, da unter ihnen der Berg steil in das Rottal abfiel.

Es war keine sehr schwere Strecke, da hatten sie schon ganz andere Berge bezwungen, und bisher hing noch keiner von ihnen jemals im Seil, waren sie immer genauso gesund aber um vieles befriedigter heruntergekommen, als sie heraufgekommen waren.

Die junge Sonne stand am Vormittagshimmel und wärmte den Berg. Das Eis glänzte wie Silber. Heute stieg er als zweiter. Sein Freund bahnte und bestimmte den Weg, und er folgte in dessen Spuren.

Wie es genau geschah, bemerkte er nicht. Es war wohl ein leichtsinniger, nicht sorgfältig gesetzter Tritt gepaart mit der Glätte des angetauten Eises.

Er rutschte aus und fiel auf sein linkes Knie. Geistesgegenwärtig schlug sein Partner seinen Pickel tief in das Eis. Er suchte mit dem rechten Fuß Halt, den er aber nicht fand. Also drückte er sich langsam mit dem linken Bein ab, um so dem rechten Fuß mehr Radius zu geben, festen Halt zu finden. Da gab das verharschte Eis auch auf der anderen Seite nach. Er fiel auf den Bauch und rutschte den Hang hinab bis ihn das gestraffte Seil hielt.

Er atmete schwer.

Von oben rief sein Freund: „Spreiz die Beine und preß die Füße ins Eis. PRESSEN!"

Der hatte gut reden, da war ja nichts zu pressen. Er spürte wie der Abgrund versuchte, ihn zu greifen, um ihn zu verschlingen.

„Ganz ruhig, atme ganz ruhig!" kam nun wieder so ein kluger Rat, als wüßte er nicht, daß es in dieser Höhe schon wichtig ist, richtig zu atmen.

Er spürte einen steten Zug am Seil. Langsam kam er vom Seil gestützt in die richtige Richtung in Bewegung.

„Ja, weiter so, gleich ist es geschafft" In diesem Moment riß das Seil.

Er wurde in die Tiefe gezogen und seine Sinne schwanden.

Als er wieder zu sich kam, fühlte er wie ein Stück des Seiles auf seinem Körper lag und seine Wange getätschelt wurde.

„Ein prächtiger Junge! Herzlichen Glückwunsch!"

Sein Schrei hallte durch den Kreißsaal.

Die Windmühle

Die Windmühle drehte sich in der leichten Brise, und die Farben ihrer Flügel leuchteten in der Herbstsonne.

Eigentlich wollte sie sie ja längst weggeräumt haben, und warum sie noch dort stand, wußte sie eigentlich nicht.

Versonnen beobachtete sie das Farbenspiel der kleinen Plastikflügel, die ununterbrochen ihre Kreise um den kleinen rostigen Draht zogen.

Er war schon lange weg, war längst in seiner neuen Welt, nur dieses Windrad zeugte noch von der Zeit, als er hier aufwuchs.

Einer der Flügel hatte einen kleinen Riß, der bei jeder Runde das Holzstäbchen berührte und ein kleines Ratschen erzeugte.

Die Perkussion dieses Risses und das Farbenspiel ließen sie tief in Gedanken versinken.

Die Realität verschwamm, und ihr erschienen Bilder einer vergangenen Zeit.

Ihr Mann gebärdete sich wie ein Irrer, als sie ihm den positiven B-Test unter die Nase hielt.

Ein Sohn, endlich ein Sohn! Er war total aus dem Häuschen, als stünde auf dem Test gleich das Geschlecht mit drauf.

Sie mußte damals lachen. Das war typisch Mann: Jahrelang auf Nachwuchs warten, und wenn er sich dann endlich einstellte, dann konnte es selbstverständlich nur ein Junge sein.

Zu seinem Glück war es dann auch ein Junge, den sie unter den erst wachsamen, dann feuchten Augen ihres Mannes gebar.

Die Wohnung hatte sich derweil in ein Kinderparadies verwandelt, nach dessen Ausstattung sich so manche Kinderkrippe sehnen würde.

Stolz wurde der Kinderwagen durch die Nachbarschaft geschoben.

Man(n) ging zum Kinderturnen, Fußballplatz, Pfingstausflug.

Nie hatte sie ihren Mann so gelöst und glücklich erlebt. Kaum konnte der Stammhalter laufen, stand schon ein chromblitzendes Kinderfahrrad im Flur.

Dank väterlichen Coachings konnten die Stützräder bald abgeschraubt werden, und die Männer veranstalteten ihre ersten Fahrradtouren.

Sie konnte sich an keinen genauen Zeitpunkt erinnern, an dem es begann. Man nimmt ja nicht jede Kleinigkeit auf die schwere Schulter.

Sie bemerkten, daß der kleine Mann beim Absteigen vom Rad Probleme mit dem Gleichgewicht bekam.

Damit begannen die dunklen Wolken über ihrem Idyll aufzuziehen.

Sie erhob sich von der Bank und ging an der kleinen Kapelle vorbei zum Tor.

Hinter ihr drehte sich die bunte Windmühle auf dem kleinen Hügel wie das Rad des Lebens.

Der Zwilling

Es war kurz nach halb Drei, als ihn dieses Gefühl übermannte. Und er wußte, daß es ratsam war, sich Gewißheit zu verschaffen.

Seit ihrer Kindheit kannte er dieses Gefühl. Sie waren, wie Zwillinge es zu tun pflegen, unzertrennlich, aber wenn es dann doch vorkam, daß sie getrennt waren, blieben sie irgendwie miteinander verbunden. Und wenn der eine in Problemen steckte, blieben sie dem anderen über dieses „Band" nicht verborgen. Nicht, daß der eine dann wußte, was der andere gerade tat, aber es war dieses Gefühl da, das ihnen gebot, sich um den anderen zu kümmern.

Sie hatten ja Glück, daß ihr Vater, ein altsprachenbegeisterter Oberstudienrat, sich mit den Namen Castor und Pollux, nicht gegen ihre Mutter durchsetzen konnte, die ihnen, auch nicht sehr originell, die Namen Karl und Heinz verpaßte. Vielleicht hatte sie ja im Hinterkopf die Zeitersparnis, wenn sie beide gleichzeitig rufen wollte.

Wie nicht anders zu erwarten, hatten beide dieselben Interessen, dieselben Lieblingsfächer in der Schule und machten anschließend dieselbe langweilige Banklehre. Nach dieser blieben sie sogar bei derselben Bank, allerdings in unterschiedlichen Abteilungen. Karl widmete sich der Immobilienfinanzierung und Heinz wurde Investmentbanker.

So wurden sie zwar räumlich voneinander getrennt, blieben aber informativ auf das engste verbunden.

In wenigen Sekunden war die Verbindung über den Atlantik aufgebaut. Er hörte das Freizeichen und kurz darauf die Stimme von Heinz.

Dieser war froh mal wieder in seiner Muttersprache mit jemandem reden zu können. Schnell war klar, daß keine Probleme im Raum standen, und daß das Wetter bei beiden wunderschön war an diesem Spätsommertag.

Man verabredete sich fest für Weihnachten, das in der Heimat ungleich schöner sei, vor allem wenn die ganze Familie sich dann versammeln würde.

Das Gespräch ging seinem Ende entgegen, und Karl erzählte noch kurz eine lustige Begebenheit von seinem Dackel.

Heinz lachte und drehte sich zur Fensterfront seines Büros.

Einen Herzschlag lang dachte er, er wäre in einem Traum, einem surrealistischen Albtraum. Keine hundert Meter vor ihm raste der riesige Bug eines Flugzeuges auf ihn zu.

Den Einschlag in den Tower bekam er schon nicht mehr mit.

„Der Teilnehmer ist zur Zeit nicht zu erreichen", drang statt der Stimme seines Zwillingsbruders an sein Ohr.

Naja, sowas kam vor. Er legte sein Telefon wieder an seinen Platz und ging zum Fenster und schaute hinaus.

Das Gefühl, das ihn getrieben hatte, seinen Bruder zu erreichen, war verschwunden.

Plötzlich meinte er so etwas wie einen kurzen Ruck in seinem Kopf zu spüren.

Irgend etwas schien sich in ihn hineinzuschleichen. Etwas was ihn vor langer, sehr langer Zeit verlassen hatte, und das nun heimkehrte.

Chapter One

Wie jeden Abend saß er an seinem Extratisch im Lokal, wie immer hatte er den breitkrempigen Stetson auf und blickte mit leicht zusammengekniffenen Augen in die Runde.

Er war die absolute Autorität. Nicht nur, daß er das Chapter hier im Herzen Neuköllns mit aufgebaut hatte, er war jahrelang Sergeant at Arms.

In dieser Funktion führte er ein hartes Regiment, um nicht nur die Truppe zusammenzuhalten, sondern auch gegen konkurrierende Gruppen zu verteidigen.

Er langte, wo es nötig war, kräftig hin und war nicht nur einmal im Bau deswegen. In den Knastzeiten wuchs auch stets seine Tattoosammlung und sein Ansehen in der Gruppe.

Er wurde bald Vice-President und nach dem tragischen Unfall seines Vorgängers President.

Und das war er nun schon fast 30 Jahre.

Alle nannten ihn nur Rocky, und es gab manche, die seinen richtigen Namen gar nicht kannten.

Er war ein Kerl wie ein Baum und nicht einmal die Kugel in seiner Hüfte, die er von den Bandidos verpaßt bekommen hatte, beeindruckte ihn wirklich.

Für ihn war das fast eine Art Auszeichnung, so wie der gebrochene Mittelhandknochen, den er sich im Gesicht eines Bullens lädiert hatte, als der ihn mit zwei Promille festnehmen wollte.

Ja, auch bei der Polizei hatte er seinen Ruf, und sie schickten immer lieber einen Funkwagen mehr als zuwenig, wenn sie etwas mit ihm zu klären hatten.

Er meinte, seit einigen Tagen Unruhe zu verspüren. Sicher, alle zollten ihm den geschuldeten Respekt, aber immer wenn er jemanden fixierte, meinte er zu spüren, daß an dessen Tisch Schweigen eintrat oder das Thema gewechselt wurde.

Er hatte auch schon mit seinem Vice darüber gesprochen, der aber fast beleidigt reagierte und ihn bat, doch keine Gespenster zu sehen. Als ob er noch so gut sehen könnte, um selbst Gespenster erkennen zu können. Nicht die Streetfights nagten an ihm, es war der Feind tief aus seinem Innern.

Seine Member taten was er wollte, aber seine verdammte Bauchspeicheldrüse weigerte sich, Insulin zu produzieren.

Er mußte sich spritzen wie einer dieser verfluchten Junkies. Er haßte es, zumal die Auswirkungen der Diabetes sich bereits in seinem Körper bemerkbar machte. Er spürte, daß seine Sehkraft immer schwächer wurde. Das wäre dann das Aus für ihn als President.

Daß er aufgrund seiner offenen Beine nicht mehr seine Harley fahren konnte, sondern diesen verfickten Elektrorollstuhl, war ohne hörbares Murren akzeptiert worden, aber blind?

Das wäre das Ende.

Er zündete sich die nächste Zigarette an und quälte seine Lungen, als wollte er sie auch zum Duell fordern. Die schienen ihm noch OK zu sein, und diese ihn auszeichnende heisere Stimme hatte er schon, solange er denken konnte.

Er stemmte sich an der Tischkannte hoch, ergriff seine Krücke und winkte mit einer Kopfbewegung seinen Vice heran.

„Ich gehe, paß auf den Laden auf!"

„Klar Rocky ! Bis morgen!"

Rocky sagte nichts, zeigte keine Geste und ging gestützt auf seine Gehhilfe, zum Ausgang zu seinem Elektromobil.

Als sich hinter ihm die Tür schloß, ging es mit den Gesprächen an den Tischen weiter, eine Spur lauter und lebhafter vielleicht als vorher.

Auf einmal dröhnte unverkennbar der Motor einer schweren Harley durch die mit den vergilbten Gardinen verhängten Fenster. Ein Scheinwerfer flammte auf und überstrahlte den Neonschriftzug im Fenster. Zwei- dreimal wurde am Gaszug voll Power gegeben, und die Glasscheiben begannen zu vibrieren. Man hörte ein sattes Schaltgeräusch und dann, wie die Kupplung den Motor unter Vollast nahm. Der Lichtkegel wurde immer größer und das Licht greller, etwas raste mit der Kraft eines Ochsen auf die Kneipe zu.

Keiner gab einen Laut von sich, alle waren wie erstarrt. Jeden Moment mußte die Scheibe durch einen gewaltigen Aufschlag zerbersten.

Und genau in diesem Moment erlosch das Licht und mit ihm auch das in der Kneipe.

Stille.

Die ersten, die sich aufgerappelt hatten, rannten zur Tür hinaus auf die nächtliche Straße.

Nichts war zu sehen.

Fahl leuchtete die Gaslaterne dem Morgen entgegen. Direkt neben der Laterne stand der Elektrorollstuhl und an ihm lehnte die Krücke.

Nur ein Traum

Es war angenehm kühl hier unten. Man spürte nichts von der glühenden Sommerhitze, die einige Meter darüber den Asphalt weich werden ließ. Er hielt den Fahrschalter fest in seiner Hand und bestätigte in kurzen Abständen dem „Totmannschalter", daß er noch bei vollem Bewußtsein war.

Die eisernen Pfeiler rasten links an seinem Führerstand vorbei, und rechts flitzte das schmutziggraue Kabelband vorüber, das sich an der Tunnelwand entlang zog.

Die Signale standen alle auf grün, und er ließ den Zug mit voller Geschwindigkeit durch den Darm Berlins rauschen.

Jetzt kam die scharfe Rechtskurve, weil die Bahnlinie die Fundamente der Kaiser-Wilhelm-Gedächtnis-Kirche umfahren mußte, um nach einer direkt darauf folgenden, genauso scharfen Linkskurve in den Bahnhof Zoo einzufahren.

Die gelben Fliesen des Bahnhofs schimmerten schon in seinem Blickfeld. Auf dem Bahnsteig der Gegenrichtung sah er einen ganz in weißgekleideten Mann mit schlohweißen Haaren stehen.

Nur ein Augenblick, denn nun fuhr er in die Station ein. Er leitete den Bremsvorgang ein und schaute nach vorn.

Die Leute standen an der Bahnsteigkante und warteten auf den Zug, der nun seine Geschwindigkeit deutlich verringerte. Er war ca. 20 m im Bahnhof, er blickte auf das Haltezeichen, an dem er seinen Zug zum Halten bringen mußte.

Da bemerkte er unbewußt eine Bewegung. Sein Blick heftete sich an eine junge Frau, die etwas sehr dicht am Bahnsteigrand stand.

Er bremste weiter, es waren noch 50 m zur Halteposition, als wie in Zeitlupe die junge Frau einen Schritt über die Bahnsteigkante hinaus tat.

Er trat auf die Notbremse, doch die Frau, die nun in ihrem weiten Sommerkleid wie ein Blatt auf das Gleis wehte, hatte keine Chance. Sie war sofort aus seinem Blickfeld.

Der tonnenschwere Zug dämpfte jedes Geräusch und jede Erschütterung, und doch meinte er zu spüren, wie die schweren Räder die Frau unter sich begruben.

Er fuhr auf – schweißgebadet saß er in seinem Bett. Langsam kam er zu sich. Er hörte die ruhigen Atemzüge seiner Frau, die, von alldem nichts mitbekommend, neben ihm schlief.

Er hörte das leise Ticken der Uhr und sah durch die Gardine das Licht der Straßenlaterne.

Langsam beruhigte er sich. Das war nun schon das dritte mal derselbe Traum, und immer wachte er an der Stelle auf, an der sein Zug die junge Frau unter sich begrub.

Er war seit 18 Jahren nun schon U-Bahnfahrer und hatte noch nie einen Unfall gehabt. Es blieb aber immer die Angst, daß auch ihm das passieren könnte, was einigen seiner Kollegen schon passiert war.

Man fährt in einen Bahnhof ein, und irgendwie ist etwas anders als sonst, und ehe man sich versieht, wirft sich jemand auf die Schienen.

Seinem besten Freund ist das vor fast einem Jahr passiert, und er ist immer noch nicht dienstfähig. Sicher, man wird psychologisch betreut, bekommt nicht mit, wie die Feuerwehr anrückt, die Polizei den Bahnhof räumt, wie der Fahrstrom abgestellt wird, der Notarzt unter den Zug kriecht und in fast allen Fällen auf den ersten Blick sieht, daß jegliche ärztliche Kunst vergebens ist.

In den wenigen Fällen, wo es doch gelingt, das, was da noch unter den Eisenachsen zusammenhängend zu finden ist, zu reanimieren, sterben die meisten auf dem Weg in die Klinik.

Man bekommt das nicht mit, man wird abgelöst und nach Hause geschickt.

Die Personalstelle „kümmert" sich, bietet Therapien und Gesprächskreise an.

Man sah den Toten nicht, aber man sah, daß jemand vor den Zug sprang. Man war unschuldig schuldig. Warum springen sie nicht aus dem Fenster oder nehmen Schlaftabletten, warum machen sie einen zum Komplizen ihres Sterbens?

Er konnte nicht mehr schlafen, nach diesem Traum konnte er nicht mehr die Ruhe dazu finden. Er ging in die Küche und schaltete den Kaffeeautomaten an. Fahrig suchte er im Küchenschrank nach dem Kaffeepad und montierte ihn in die Kaffeemaschine.

Er ging in den Flur und holte das Zigarettenpäckchen aus seiner Dienstjacke. Er fingerte eine Zigarette raus und zündete sie an. Nach drei Zügen drückte er sie wieder aus, stand auf und goß sich einen Kaffee ein, schwarz und ohne Zucker, als könnte er damit diesen verdammten Traum vertreiben.

Weder Koffein noch Nikotin brachten ihm die Absolution, die er suchte. Absolution von einer Schuld, die er nicht hatte, die ja noch nicht einmal real war.

Es war ein Traum, ein Traum sonst nichts. Er ging ins Bad.

Nach einem kurzen Frühstück, das ihm nicht sonderlich schmeckte, packte er seinen Dienstrucksack und fuhr zu seinem „Ablösebahnhof".

Der Zug fuhr ein, und er ging zum Führerstand, wo sein Kollege schon die Seitentür geöffnet hatte. Er stieg ein und checkte kurz die Technik.

Dann ging die Fahrt los durch das Berliner Gekröse. Heute fuhr er „Pankow-Ruhleben". Er liebte die Strecke, denn da kam man dreimal an die Oberfläche, und in Pankow und Schöneberg fuhr man sogar als Hochbahn durch die Stadt.

Als er den Bahnhof Nollendorfplatz Richtung Ruhleben verließ, senkte sich die Trasse erdwärts zum unterirdischen Bahnhof Wittenbergplatz, wo ständig Betrieb war, nicht nur, weil sich hier 3 U-

Bahnlinien trafen, sondern weil hier auch die Leute aus- und einstiegen, die ins KaDeWe wollten oder von dort kamen.

Rechts neben ihm auf dem Nachbargleis stand der Zug nach Uhlandstraße. Zeitgleich fuhren sie los, lieferten sich im Tunnel dicht nebeneinander ein kleines Rennen, bis der andere abwärts fuhr, um unter seinem Fahrweg hindurch auf dem Überführungsgleis zur Augsburger Straße zu kommen.

Kurz darauf kam die scharfe Rechtskurve, weil die Bahnlinie die Fundamente der Kaiser-Wilhelm- Gedächtnis-Kirche umfahren mußte, um nach einer direkt darauf folgenden, genauso scharfen Linkskurve in den Bahnhof Zoo einzufahren.

Die gelben Fliesen des Bahnhofs schimmerten schon in seinem Blickfeld. Auf dem Bahnsteig der Gegenrichtung sah er einen ganz in weißgekleideten Mann mit schlohweißen Haaren stehen.

Der Augenblick

Im Zelt war es dunkel. Ein Spot schnitt sich seinen Weg durch die Finsternis und passierte das Eisengitter. Er blieb an dem Punkt stehen, wo das Ende einer Stahlschlange in den großen Käfig mündete.

Ganz sanft setzte das Zirkusorchester mit dem „Einzug der Gladiatoren" ein. Im Scheinwerferkegel erschien der Kopf Shivas. Seine grünen Augen spiegelten das Licht wieder, in dem nun seine schwarzen Streifen durch sein kraftvolles Schleichen zu dem nun erschallenden Bläsereinsatz mit dem leuchtenden Orange spielten.

Er betrat die Manege, fauchte kurz und legte sich in die Sägespäne. Vier weitere Tiger erschienen, einer nach dem anderen und plazierten sich neben Shiva.

Der Spot erlosch in dem Moment, als die Hauptscheinwerfer erstrahlten, und den bisher im Dunklen verborgenen Dompteur aus dem Schatten rissen.

Er trug eine dieser typischen Zirkusuniformen, in der er auch als einsamer Soldat am Wolgastrand eine gute Operettenfigur gemacht hätte. Er hob die Hand, und die Peitsche schleuderte ihr Ende mit Überschall durch die Luft, wie es der laute Knall protokollierte.

Es war ein etwas bizarres Bild. Auf der einen Seite fünf prächtige Tiere, die sich im evolutionären Daseinskampf an die Spitze der Nahrungskette gerungen hatten, auf der anderen Seite ein verkleideter Mensch, der sich für „vernunftbegabt" hielt und mit den Tricks seiner Zivilisation den Tieren seinen Willen aufzwang.

Die Nummer begann.

Die Tiger sprangen durch Reifen, auf Podeste und übereinander. Sie machten Männchen und durften ab und zu auch mal brüllen und fauchen, weil das beim Publikum so nett wirkte.

Nun kam der Höhepunkt.

Der Dompteur trat Shiva direkt gegenüber. „Shiva auf! Shiva auf!" Die mächtige Raubkatze erhob sich auf ihre Hinterbeine und überragte den Mann um einiges. In diesem Moment bemerkte er, daß ihm die Peitsche aus der Hand fiel. Er sah sie vor sich auf den Boden fallen, weil er im Arm plötzlich keinerlei Gefühl mehr hatte.

Nun war die Peitsche ja nicht der Zauberstab, der Tiere dirigieren konnte, die war mehr für die Show gedacht. Es war das Wort und die genaue Kenntnis der Tiere, die dies ermöglichten. Er hatte die Tiere ja alle selber aufgezogen, denn hinter der Bühne und ohne Publikum war er ein sehr sanfter und tierlieber Mensch. Gerade Shiva war als Baby sein Sorgenkind. Lange dachte er, daß er es nicht schaffen würde, kam er doch etwas zu früh auf die Welt und war sehr schwächlich.

Heute konnte man das dem Chef der Tigergruppe nicht mehr ansehen, er war geradezu ein Prachtkerl und in der Blüte seiner Jahre.

Das Problem war jetzt nur, daß er die notwendigen Worte nicht sprechen konnte, denn seine Zunge und sein Kehlkopf verweigerten genauso ihren Dienst wie sein rechter Arm, der nur kraftlos herunterhing.

Er blickte in die Augen des Tigers, und dieser merkte instinktiv, daß gerade etwas passiert war.

Ein Betatier spürt es, wenn sich endlich die Chance bietet, zum Alpha zu werden.

Das wußte auch der Alpha, und er mußte nun reagieren, nur wie?

Er war sich ziemlich sicher, daß noch niemand außerhalb der Manege etwas von seinem Dilemma mitbekommen hatte.

Plötzlich schien es, als ob der Tiger seine erzwungene, wie unnatürliche aufrechte Position als Vorteil empfand. Er machte zwei kurze Schritte auf den Mann zu, und seine Wirbelsäule spannte sich wie ein Bogen. Der Dompteur hatte Schweißperlen auf der Stirn und ließ, wie auch Shiva, den Blickkontakt nicht abreißen.

Es war mucksmäuschenstill im Zelt.

Da versagten ihm die Beine, und er fiel auf seine Knie. Ein Teil des Publikums hielt das für einen Teil der Nummer, der andere wurde nun langsam unruhig. Der Tiger ging nun auf alle Viere und schaute dem Alpha aus nächster Nähe in die Augen. Er merkte seine Chance, er war jetzt das Alphatier.

Mit einem Ruck um seine eigene Achse wandte er sich seinen Artgenossen zu und fauchte laut. Die hatten bis eben die Situation mit Spannung verfolgt, sprangen nun auf und liefen los.

Als der Letzte im Drahttunnel verschwunden war, wandte sich Shiva wieder seinem Widersacher zu.

Sein Brüllen machte auch dem Letzten im Zelt klar, was los war.

Er machte einen riesigen Satz, sprang kraftvoll über den Mann und verschwand als neuer Alpha, seinem Rudel folgend.

Coming Out

Grell leuchtete das Licht seinen nackten Körper aus. Er drehte sich motorisch um den Stab.

Warum war er hier, warum begafften alle seine Blöße?

Er war sich nicht sicher, seine Situation wirklich zu begreifen.

Nur gut, daß seine Eltern davon nichts wußten. Allerdings hatte er nicht viel von ihnen gehabt, eigentlich kannte er sie gar nicht.

Dabei hatte er sich Vater und Mutter so sehr gewünscht. In der Massenabfertigung, in der er heranwachsen mußte, waren Liebe und Geborgenheit ein Fremdwort.

Er wuchs heran, aber er reifte nicht.

Nur so konnte es passieren, daß er hier nun völlig nackt sein Fleisch präsentieren mußte, dazu noch, indem er sich um diese lächerliche Stange drehen mußte.

Der Schweiß lief ihm in Bächen über Brust und Bauch. Warum waren die anderen Akteure auch alle nur Männer?

Keine einzige Frau.

Die Männer mußten sich hier bis zur Erniedrigung darbieten.

Ohne die geringste Chance auf Selbstbestimmung mußten sie sich Penetrationen gefallen lassen, die jeden Frauenbeauftragten auf den Plan gerufen hätten.

Das Schlimmste allerdings war die Hitze, er konnte sie kaum noch aushalten.

Die Bewegung spürte er fast nicht mehr, alles lief ab wie ein grausamer Film. Mechanisch ließ er mit seinem Körper geschehen, was der Takt vorgab.

Seine Beine waren weit gespreizt und fixiert. Sie schmerzten in dieser unnatürlichen Stellung.

Hitze und Schmerz schienen sich zu einer Explosion der Marter zu vereinen.

Aber es sollte noch viel schlimmer kommen.

Plötzlich riß der Besitzer dieses Ladens die Glastür auf, griff die Stange und fegte ihn mit Schwung vom heißen Stahl.

Die Geflügelschere durchtrennte erst sein Brustbein dann laut knakkend das Rückgrat.

„Das Hähnchen mit Pommes oder Brot?"

Bildbeschreibung

Was mir aus dem Rahmen entgegenwächst, ist an Schrecklichkeit kaum zu überbieten.

Die Detailtreue, in der hier jede einzelne Widerlichkeit gezeichnet, nein, man muß sagen, eingebrannt ist, erinnert stark an Hieronymus Bosch. In Farben, die direkt in der Hölle gemischt worden sein müssen, erschließt sich mir die absolute Widerlichkeit aus Suff und Hurerei.

Drastisch in der Intensität den Expressionsmus kopierend, nein desavouierend, erbricht sich der Ekel aus dem schlichten Rahmen.

Man muß gehärtet sein, diesem Anblick standhalten zu können. Wie fette, glänzende Schlangen durchpflügen Adern das, was einmal ein Gesicht war, und aus dem eine Nase herausragte, die einem blühenden Kaktus nicht unähnlich war.

Die ausdruckslosen Augen, matt wie Holzkohle, tief im Kopf versenkt, wie erloschene Vulkane.

Unwillkürlich kriecht einem das kalte Grauen durch das Gekröse bis tief ins Mark.

Die fratzenhafte Verfremdung eines einstmals schönen Antlitzes schnürt einem die Kehle zusammen.

Bedrückend wird einem klar gemacht, was Vergänglich- keit ist.

Durch die wächserne Haut meint man den blanken Schädelknochen durchgrinsen zu sehen.

Meine Fassung ist im Begriff zu kollabieren.

Es war echt eine Schnapsidee, sich den Bart abzurasieren. Lieber laß ich ihn mir wieder wachsen, als das hier jeden Morgen ansehen zu müssen.

Schwere Geburt

Ganz vorsichtig hielt sie es in ihren Händen, so als hätte sie Angst, etwas daran kaputtzumachen. Zärtlich streichelte sie es immer wieder.

Sie war so unendlich glücklich.

Liebevoll ließ sie ihre Gedanken eine Zeitreise machen, eine Reise neun Monate zurück in die Vergangenheit.

Es war nicht geplant, und eigentlich war eine Sektlaune daran schuld. Niemals hätte sie damit gerechnet, jenseits der Vierzig damit noch konfrontiert zu werden.

Sie hatte sich ihr Leben eingerichtet und alle Hände voll mit ihrem Job zu tun. Doch da war auf einmal dieses Gefühl, daß sich tief in ihr etwas regte. War es anfangs kaum mehr als der Hauch einer Ahnung, wurde es von Tag zu Tag stärker.

Mehr aus Vorsicht, denn Überzeugung verschaffte sie sich absolute Gewißheit. Das war nun der Punkt an dem sie wußte, daß sie es nun nicht mehr verheimlichen konnte.

Ihr Partner war alles andere als begeistert. Vehement forderte er sie auf es abzubrechen, weil es zu diesem frühen Zeitpunkt doch nicht weiter schlimm wäre.

Was wußte er denn? Wie sollte er nachfühlen, was sie empfand? Wie konnte er begreifen, daß sie etwas Wertvolles tief in sich trug, etwas, welches das Recht hatte, auf die Welt zu kommen.

Sie beschloß, die Sache alleine durchzuziehen.

Sie wußte, sie würde es nicht ertragen, die nächsten Monate in dieser ablehnenden Atmosphäre zuzubringen.

Das hätte sie dann doch nicht von ihm erwartet, als hätte er gar nichts damit zu tun. Ohne ihn wäre sie ja schließlich nicht in dieser Situation, aber ab jetzt würde es ohne ihn gehen, viel besser gehen.

Sie hatte einen neuen Lebensinhalt gefunden, der sie voll in Anspruch nahm, und die Lücke, die ihr Ex in ihrem Leben riß, schloß sich wie von selbst.

Ihre beste Freundin stand ihr mit Rat und Tat zur Seite, und sie genoß es zu spüren, wie sich tief in ihr alles langsam entwickelte.

Woche für Woche, Monat für Monat entwickelte sich etwas zu seiner Vollkommenheit, und sie wurde immer gespannter, es endlich, endlich sehen und anfassen zu können.

Bisher war ihr nur eine Abbildung auf einem Monitor als Ansicht gestattet, welche zwar in groben Zügen den Entwicklungsfortschritt zeigte, aber das war ihr nicht mehr genug.

Dann kam endlich der große Tag. Am liebsten hätte sie es bei sich zu Hause in den eigenen vier Wänden auf die Welt gebracht, aber es gab ja auch Risiken, gerade weil es das erste war und sie doch auch nicht mehr die Jüngste.

So entschloß sie sich, doch professionelle Hilfe anzunehmen, auch wenn ihre Freundin meinte, daß sie es genausogut zur Welt bringen würde.

Es zeigte sich, daß dieser Entschluß richtig war, denn es ergab sich, daß einige Operationen nötig waren, keine sehr großen, aber notwendige.

Nachdem diese erfolgreich verlaufen waren, war es nun endlich da.

Behutsam streichelte sie den Einband, küßte zärtlich den schmalen Rücken, packte es wieder in die gepolsterte Tüte des Verlages und rannte damit eine Treppe tiefer zu ihrer Freundin.

Sie sollte es als erste lesen!

a u d i

Sie sah ihm in seine braunen großen Augen.

Es war die einzige Form von Kommunikation mit ihm, die ihr geblieben war. So nah sie ihm auch war, so weit schien er entfernt, entfernt in seiner eigenen Welt.

Wenn sie so zurückdachte an die Zeit, wo er als Kind wie ein Wasserfall vor sich hin brabbelte, ständig Fragen stellte, um ihr dann seine Sicht der Dinge temperamentvoll zu schildern.

Zugegeben, er war ein etwas kränkelndes Kind, und sie saß oft neben ihm an seinem Bettchen und las ihm Geschichten vor.

Er liebte es, wenn sie ihm vorlas, er war dann mucksmäuschenstill und schaute sie ganz verträumt an.

Mit der Zeit wurde er nicht nur größer, sondern auch stiller.

Er las nun selber und blieb oft in seinem Zimmer.

So bekam sie es erst spät mit, daß vieles, was sie ihm sagte, nicht bei ihm ankam.

Schön, daß Kinder nicht hören, wenn man sie zur Ordnung ermahnt, ist ja ein allgemeines Pubertätsmerkmal, aber er schaute manchmal, wenn sie mit ihm sprach, regelrecht durch sie hindurch, als wäre er weit, weit weg.

Sie machte sich langsam immer mehr Sorgen und war mit denen allein.

Ihr Mann hatte längst die Kurve gekratzt, weil er zeitlebens Schwierigkeiten lieber aus dem Weg ging.

Nun lebten die beiden ganz allein, und jeden Tag isolierte der Junge sich mehr und mehr.

Nur seine Augen und einige Gesten benutzte er noch, um sich zu äußern.

Sie wollte, nein sie konnte diese Situation nicht mehr länger ertragen.

Von einem Gefühlstsunami überschwemmt, sprang sie auf. Sie packte ihn und begann ihn zu schütteln.

Sein Blick fixierte sie total verständnislos.

Da riß ihr der letzte Geduldsfaden, und mit einem Ruck fegte sie ihm die Stöpsel aus den Ohren.

„Mach diesen dämlichen MP3-Player wenigstens leiser, wenn ich mit Dir rede!"

Leidenschaft

Ich weiß, es ist ein Fehler. Und es ist immer derselbe Fehler. Verdammt nochmal, warum tu ich mir das eigentlich an?

Du stehst vor mir, obwohl ich Dich eigentlich nicht mehr sehen will, trotzdem genieße ich Deinen Anblick. Du bist die Verlockung in Person, und Du weißt das ganz genau.

Ich will mich abwenden, weg von Dir, aber ich kann es nicht. Ein unstillbares Verlangen befiehlt mir, Dich zu berühren. Meine Hände scheinen völlig selbständig zu sein. Sie umfassen Deinen Körper zärtlich. Ganz Dicht sind wir uns nun wieder, obwohl ich weiß, daß Du mich nicht wirklich liebst. Du spielst nur mit mir. Aber jetzt in diesem Moment ist es mir egal.

Ich genieße Dein dezentes Aroma, streichel Dich und ziehe Dich ganz eng an mich. Dein Körper ist etwas feucht, wie eine reife Frucht. Meine Lippen berühren Dich. Es ist ein sehr inniger und leidenschaftlicher Kontakt. Meine Bedenken sind weg, waren sie je da? Unser Kuß raubt mir die Sinne, gerade jetzt, wo ich sie so nötig brauche.

Ich muß durchatmen. Was fasziniert mich so an Dir? Jahre hängen wir nun zusammen, und nie hast Du gehalten, was Du mir versprachst, NIE!

Ich schiebe Dich von mir weg. Will Abstand, Abstand von Dir und Deiner Sinnlichkeit.

„Wir wollten doch mal fliegen, Du und ich!" Das war mal unser Lied, lang ist es her. Daß es nie zu einer Bruchlandung kam, lag nur daran, daß unsere Flughöhe eher im Bodenbereich lag. Was hast Du für Pläne in mir reifen lassen, um gleichzeitig dafür zu sorgen, daß keiner je die Chance hatte, Realität zu werden.

Und immer, wenn wieder etwas nicht gelang, kamst Du auf dieselbe Tour, hast mir mit Deiner Leidenschaft die Sinne geraubt.

Diese Leidenschaft, Deine Leidenschaft, was scheren mich meine Gedanken von eben, ich will Dich, und ich will Dich JETZT.

Wir vereinen uns in einer Wolke aus Gier und Lust. Irgendwann, nach zahlreichen Stellungswechseln und

kurzen Pausen zur Regeneration lehne ich mich zurück

und schaue Dich an. Du wirkst leer. Und ich empfinde auf einmal, daß dies Dein eigentlicher Charakter ist, die nackte Wahrheit hinter der Versuchung.

Ich weiß, daß ich nie von Dir loskommen werde, nicht, wenn es immer so weiter geht.

Ich packe Dich und nehme Dich mit in die Küche. Die Morgensonne hat sie gerade mit Licht erfüllt, und ich sehe Dich an.

Du bist nun ein Nichts für mich, farblos, Dein Zauber der Nacht ist verflogen. Ich will nicht mehr, ich will Dich nicht mehr!

Ich packe Deinen Hals und drücke fest zu. Du bist überrascht wegen meiner Heftigkeit, bist aber unfähig Dich zu befreien.

Ich zwinge Dich zum Spülbecken, das noch voller Wasser ist und tauche Dich unter. Dir entweichen Luftblasen, die an der Wasseroberfläche zerplatzen. Ich drücke Dich solange nach unten, bis kein Bläschen mehr nach oben steigt.

Dann trockne ich Dich ab und stell Dich wieder in den Küchenschrank.

Meine Postmaus

Welch' Errungenschaft im Jahre 20 der Wende. Endlich gab es auch hier im Postamt meines Vertrauens die Einheitswarteschlange.

Schrieb ich Postamt ? Wie out von mir, es muß natürlich Postfiliale heißen.

Aber egal wie, völlig unabhängig von Stellung, Religion oder Kundenwunsch, kringelten wir uns durch die Schalterhalle, ähm den Servicepoint, und durften, wenn wir wollten, sogar Briefumschläge und Kopierpapier auswählen, um es zu kaufen.

Alles war vereinheitlicht, wie es sich für gut gelebten Sozialismus gehörte.

Die Schalterbeamten, sorry Sales-Accountmanager, wirkten wie Hostessen einer billigen Ausstellung.

Die weiblichen Exemplare wollten sich offenbar im Outfit den Lustobjekten der Lüfte annähern, kamen aber mit den dämlichen Blusen eher rüber wie die Stürmerinnen der Fußballnationalmannschaft. Da halfen auch die eigenartigen Tücher nichts, die gnädig über so manchem Ausschnitt den Schleier der Verhüllung legten.

Männer gab es weit und breit nicht, nur androgyne Wesen, gekleidet in Kostümen des letzten Christopher- Street-Days.

Was war das doch früher herzerfrischend, wenn so eine Postmaus in frisch gestärkter Bluse, mit aufgenähtem Posthorn am richtigen Fleck, verächtlich ihre Mundwinkel runterzog, um einen zu belehren, was man gerade falsch gemacht hatte.

Diese Momente konnte einem keine Domina geben, erniedrigt diese doch ohne jegliches Publikum. Und was war das für ein seelischer Orgasmus, wenn die Postmaus dann ironisch lächelnd einem doch seinen Wunsch erfüllte, allerdings nicht ohne den Hinweis, daß man das nächste Mal doch bitte die Postordnung zu beachten hatte.

So in Gedanken versunken, einen Schritt vor den anderen setzend, gelangte ich an das Schild mit der Diskretionszone. Das war auch so etwas Gemeines, das jeglichem Sozialleben zuwiderlief.

Was ist an einem Brief schon diskret, wenn man z.B. im Bus ungefragt alle Details eines letzten Abenteuers mit anhören muß, weil sie lautstark in ein Handy gebrüllt werden.

Ein Schalter, nee Salepoint, ist frei!

Ich schaue in ein blaues Augenpaar. Ist sie es ? Ist sie es nicht ?

Ihre Mundwinkel sind oben, das irritiert mich, aber die Lachfältchen an den Augenwinkeln, etwas ausgeprägter als früher, und statt des Posthorns ne doofe Brosche.

Ich denke, das ist sie.

Ihre Stimme klingt etwas höher.

„Was darf es sein"?

Nein, das ist sie nicht, ich kannte ihr „ja bitte" und den eiskalten Blick, Marke: „Was willst Du jetzt eigentlich hier?"

Ich bin mir nicht ganz sicher und stottere heraus, daß ich ein Postwertzeichen (so wurde es mir von ihr statt »Briefmarke« eingebleut) für eine Briefdrucksache haben möchte.

„B r i e f d r u c k s a c h e", als sie dieses Wort so in die Länge zieht, sind alle Zweifel beseitigt!

Sie ist es. Ich nehme innerlich Haltung an und harre der Belehrung, die nun folgen würde.

Aber im Gegensatz zu früher, gehen Ihre Mundwinkel den umgekehrten Weg, sie lächelt und erklärt mir freundlich, daß Briefdrucksachen im neuen Postkonzept nicht mehr vorgesehen sind.

„Wieviel Marken darf ich ihnen verkaufen?"

Ich bin fassungslos. Die, die mich jahrelang lehrte, daß diese kleinen klebrigen Dinger Postwertzeichen heißen...

„Eine bitte!", zu mehr bin ich in diesem Moment nicht fähig?

„Eine?", kommt ungläubig zurück, ich meine für Sekundenbruchteile ihre Mundwinkel entgleisen zu sehen und mache mich instinktiv etwas kleiner.

„Wie sie wünschen!", kommt es nun etwas liebloser über den Tresen, sie packt das Markenheftchen wieder zurück in die Kiste und reißt unter Zahnverlusten eine Marke von der Rolle.

„Sind sie schon bei Yello?", flötet sie unvermittelt.

Ich denke zuerst, das wäre jetzt der neue Name für die Post, aber daß ich hier bin, das sieht sie ja.

Da fällt mir ein, daß sie diese Stromfuzzis meint, und ich versuche den alten Witz, daß mein Strom aus der Steckdose käme.

Ich bezahle die Marke und bei der Rückgabe des Wechselgeldes schaut sie mir tief in die Augen, sodaß ich leicht erröte.

War da was bei ihr, was ich die ganzen Jahre übersehen hatte?

Mir wird irgendwie warm ums Herz, und ich erwidere ihren Blick wie ein verliebter Kater.

Sie haucht mir zu „Sie sind doch sicher schon Kunde der Postbank?"

Mein Gesicht muß ziemlich dämlich aussehen, ich ergreife die Briefmarke und renne zum Ausgang.

Wo ist nur meine geliebte Postmaus geblieben?

Die Bäckerin

Früh um elf Uhr ist bei mir die Nacht vorbei, und mein Metabolismus giert nach Atzung.

Dusche, Klo, Klamotten und ab zum Bäcker.

Ja, ich habe sowas noch in meiner Straße, kein Kamps oder Kunz, sondern einen richtigen Handwerksbetrieb.

Bei dem duftet es nicht nach Fettgebackenem, wie auf den meisten U-Bahnhöfen, wo sich die Freßstellen der Fettleibigen befinden, sondern nach Sauerteig und Krusten.

Besonders das Sortiment ist unschlagbar, hier gibt es noch Liebesknochen, Karlsbader Hörnchen und meine heißgeliebten Kümmelstangen.

Der Laden ist deshalb auch immer gut gefüllt, und drei Verkäuferinnen geben ihr bestes an der Kundenfront.

Mit den dreien ist es wie am einarmigen Banditen, nur daß es nicht drei Kirschen sind, die zum Jackpot führen.

Der Jackpot ist die dunkelhaarige Kirsche, äh Verkäuferin, die anderen beiden würden sogar als Trostpreis Depressionen auslösen.

Und so ist das hier jeden Morgen meine kleine Glücksspielhalle.

Diese Woche hatte ich zweimal die Dicke, und bei der frage ich mich immer, ob die in der Backstube einen Maulkorb tragen muß.

Außerdem ist sie immer recht schnippisch. Nein, die mag ich nicht.

Dreimal war es die Hagere, die ihre besten Jahre lange schon hinter sich hat und leider etwas lispelt.

Das wäre an sich ja nicht so schlimm, aber die Feuchtigkeit, die sich dabei durch das Gehege ihrer Zähne als feuchter Nebel auf den Brötchen verteilt, tut der Kroßhaftigkeit reichlich Abbruch.

Heute muß es doch mal mit dem Sahneschnittchen klappen!

Ich weiß nicht warum, aber sie bediente mich am wenigsten von den Dreien.

Jede hat jetzt genau einen Kunden, und die nächste freie Dame gehört mir!

Meine Spannung steigt ins Unermeßliche.

Der olle Sack, mindestens 10 Monate älter als ich, schäkert mit der Perle noch rum, anstatt zu zahlen und zu gehen.

Drohend höre ich das Geklimper von Hartgeld neben mir, verdammt, die Oma zahlt bei der Dicken.

Sie kramt, gottseidank, noch in den Tiefen ihres großen Portemonnaies nach verborgenen Kupferschätzen, weil sie es doch passend geben will.

Gut so, gib es der Dicken ganz, ganz klein.

Gefahr droht aber auch von der anderen Seite, da bekommt dieser Typ im Blaumann neben der Dusche der Hageren schon sein Wechselgeld.

Mein Stoßgebet wird erhört, er hat etwas für seinen Kollegen vergessen, also Gefahr gebannt.

Endlich ist der olle aufdringliche Typ vor mir fertig mit seiner Balz.

Der Jackpot gehört heute mir!

Sie lächelt mich freundlich an, und ihre Grübchen haben etwas Herausforderndes.

„Und was bekommen Sie ?",ertönt es, von wohlgeschwungenen, vollen Lippen artikuliert, aus dem Mund der Kuchenfee.

„Eine Lümmelstange!"

Sie grinst sehr damenhaft und packt sie ein.

Als ich bezahle sehe ich aus dem Augenwinkel die Dicke doof kichern und höre die Hagere sabbern.

Kuchenfee hin oder her, morgen geh ich zu ALDI und hole mir was zum Aufbacken.

Paul und Paula

Ja, hier am See habe ich oft als Kind gesessen und wenn Dein Opa Zeit hatte, saß er auch neben mir. Wir hatten viel geredet, und er hatte mir alles erklärt, was im und am Teich, schwamm, lief und hüpfte.

Ja, das ist ein Krebs, da hast Du nicht nur einen geübten Blick, sondern auch viel Glück, denn diese Ritter in ihren graugrünen Rüstungen sind auf das Trefflichste getarnt.

Hab' ich Dir eigentlich schon mal von Paul und Paula erzählt?

Ich war damals nicht älter als Du. Es war Herbst und meine Oma kannte aus ihrer ostpreußischen Heimat noch die traditionellen Krebsessen zu dieser Jahreszeit. Ost-preußen? Nein, das mußt Du nicht kennen, aber Oma war wie Opa dort geboren worden und weil Opa diese Krebsessen so vermißte, wollte sie ihm in diesem Jahr eine besondere Freude machen. Eine echte ostpreußische Krebssuppe.

Tiefkühlkost gab es damals noch nicht in dieser Auswahl und Krebse schon gar nicht.

Aber es gab ja das KaDeWe, und da gab es sogar Tiger-fleisch in Dosen.

Meine Oma machte sich also stadtfein und fuhr mit mir mit der U-Bahn zum Wittenbergplatz. Dort thronte dieser Riesenbau, der gerade wieder zur Gänze von den Kriegs-schäden befreit war.

Ganz oben im 6. Stock war die berühmte Lebensmittelab-teilung, aber zuerst kamen wir an dem Eisstand im Erd-geschoß vorbei, wo ein Eisverkäufer Fürst-Pückler-Eis vom Block schnitt und es einem zwischen zwei frischen Waffeln reichte.

Damit gab ich nun Ruhe bis zum 6. Stock, wo es frischen Orangensaft gab aus diesen speziellen Kühlmaschinen.

Meine Welt war in Ordnung und Oma konnte nun in Ruhe, ohne Quengelei meinerseits, einkaufen. An der Fischtheke angekommen hockte ich mich vor das große Bassin mit den Karpfen und Aalen.

Sie rissen ihre Mäuler auf als würden sie im Chor ihr Schicksal beklagen.

Oma sprach mit dem Verkäufer und der sagte ihr, daß er nur noch 2 Krebse hätte. Und nun schaut auch Oma in das Becken.

Ich sah sie jetzt auch. In der Ecke ganz hinten saßen sie dicht beieinander und hofften wohl, daß man sie nicht sah.

Oma reichte den mitgebrachten kleinen Eimer über den Tresen, und der Mann fischte die beiden mit dem Ke-scher aus ihrem schlechten Versteck.

Er gab noch etwas Wasser mit in den Eimer, damit sie schön frisch blieben.

Auf der Rückfahrt hatte ich den Eimer auf meinem Schoß und schaute die ganze Zeit den beiden zu.

Sie bewegten sich nicht viel, hielten aber engen Kontakt, die Scheren zur Eimerwand und die Schwänze aneinan-der gedrückt.

Wie Kinder so sind, gab ich dem linken, etwas größerem den Namen Paul, weil er mich irgendwie an Onkel Paul erinnerte. Ich wußte natürlich nicht, ob der Große wirk-lich ein Männchen war, das kann man Krebsen ja nicht so leicht ansehen. Für die kurze Zeit, in der sie meine Hau-stiere sein sollten, entschloß ich mich dafür, daß sie ein Pärchen seien, zumal sie sich, wären sie beide Männer, auf diesem engen Raum sicher gestritten hätten.

Nette Tanten hatte ich nicht, und so nannte ich den anderen kurzerhand Paula.

Zuhause setzte Oma Paul und Paula in das große Bowlengefäß, das sonst immer in der Vitrine stand. Ich konnte die Krebse wunderbar beobachten, wie sie, wieder an den Schwänzen vereint, ihre Scheren nach au-ßen wandten.

71

Sie schienen sich ihrer Situation bewußt und schienen ihr mit dieser Miniwagenburg begegnen zu wollen.

Oma putzte derweil das Gemüse und würfelte es klein, um es für den Suppenansatz zur Verfügung zu haben. Dann holte sie den großen schweren Gußeisentopf und wuchtete ihn auf den Herd.

Neben mir lag das dicke alte Kochbuch von Uroma, des-sen Zustand seinen Einsatz in der Küche nicht leugnen konnte. Ich schaute mir die aufgeschlagene Seite an. Dort stand das Rezept für die Krebssuppe.

Als ich an die Stelle kam, wo die Krebse bei lebendigem Leib in das kochende Wasser geworfen werden, fing das Wasser mit lautem Blubbern an zu kochen.

Irgendwie meinte ich, daß Paul und Paula das spürten, denn sie liefen nun aufgeregt im Kreis herum.

Nun war Oma glücklicherweise etwas schwerhörig, und ich rief ihr laut zu, daß der Opa im Wohnzimmer nach ihr gerufen hatte.

Kaum daß sie die Küche verlassen hatte, schnappte ich mir das Bowlengefäß und lief so schnell ich konnte aus dem Haus, durch den Garten hierhin zum See.

Naja und seitdem gibt es hier Krebse.

Perkussion

Konzertkritik des Percussion-Events „BEAT THE MEAT"

Der Raum ist bis zum letzten Platz gefüllt. Die Ausstattung eher schlicht bis rustikal. Die Beleuchtung hält sich dezent im Hintergrund.

Die schlichte Aufmachung des Klangkörpers unterstreicht das Thema des Abends.

Der Urgrund der Musik, die Perkussion, wird heute aus der Nische treten, in der sie bei Symphonieorchestern ihr Dasein fristen muß; dort wo ein gnädiger Komponist vielleicht einmal einen Paukenschlag aus dem Dunkel der Begleitung aufblitzen läßt.

Die Spannung ist auf ihrem Höhepunkt, und der Mann an der Pauke nimmt seinen Platz ein.

Sein erster Schlag entläßt eine heftige Schallwelle, die durch die Körper aller Anwesenden wabert, sie einbindet in den Rhythmus, der nun anhebt.

Die Holzinstrumente des Ensembles setzen im Takt ein und erzeugen eine Welle leise vor sich hin plätschernder Perkussionen.

Der Takt, schlicht in 2/4 gehalten, nimmt langsam Fahrt auf, um sich stetig zu steigern, bis er die Grenze des Leistbaren erreicht.

Dann für alle wie aus dem Nichts, ein lauter Knall von dem Solisten an der Peitsche generiert, einem zu Unrecht selten eingesetzten Instruments, bringt es doch frische Lebenskraft in den Klangkörper, der sich dafür prompt mit lautschnalzender Mouthpercussion zu bedanken scheint.

Wenn man ganz genau hineinhört, in dieses melodiefreie und gerade deshalb so intensive akustische Spektakel, meint man ganz leise das Klingen von Instrumenten zu hören, die irgendwo zwischen Blech und Guß einen leichten Klang hineinschummeln, der sich zwar fremd zu

Holz und gespannter Haut verhält, aber nicht wirklich stört. Er bildet eine Art tönernden Hall, der sich im Hintergrund zu halten weiß.

So wird man fortgetragen über diesen Ozean, bis, für meinen Geschmack etwas zu abrupt, die Reise endet.

Die Pauke erstirbt lustlos, der Klangkörper läßt die Riemen sinken und man vernimmt nur noch das Klirren der Ketten.

Die Galeere hat angelegt.

Wer fürchtet sich vorm Schwarzen Mann?

„Zeit aufzustehen, es ist sieben Uhr" quäkt der Wecker meines Handys und reißt mich unsanft aus meinen Träumen. Sekunden überlege ich, ob ich der Versuchung nachgebe, die Schlummertaste zu drücken, widerstehe aber mannhaft, denn ich habe heute einiges vor.

Mein Auto muß zum TÜV.

Frühstück ist meine Sache nicht, also ab ins Bad. Zehn SPIEGEL-Seiten später, runter unter die Dusche, und dann rein in die Klamotten und ab zum TÜV.

Auto abgestellt und rein zur Anmeldung.

Eine hübsche Mittvierzigerin strahlt mich freundlich an und erkundigt sich, was sie für mich tun könne.

Ich möchte meinen Wagen zur Hauptuntersuchung anmelden, erkläre ich ihr, und sie greift sich einen kleinen Stapel Formulare.

„Also, dies hier ist das Anmeldeformular", sagt sie zu dem obersten Exemplar und reicht es mir über den Tresen.

Und das ist die Anmeldung beim Spengler."

„S p e n g l e r wozu denn das?"

„Der Spengler hat das Privileg, sämtliche Bleche zu überprüfen"

„Das ist ein Hightech-Auto mit modernster Karosserie, was hat ein Spengler damit zu tun?"

„Auch die modernsten Bleche wurden aufgrund traditioneller Spenglerei entwickelt, und die Zunft ließ sich das Privileg der Überprüfung durch den Staat auf Dauer sichern."

„Hm, aber das ist in den Prüfgebühren enthalten, oder?"

„Oh, nein, das geht nach der Spenglergebührenordnung!"

„Und was kostet das?"

„49,75 € wenn es keine Beanstandungen gibt, bei Mängeln 64,83 € ."

„Und wenn ich die Bescheinigung des Spenglers habe, dann wird mein Auto von Ihnen überprüft?"

„Ja sicher, dafür sind wir doch da!

Und hier ist das Anmeldeformular für den Küfer!"

„Für den W A S ?   Ich fahre doch kein Faß!"

„Und womit fahren Sie? Mit Treibstoff! Und wo ist der Treibstoff drin?"

„Ich fahre meinen Sprit doch nicht in einem Faß durch die Gegend!"

„Auch wenn ihr Benzintank aus Metall ist, ist er doch nur eine Weiterentwicklung traditionell hergestellter Behälter. Bei diesen die Dichtigkeit zu überprüfen, obliegt, dank des entsprechenden staatlich garantierten Privilegs, dem Küfer."

„Lassen sie mich raten, das kostet auch extra."

„Das berechnet sich nach der Küfergebührenordnung, die aber aus Gründen der Kundenfreundlichkeit mit der Spenglergebührenordnung harmonisiert wurde. Also 49,75 € wenn es keine Beanstandungen gibt, bei Mängeln 64,83 € ."

„Aber dann…"

„Dann fahren Sie zum Stellmacher..."

„Nein, tu ich nicht! Ich habe keine Kutsche!"

„Ach, und warum bitte heißen Taxen im Amtsdeutsch immer noch Kraftdroschken? Na?

Also der Stellmacher hat das Privileg das Fahrgestell auf Sicherheit zu überprüfen…"

„…weil er es vom Staat übertragen bekam, und sicher sind auch die Gebühren für den Stellmacher harmonisiert , also 49,75 € wenn es keine Beanstandungen gibt, bei Mängeln 64,83 € ."

„Nein, bei Mängeln legt er Ihr Fahrzeug still, aus Sicherheitsgründen, Sie verstehen."

„Lassen Sie mich raten, für das Licht muß ich dann sicher zu Luzifer?"

„Mein Herr, erstens besteht überhaupt kein Grund hier sarkastisch zu werden und zweitens hat Luzifer als Lichtbringer seinerzeit versäumt, sich das Privileg staatlich sichern zu lassen."

„Also Spengler, Küfer und Stellmacher, aber dann machen Sie den Rest, oder?"

„Aber selbstverständlich, dafür sind wir doch da!"

„Weil sie sicher auch ein altes Privileg haben."

„Wir sind zwar Nachfolger des Dampfkesselüberwachungsvereins, haben aber kein Privileg."

Da piepte etwas hinter der Dame und wurde immer lauter.

Es war mein Wecker.

Ich schlug die Augen auf und sah am Schrank die silbernen Knöpfe meines schwarzen Anzugs in der Morgensonne glitzern.

Ich stand auf, denn ich hatte heute in der neuen Siedlung an einem guten Dutzend abgasfreier Heizungen die Abgaswerte zu messen.

Wozu hat man schließlich Privilegien?

Die Qualen des Theodore Antalos

Theodore Antalos war ein sehr erfolgreicher Schriftsteller.

Seine Bücher verkauften sich gut und für seinen Verlag war er der beste Pegasus im Stall, der die Auflagen mit sich in die Höhe riß.

Die Kritiker im In- und Ausland waren ihm gewogen und begleiteten jede seiner Neuerscheinungen mit wohlwollenden Rezensionen.

Auf den Kulturkanälen war er stets ein gern gesehener Gast in Zirkeln, Literaturforen und Kaminrunden.

So blieb es nicht aus, daß er irgendwann im Kampf gegen die Totsünde der Eitelkeit den Verlockungen nachgab und damit begann, sich Vorteile zu verschaffen, die er weder nötig hatte, noch ihm am Anfang seiner Karriere je vorstellbar gewesen waren.

Er sprang bei neuen Trends auf deren Trittbretter, und es gelang ihm nicht selten, diese Trends als von ihm imitiert zu annektieren.

Selbst vor dem Diebstahl guter Ideen seiner Zunftbrüder schreckte er immer weniger zurück und er verstand es, seine Beute so zu verstärken und zu überhöhen, daß seine Leser nie auf die Idee kamen, deren Ursprung woanders als bei ihm zu vermuten.

Fast alle größeren Literaturpreise hatte er schon gewonnen, nur den Olymp in Stockholm hatte er noch nicht erklimmen können.

Er wußte nicht woran es lag, daß die Mitglieder des Nobelkomitees seine schriftstellerischen Leistungen nicht ehren wollten, aber für das nächste Jahr hatte er einen Plan.

Er kannte einige Mitglieder vom Börsenverein des Deutschen Buchhandels von ihren Aufenthalten an den Gestaden seiner Heimat.

Während langer warmer Nächte war man sich näher gekommen und machte sich gegenseitig die artigsten Komplimente über das jeweilige Literaturschaffen, und es waren auch immer Mitglieder des Stiftungsrates dabei. Diese bestimmten den jährlichen Preisträger des internationalen Friedenspreises und das wäre, nein, mußte doch eine erstklassige Empfehlung für die ignoranten Wikinger sein.

In Kürze stand nun am Strand die große Eorti der Saison auf der Agenda und die wollte er nutzen, um den Kritikgöttern ein literarisches Festmahl zu kredenzen.

Sein schriftstellerischer Ziehsohn, der ihn wie einen Vater verehrte, hatte sein erstes Manuskript fertig und es ihm als zur Begutachtung übergeben.

Theodore war sehr begeistert von dem Erstlingswerk, erinnerte ihn doch der Schreibstil an seinen eigenen.

Damals, als junger Schriftsteller hatte er diesen frischen Stil und diese brillante Art und Weise, mit Wörtern Bilder in die Hirne der Leser zu zaubern. .

Leider war es ihm nur zu bewußt, daß er zu dieser Schreibkultur nicht mehr zurückfinden würde, war doch das Schreiben bei ihm inzwischen eher Beruf denn Berufung .

Aber warum sollte, ganz ausnahmsweise, und der Zweck heiligt bekanntlich die Mittel, dieses Manuskript nicht ein Kind von ihm sein?

Hatte er nicht den jungen Mann durch seine großzügige Unterstützung und Anerkennung, erst soweit gebracht, solch ein Buch schreiben zu können?

Und außerdem war er ja noch sehr jung und auch voller Schaffenskraft, das nächste Werk würde sicher noch besser werden, und er würde dieses dann für ihn präsentieren, um damit das wieder gutzumachen, was er sich jetzt anschickte zu tun.

Er gab seinem Verleger zu verstehen, daß er vorhatte, auf der Eorti aus seinem neusten Werk zu lesen.

Der Verleger war erstaunt erst jetzt davon zu hören, begleitete er doch Theodores Bücher sonst immer schon während dieser damit schwanger ging

Er war aber natürlich heilfroh, endlich wieder etwas aus Theodores Werkstatt veröffentlichen zu können.

Und so kam es nun zu seinem großen Auftritt, und je mehr Zeilen er beim Lesen an Zeile reihte, um so mehr trug ihn die spürbare Woge der Anerkennung aufwärts zum Olymp.

Das Publikum war begeistert, wieder die Glut des alten Antalos spüren zu können, und es war für ihn wie ein Rausch.

Er endete und schaute huldvoll in sein Publikum, und sein Blick blieb an seiner alten Bekannten Demeter vom Diogenesverlag hängen, die in ein Gespräch vertieft war.

Ihr Gesprächspartner war niemand anderes, als jener junge Schriftsteller, dessen Erstlingswerk er gerade allen als sein geistiges Eigentum präsentiert hatte.

Es wurde kühl um ihn, und das lag nicht am Wetter.

Der Applaus brandete zwar auf, über den Strand bis weit hinaus auf die Ägäis, aber seine Augen ruhten auf der Demeter, die nun mit zwei anderen Kritikern im Gespräch war, und er sah die sichtliche Erregung der Beteiligten.

Lange nach dem Abebben der Begeisterung seiner Fangemeinde ging er zur Strandbar, um wie immer die Afterpartygespräche zu führen.

Jene Hintergrundgespräche, die ihn über Frankfurt hinaus direkt nach Stockholm tragen sollten.

Die Bar war jedoch verwaist, keiner seiner einflußreichen Freunde und Gönner war dort.

Theodore ging heim.

Da saß er nun Tag für Tag in seinem Arbeitszimmer, den Schreibtisch bis zu seinem Bauch gefüllt mit Notizen, Entwürfen und begonnenen Manuskripten.

Immer, wenn er eine seiner Arbeiten vollenden wollte, verschwanden seine Ideen im Nichts.

Immer, wenn er einen seiner Freunde anrufen wollte, war dieser beschäftigt, verreist oder einfach nicht für ihn zu sprechen.

Und wenn der Oktober kam, ließ er donnerstags sein Telefon nicht aus den Ohren und war beim ersten Klingeln am Hörer.

Und jedesmal war es nicht der Anruf von der Akademie in Stockholm, sondern irgendeine Telefonwerbung, Marktforschung oder eine falsche Verbindung.

Und über ihm schwebte drohend die Vergessenheit.

Abendmahl

Es klingelte an der Tür.

Kurt stemmte sich an seinem Stock aus dem Sessel und ging zur Tür. Das mußte Manfred sein, der Mann vom mobilen Pflegedienst.

Seit Kurt die Pflegestufe eins anerkannt bekam, erschien Manfred jeden Tag und half ihm beim Verrichten der Dinge, die Kurt immer schwerer fielen.

Kurt war eigentlich, jedenfalls aus seiner Sicht, immer ein kerngesunder Mensch gewesen. Er hatte bis zu seiner Pensionierung auf dem Bau gearbeitet, und ihm war keine Arbeit zu schwer und kein Bier zu groß gewesen.

Er qualmte wie eine Dampflok, natürlich ohne Filter, verdiente gutes Geld und gönnte sich davon auch gutes Essen und weite Reisen.

Frauen waren bei ihm eher ein durchlaufender Posten, und keine hielt es wirklich lange bei ihm aus. Er war zwar ein stattlicher Mann aber auch ein Diktator, und die waren bei den Frauen aus der Mode gekommen.

Als dann dieser hartnäckige Husten kam, stieg er um auf Filterzigaretten. Das ließ ihn nicht weniger Husten aber gaukelte ihm vor, etwas für seine Gesundheit zu tun.

Nachdem ein Teil des linken Lungenflügels seine Zeit in Formalin fristen mußte, hörte er ganz auf zu rauchen.

Wie es bei Exrauchern so ist, sollte sein Magen das ersetzen, was die Lunge nicht mehr vermochte.

Schnell war er von seinen 75 Kilo auf 120 und stieg die Treppen nun etwas langsamer.

Mit einem stechenden Schmerz in seiner linken Brust meldete sein Herz seinen Anspruch auf Aufmerksamkeit an.

Ja, und nun war er Fünfzig, auf Frührente und mittlerweile an der Tür angekommen.

"Hallo Manfred! Schön, daß Du kommst!" sagte er mit einer Stimme kurz vorm Kehlkopfverstärker.

"Guten Morgen Herr Riebe! Wie geht es Ihnen?"

"Unkraut vergeht nicht, Manfred!" bemühte er sich zu lachen.

Manfred hatte die Einkäufe auch mitgebracht: Knäckebrot, Stilles Wasser, Hühnerbrühe, das volle Programm.

Als Manfred wieder weg war, faßte Kurt einen Entschluß:

Drei Stockwerke über ihm im 8. Geschoß wohnte doch die Frau Mostar mit zweifelhaftem Ruf aber vielseitigen Eigenschaften.

Er hatte sich ja zeit seines Lebens etwas zurückgelegt und hatte ja auch niemanden, den er versorgen mußte.

Einmal wollte er es noch krachen lassen, und Frau Mostar sollte dabei die Regie führen.

Erwartungsvoll saß er nun in seinem Sessel.

Mit Frau Mostar war er sich schnell einig geworden, und sie hatte alles für ihn organisiert.

Sie war nun schon ein ganze Weile beschäftigt, als endlich die Tür aufging und Frau Mostar ins Zimmer kam.

In der einen Hand hatte sie eine Flasche Single Malt, in der anderen ein Whiskyglas und eine Schachtel Dunhill.

"So Kurt, nun trink erst mal was, ich brauche noch einige Minütchen, dann bekommst Du Dein Festmahl."

Dabei kicherte sie wie ein Backfisch.

Kurt drehte den Verschluß auf und trank seit 15 Jahren den ersten Schluck Alkohol.

Dann war es soweit:

Die Fee trat ins Zimmer.

Was sie da vor sich her trug war schon atemberaubend, und er hatte so etwas lange nicht mehr gesehen, geschweige denn genossen.

Es war groß, aber fest und so wie es sich ihm jetzt darbot die Verführung an sich.

Er konnte sich nicht mehr kontrollieren, nahm das Messer fest in seine Hand und stach zu.

Aus dem weit klaffenden Schnitt lief der Saft heraus auf den Teller, hin zum Erbspüree.

Das war das beste Eisbein, das er je gegessen hatte.

Er aß alles auf bis auf den Knochen; das ganze Püree, die Kartoffeln und das Sauerkraut.

Dann öffnete er den obersten Hosenknopf, weil sein Magen um Platz buhlte.

Er öffnete die Schachtel Dunhill, roch an der Zigarette den englischen Tabak, und er zündete sie an.

Seine Lunge konnte, durfte das nicht vertragen, aber nichts in seinem Körper rebellierte.

Er hatte sie fast aufgeraucht, da schaute er Frau Mostar dankbar an und sagte ihr, daß er sich noch nie so glücklich gefühlt hätte.

Frau Mostar lächelte und erwiderte etwas, das er nicht hören konnte.

Sie kam zu ihm und nahm ihm den Zigarettenstummel aus den Fingern und drückte ihn aus und seine Augen zu.

Shalom

Ich schaute aus dem Fenster. Wir waren alle schon angeschnallt und unter uns lag im schönsten Sonnenschein Berlin. Das war also Berlin. Meine Großeltern waren hier geboren, hatten hier gelebt und geliebt, bis sie eines Tages die Stadt verlassen hatten, bevor sie verlassen waren.

All das was ich über Berlin als Verwaltungszentrum des Bösen wußte, kannte ich nur aus zweiter Hand, und ich hatte auch nicht vorgehabt, aus erster mehr zu erfahren. Es gibt Dinge, die sollte man ruhen lassen.

Leider hatte mich die Universität von Haifa auf diesen Kongreß entsandt, und der fand nun mal in Berlin statt. Die Stadt war anders als Paris oder London, jedenfalls von hier oben. Mehr grün denn grau bot sie sich im Schein der Sonne dar.

Wir setzten in Tegel auf, und ich war schon verwundert, wie schnell und problemlos die Einreisekontrolle verlief. Das war ich weder von meiner Heimat, noch den USA gewohnt.

Ich reihte mich in die Schlange der Reisenden ein, die auf ein Taxi warteten und die nun wie Perlen an einer Schnur ihre menschliche Fracht aufnahmen. Als ich an der Reihe war, stieg der Fahrer aus, um mein Gepäck zu verstauen, und ich stutzte kurz.

Er hatte dichtes schwarzes Haar und einen Vollbart. Er nahm meinen Koffer, und ich stieg in das Taxi. Ich war es aus meiner Heimat gewöhnt, allem gegenüber mißtrauisch zu sein, besonders, wenn Menschen gewissen Rastern entsprachen.

Wir fuhren los, über die Betonspange das Flughafengelände verlassend, auf die Stadtautobahn. Mein Ziel war eine Pension in der Grolmannstraße, ein Geheimtip meines Dekans, in der er selber immer sehr zufrieden wohnte und die auch koscheres Essen bot.

Im Rückspiegel sah ich nur die Augenpartie des Fahrers und immer, wenn er mich ansah, fühlte ich mich unwohl. Glühten seine schwarzen Augen nicht etwas fanatisch? Aber weshalb, ich trug ja keinen Stern.

Da blickte ich an mir herab und bemerkte, daß mein Mantel offen war und meine goldene Kette zwischen meinen Brüsten glitzerte. Ich trug den Stern als goldenen Anhänger an der Kette. Das muß ihm aufgefallen sein. Ich spürte ein Unbehagen, aber ich war doch nicht in Haifa, ich war in Berlin!

Mein Blick wanderte verunsichert durch das Wageninnere und blieb am Handschuhfach hängen. Dort war ein Schild mit der Taxikonzession befestigt. Achmad Mousa.

Auch noch Palästinenser!

Gegen meinen Willen in Berlin und dann auch noch alleine mit einem Palästinenser in einem Fahrzeug. Längst waren wir von der Autobahn wieder herunter und fuhren durch den nun dichten Innenstadtverkehr.

Irgendwas wollte, nein, mußte ich tun. Also nahm ich mein Handy und wählte die Nummer des Hotels. Mein Fahrer sollte hören, daß ich erwartet werde. Warum weiß ich nicht, aber mir fiel nichts Besseres ein, um mein Sicherheitsbedürfnis etwas zu befriedigen. Während ich auf englisch mein Gespräch führte, sah ich immer wieder in den Rückspiegel in diese schwarzen Augen.

Nach einer gefühlten Ewigkeit waren wir endlich am Ziel. Ich fragte auf deutsch nach dem Fahrpreis und beeilte mich, die genannte Summe zu zahlen, inkl. eines großzügigen Trinkgeldes. Absurd, als hätte ich es nötig, mich von etwas freizukaufen.

Warum ich es dann schließlich tat, weiß ich nicht, aber ich fragte ihn auf arabisch, ob er aus Jordanien käme.

Da erwiderte er:

„Meechen, wir sind hier allet Berliner!"

Beschämt ging ich in die Pension, es hatte sich wohl doch viel geändert in Berlin, und ich denke, ich komme jetzt öfter.

Spieglein, Spieglein in dem Sand

Die Schulglocke schellte und die Schüler strömten dem Ausgang entgegen.

Es war ein herrlicher Sommertag, und vor den Schularbeiten war Baden angesagt.

So liefen viele von ihnen an den nahegelegenen See.

Dort angekommen, zogen sie sich um und stürmten das kühle Naß.

Nach ausgiebigem Baden legten sie sich auf die mitgebrachten Handtücher und unterhielten sich über die Schule, Gott und die Welt.

Lutz war bis zu seinen Knien im Wasser und watete das Ufer entlang. Er suchte nach, Schnecken, Krebsen und anderen Tieren, derer er außerhalb seines Biologiebuches gegenwärtig werden wollte.

Die andern machten sich gerne mal über ihn lustig und nannten ihn "den Professor".

So gingen die Nachmittagsstunden dahin, und langsam kündigte sich der Abend an.

Lutz kam schließlich von seiner Expedition zurück und brachte zwar kein Tier, wohl aber einen kleinen Spiegel mit.

Er fand ihn im Schilfsaum des Sees.

Lutz war nicht gerade das Alphatier der Gruppe, aber irgendwie wirkte dieser verschlammte Spiegel auf alle.

So scharten sie sich um den Professor und wollten in diesen Spiegel schauen.

Er gab den Spiegel in die Runde und jeder schaute hinein.

Doch statt des erwarteten Spiegelbildes, sah man darin etwas ganz anderes, nämlich seine Zukunft.

Sie sahen sich in einem englischen Pub in der Schlüterstraße sitzen.

Die Jungens, die nun Männer waren, trugen Stirnglatze, die Frauen gut gefärbtes Grau.

Sie sprachen über Kinder, die sie nicht hatten und Enkelkinder, die sie nie bekommen würden.

Einige waren erfolgreich, andere unterstützt vom Vater Staat.

Doch einer fehlte im Spiegelbild: Wolf-Dieter.

Vor dem Spiegel stand er mitten unter ihnen, und bemühte sein zukünftiges Ich zu erspähen, aber vergeblich. Im Spiegel war er nicht zu sehen.

Wolf-Dieter war ein Mensch, der gut austeilen aber weniger gut einstecken konnte, und so wurde er sehr schweigsam beim Blick in den Spiegel.

Als Lutz die Tränen sah, die über Wolf-Dieters Wangen rannen, nahm er den Spiegel in die Hand und warf ihn gegen einen Feldstein, an dem er in tausend Stücke zerbarst.

Rainer war inzwischen vom Supermarkt zurück und hatte eine Flasche Lambrusco dabei, die bald in der Runde kreiste und die Nachdenklichkeit zerstreute.

Biß zum letzten Tropfen

Es waren diese Augen, diese hellblauen Augen mit den kleinen Pupille, bei denen es mich nicht wundern würde, führten sie direkt hinab in die Schattenwelt.

Ich hatte noch nie eine so schöne Frau gesehen und war völlig in Ihrem Bann. Ihr schweres Parfum erklomm meine Nasenhöhlen und der Duft machte mich total willenlos.

Wenn dies hier die Hölle war, dann hatte der Pfarrer sie uns damals falsch beschrieben. Statt Schwefel, der aphrodisierende Geruch dieser eiskalten Göttin, statt Dunkelheit diese neblige Helle, die ich eher im Himmel vermutet hätte.

Ich lag, zu jeder Bewegung unfähig, vor ihr wie ein Schaf auf der Schlachtbank. Nicht daß ich meines Lebens überdrüssig gewesen wäre, aber ein Tod, gespendet von diesem Wesen, schien mir ein Geschenk, schien mir wie eine Vereinigung mit ihr, die ich nicht erwarten konnte.

Sie hatte ihr Werk begonnen, denn ich spürte, wie mein Blut meinen Körper verließ. Nicht schnell, nicht hastig; sie zelebrierte mein Sterben ganz langsam mit sehr viel Würde.

Schmerzen spürte ich nicht, ich fühlte mich eher gefoltert, weil mir mein Dahinscheiden, meine Bluthochzeit mit ihr zu lange dauerte.

Ich wußte nicht, ob sie diese Prozedur genoß, ja ich war sogar im Zweifel, ob sie überhaupt Gefühle hatte. Wenn ich in ihre Augen sah, glaubte ich eher nicht daran.

Vielleicht stand ja auch die Zeit still, oder sie verging extrem verlangsamt. Mein Gestern war von meiner Erinnerung nicht mehr zu greifen, mir war nicht einmal mehr klar, wie ich in diese Situation gekommen war.

Da beugte sie sich ganz dicht zu mir herunter. Ich konnte ihren Atem spüren. Ihre Hand griff nach meinem Hals und ich erwartete unseren

Höhepunkt. Einer ihrer Finger tastete meine linke Halsschlagader ab. Ich fragte mich, ob sie mir diese nun auch eröffnen wollte, um das Ganze zum Finale zu bringen. Dabei konnte kaum noch Blut in meinen Adern sein, denn mir schwanden nun, meinen Tod ankündigend, die Sinne. Das helle Licht verdunkelte sich, als würde es gedimmt, und mein Lager begann sich zu drehen.

Da gab sie mir mit der Hand einen Klaps auf die Wange.

„Nun kommen sie mal wieder zu sich. Ist das ihre erste Blutspende?"

Fairytale

Wieder war es diese schmerzende Zeit. Weihnachten, als würde ihr das irgend etwas anderes als Schmerzen bereiten.

† 30. Januar 1972

Kayleigh sah dieses Datum nun schon seit fünfunddreißig Jahren, immer und immer wieder, jeden Tag, wenn sie auf dieser Bank auf dem Friedhof von Derry saß und auf den Grabstein schaute.

Es markierte den Todestag von Fynn, ihrem Verlobten, der an diesem Tag von den Engländern erschossen wurde.

Fynn war kein Aufständischer, er war ihr Mann, und er lag dort mit all ihren Plänen: Plänen für eine Familie, ein kleines Geschäft in Derry und ihre Zukunft.

Alles war wohlüberlegt, und auch ihre Familien hatten den Beiden Unterstützung zugesagt.

Ja, und dann erschossen die Engländer ihren Fynn.

Nicht weil er ein Aufständischer war oder sie angegriffen hatte. Er war, wie man so schön sagt, nur zur falschen Zeit am falschen Ort.

Es war noch nicht einmal ein Schuß, der ihn sofort getötet hatte, aber an diesem Blutsonntag waren die Krankenhäuser, weil völlig unvorbereitet, nicht in der Lage, allen Opfern die medizinische Hilfe zukommen zu lassen, die notwendig war, und so verblutete Fynn in ihren Armen auf dem Flur des Krankenhauses.

„Uns selbst allein", das Motto der IRA, war sein letztes Flüstern, bevor sein Herz aufhörte zu schlagen.

Das war nun Jahrzehnte her, und selbst die britische Regierung gab inzwischen zu, daß das Handeln ihrer Armee am Blutsonntag nichts weiter war als Mord.

Nur, was nutzte Kayleigh dieses späte Bekenntnis ?

Sie hatte die Kinder nicht geboren, die sie sich gewünscht hatten, sie hatte demzufolge auch keine Enkelkinder, obwohl die Kleinen in ihrer Straße sie Grandma nannten.

Andere Frauen hätten vielleicht einen anderen Mann geheiratet, aber nicht Kayleigh.

Die Liebe, die beide teilten, war zu rein und zu tief, nie wäre es ihr in den Sinn gekommen, Fynn auszutauschen.

So verbrachte sie nun ihre Zeit auf der kleinen Bank vor Fynns Grab und trauerte der Liebe nach, die ihnen nicht vergönnt war. Neben dem Grabstein stand ein Ginster. Irland, durch den Golfstrom klimatisch begünstigt, ließ ihn nicht ganz erkahlen, und so hatte er selbst jetzt zur Weihnachtszeit noch viele seiner kleinen Blätter. Ein leichter Wind ließ seine Äste einen langsamen Tanz vollführen und der zog sie in seinen Bann.

Nein, es waren nicht nur Blätter, die sich dort bewegten.

Ja, sie konnte nicht mehr so gut sehen wie früher, aber daß da etwas anders war als sonst, das entging ihr nicht.

Sie versuchte das Geschehen zu fixieren.

So richtig gelang ihr das nicht, es wirkte wie ein übergroßes Glühwürmchen, aber es war nicht nur ein Leuchten, es schien auf sie zuzufliegen, aber sehr, sehr langsam.

Sie dachte an die alten irischen Sagen über die Feen und das kleine Volk und war nun hellwach.

Aber immer wenn man etwas ganz genau inspizieren will, dann entgleitet es einem. So wie man auch die allerschönste Schneeflocke zwar für Sekunden sehen, aber niemals einfangen kann.

Aber da war etwas, das war eindeutig und leuchtete nicht nur, sondern bewegte sich auch.

Das Leuchten wurde nicht nur intensiver, sondern auch der Lichtkegel wurde größer.

Kayleigh stand auf, ging direkt darauf zu. Vor dem Busch blieb sie stehen und kniete nieder. Da schälte sich mitten in diesem irrlichternden Schein ein Gesicht aus dem Ungefähren und ließ ihr Herz wild pochen.

Es war das Antlitz von Fynn.

Und es war nicht nur ein Abbild. Es schaute sie an, die gleiche Liebe ausstrahlend, die beide nur allzu kurz leben durften.

In Irland sinken die Temperaturen selten unter den Gefrierpunkt, aber Kayleigh fröstelte es.

Sie war hin und her gerissen zwischen der Erinnerung und diesem Ereignis.

Ihre Sinne schwanden.

Am Weihnachtsfeiertag fand man sie und brachte sie in das rechtsmedizinische Institut von Derry.

Kayleigh und Fynn hinterließen keine Kinder , Fynn nur ein Grab in dem Kayleigh im Januar bestattet wurde.Die Geschichte wäre nun zu Ende erzählt, gäbe es nicht Stimmen, die sich absolut sicher sind, daß in Tara ein Ehepaar aufgetaucht sei, das sehr glücklich und zufrieden dort lebte und im nächsten Frühjahr ein Baby erwarten würde.

Aber kann man den Iren und ihren Geschichten trauen

Janis for freedom

Wie so oft saß ich auf der Terrasse meines Lieblingskroaten am Metzer Platz in Spandau.

Mein Blick glitt wie immer die Hausfassade des gegenüberliegenden Gebäudes empor zu diesem einen Dachgarten; eher einem Balkon, der sich aber durch seine grünen Pflanzen von dem häßlichen Blechdach abhob, mit dem sich ein Architekt wohl an der Wilhelmstadt rächen wollte.

Die Pflanzen selber waren nicht sehr beeindruckend, Blüten nicht zu erkennen, nur die Blattform ließ sich erahnen. Quirlig umstanden gefiederte Blätter ihre Stiele und ich hätte wetten können, daß es sich bei diesem Biotop um eine kleine Hanfgärtnerei handelte.

Aber das wäre eher ein dreistes Unterfangen, denn die Straße ist täglich von vielen Polizeifahrzeugen gut bestreift.

Man vertraute von Seiten der Balkonbauern da wohl eher auf den Tunnelblick der Beamten und schien damit nicht schlecht zu fahren.

Mir wäre das auch alles herzlich egal gewesen, wäre da nicht immer mal wieder diese junge blonde Frau.

Sie war ab und an auf dem Balkon zu sehen, wie sie hinunter auf die Straße sah, und ich hätte schwören können, daß sich unsere Blicke auch ab und an trafen.

Leider verschwand sie genauso unverhofft, wie sie erschienen war.

Ich sah sie nicht jedesmal, ertappte mich aber dabei, meine Schlagzahl in Bezug auf meine Besuche im Croatia-Eck zu erhöhen, allein deshalb, die Chance, diese Frau mit ihren langen blonden Haaren sehen zu können, zu wahren.

Irgendwie nahm ich den Rhythmus auf und meine Trefferquote verbesserte sich von Mal zu Mal.

Langsam war ich mir sicher, jedesmal einen Blick auf sie werfen zu können und wurde auch nie enttäuscht.

Bis ich eines Tages vergebens gen Dach schaute, und sich dort nichts rührte,

Ich trank frustriert mein Bud und nervte den Kellner mit Sonderwünschen, als ich neben mir eine Stimme hörte.

"Bobby!"

Nun heiße ich ja weder Bobby noch Robert, aber ich blickte nach links in jene Richtung, aus der die Stimme kam.

Ich glaube für die anderen Gäste bot mein Gesicht einen ziemlich interessanten Eindruck, denn ich bekam weder meinen Mund zu, noch meine Augen auf Normalmaß zurück.

Sie saß am Tisch neben mir!

Sie schaute mich an, und ich betrachtete sie, endlich auf Augenhöhe, gründlich.

Sie war nicht die blonde Elfe, die ich dort oben gewähnt hatte, sie war eine Frau, in deren Gesicht ihre Biografie tiefe Spuren gegraben hatte.

Ihre Arme, die Ihr T-Shirt entblößte, waren gezeichnet von den typischen kleinen Malen, die einen exzessiven Drogenkonsum nahe legten.

"Bobby, hast Du Dein Zuhause gefunden?"

"Entschuldige ich bin nicht Bobby!"

"Bobby, bist Du in Deinem Zuhause angekommen? "

Ich war wie im Traum, schaute ihr tief in ihre Augen und meinte darin schemenhaft einen Highway zu erkennen.

"Ich bin nicht Bobby, aber ich würde gerne Deinen Namen wissen und warum Du mich so nennst."

"Ich bin Janis und wir trafen uns in Woodstock."

Nun war ich ganz perplex, denn ich war noch nie in Amerika gewesen. Aber die Frau faszinierte mich, und ich beschloß, die Rolle, die sie mir offensichtlich zugedacht hatte, anzunehmen, um mit ihr ins Gespräch zu kommen.

So log ich : "Ja, die große Freiheit, war eine echte Choose damals"

Sie schaute mich ernst an:

"Freiheit ist letzten Endes nur ein anderes Wort dafür, daß Du nichts mehr zu verlieren hast. Nichts ist zwar nichts wert, aber kostet auch nichts !"

Mein Gesichtsausdruck muß sich nun noch mehr ins Karikative verzogen haben und meine Gedanken kreisten.

"Bobby, vergiß den Blues nicht, er ist Deine Seele."

Sie gab mir einen Kuß und verließ die Terrasse Richtung Hauseingang, der sie verschluckte.

Ich wartete darauf, daß im Dachgeschoß, das Licht eingeschaltet werden würde, was aber nicht geschah.

So zahlte ich meine Zeche beim Wirt und ging, das Lied von Bobby McGee summend, nach Hause.

Am nächsten Tag saß ich natürlich wieder auf meinem Stammplatz.

Aber sie erschien nicht.

Nur ihre Pflanzen waren noch kräftig am Wachsen.

Im Lokal wußte auch niemand etwas, und ich war bei denen dort auch eher zum eigentümlichen Zausel mutiert.

Aber das war mir egal. Ich ging über die Straße zum Hauseingang, drückte mehrere Klingelknöpfe gleichzeitig bis die Tür aufsummte. Vom stillen Portier notierte ich mir den Namen des Vermieters.

Mein Anruf dort am nächsten Tag ergab, daß die Wohnung seit 5 Monaten leer stand.

Meinem Einwand, daß dort Hanf angebaut werden würde, entgegnete man mir, nur mühevoll um Ernst bemüht, daß das Brennesseln seien.

Ich ging zu meinem Kroaten, diesmal aber nicht auf die Terrasse, sondern ich setzte mich an den Tresen und stellte ihn zur Rede, denn es konnte doch nicht sein, daß er einen Fusel als Slivovitz verkauft, der solche Halluzinationen erzeugt.

Er schaute mich mitleidig an und spendierte mir die "Hausmarke".

Aus den Lautsprechern links und rechts der Bar hörte ich gespielt vom Oldiesender:

"Freedom is just another word for nothing left to lose,
Nothing, that's all that Bobby left me, yeah,
But feeling good was easy, Lord, when he sang the blues,
Hey, feeling good was good enough for me,
Good enough for me and my Bobby McGee"

Bruderliebe

Hartmut parkte den Wagen im Hof des Krankenhauses. Er stieg aus, ging um den Wagen herum und öffnete Bärbel die Tür. Als sie ausstieg, warf sie ihm wieder diesen Blick zu.

Sie strich ihren Mantel glatt, und sie gingen zum Eingang und von dort aus auf die orthopädische Station.

Dort verbrachte Christian seit diesem Unfall seine Zeit.

Er passierte im Urlaub mit Bärbel. Es war ihre Hochzeitsreise, und er war so glücklich damals, daß er es übermütig den Felsenspringern gleichtun wollte, im Gegensatz zu jenen, aber die Untiefen und Klippen nicht kannte.

Fünf Jahre lang lag er im Wachkoma, rührend umsorgt von seiner Frau, die so fest an seine Genesung glaubte, daß keiner der Ärzte es wagte, die Möglichkeit einer Beendigung der Versorgung auch nur anzudenken.

Auch sein Bruder Hartmut kam sooft er konnte und saß an seinem Bett. Die beiden waren nach dem frühen Tod ihrer Eltern verbunden wie Pech und Schwefel.

So vergingen fünf Weihnachtsfeste, die Hartmut und Bärbel an Christians Bett verbrachten, aufmerksam auf alles achtend, was eventuell ein Anzeichen für eine Rückkehr Christians in ihre Welt sein konnte.

Irgendwann traf ihn dann zum ersten Mal dieser Blick aus Bärbels Augen. Er wirkte irgendwie sehnsüchtig, was er natürlich auf das verzweifelte Warten auf das Erwachen zurückführte.

In den vielen Stunden, die sie an seinem Bett verbrachten, waren sie sich so nahe in ihrer Sorge um Christian, so nahe in ihren Gefühlen, daß Hartmut manchmal Angst davor bekam, Angst, daß da etwas keimen würde, was niemals wachsen durfte.

Christian war sein kleiner Bruder, den er immer beschützt und der zu ihm immer totales Vertrauen gehabt hatte.

Doch wie ein Virus begann dieses Gefühl von ihm Besitz zu ergreifen, und er spürte, daß auch Bärbel nicht davor gefeit war.

Irgendwann an einem Frühlingstag geschah es dann. Bärbel richtete das Kopfkissen von Christian und Hartmut hob solange dessen Kopf etwas an. Jedenfalls berührten sich ihre Hände und keiner zog seine zurück. Sie lagen übereinander und wie ein Siegel Christians Kopf darüber. Irgendwie empfanden sie es, als wollte Christian seinen Segen dazu geben.

Sie gingen in die Ecke, in der das Waschbecken stand und küßten sich. In dem Moment, in dem sich ihre Lippen berührten, vernahmen sie ein schnalzendes Geräusch, dem ein Röcheln folgte.

Für einen Sekundenbruchteil erstarrten sie, um dann zum Bett zu laufen. Christian bewegte seinen Mund. Zwar unkontrolliert, aber anders, als nur einem Reflex folgend.

Bärbel drückte auf den Knopf für den Alarm.

Die herbeieilende Schwester informierte sofort den Arzt und schickte die Beiden aus dem Zimmer.

Das war nun auch schon wieder drei Jahre her und Christian machte Fortschritte, kleine zwar, aber stetige. Er konnte inzwischen nicht nur seine Arme bewegen, nein auch sein Bewußtsein war fast vollständig zurückgekehrt. Wenn er sprach schienen zwar manchmal Silben und Wörter an seinem Gaumen kleben zu bleiben, aber was er sagte, war überlegt und schlüssig.

Bärbel und Hartmut kamen wie immer täglich, nur daß sie inzwischen das Bett teilten.

Vor Christian wußten sie das aber geschickt zu verbergen, und damit auch das Krankenhauspersonal davon keinen Wind bekam, beließen sie es vor und in der Klinik bei dem Blick, der der Spaltpilz war, der Christians Vertrauen verriet.

So sortierten sie ihre Schuld, daß sie diese nur im Krankenzimmer zuließen, sonst aber ihrer Liebe frönten, deren Ursprung ihre gemeinsame Sehnsucht gewesen war.

Nach einem weiteren Jahr, war es dann soweit. Christian saß im Rollstuhl, und Bärbel schob ihn aus der Klinik zu dem Van,der extra dafür angeschafft worden und rollstuhlgerecht umgebaut worden war.

Hartmut schob ihn die kleine Rampe hinauf und schloß die Tür. Dann setzte er sich an das Steuer, und sie fuhren los, in Christians ungewisse Zukunft.

Sie hatten ganz bewußt bis heute gewartet, wollten daß er stark genug für die Wahrheit ist, doch heute sollte das jahrelange Versteckspiel vorüber sein.

Christian war, bis auf die Querschnittslähmung, wieder voll hergestellt, und Bärbel und Hartmut waren der Meinung, daß sie nach den Jahren der Fürsorge und Entbehrung nun Anspruch auf ihr Glück hätten.

Sie hatten 50 Kilometer Autobahnfahrt vor sich und wollten die Fahrzeit nutzen, Christian schonend darauf vorzubereiten, daß er zwar weiter mit ihnen zusammen leben würde, aber nicht mehr mit Bärbel als Frau.

Bärbel machte den Anfang, weil Hartmut damit beschäftigt war, auf den Verkehr zu achten, befuhren sie doch jetzt die Gegenfahrbahn, wegen dieser Großbaustelle. Hier wo statt drei Spuren nun vier waren und nur Plastikbaken die Trennung vom Gegenverkehr bildeten, mußte er mit dem Van achtgeben, zumal heute, am Tag vor dem Sonntagsfahrverbot, zahlreiche Lastwagen diesem vorauseilen wollten.

Bärbel fing behutsam an und wartete immer auf eine Reaktion Christians,die aber ausblieb. Auch als die Katze aus dem Sack war, kam keine Reaktion. Sie stieß Hartmut an, auf daß er doch etwas sagen möge.

Als hätte Christian das bemerkt fragte er von hinten:

"Stimmt das alles,Hartmut?"

Hartmut druckste herum und begann umständlich um den heißen Brei herumzureden, vermied aber jeden Blick in den Innenspiegel.

Hartmut suchte nach Worten.

Da unterbrach ein schepperndes Geräusch die Stille.

Bärbel drehte sich um und sah hinter sich nur die beiden offenen Rücktüren des Van, die hin und her schwangen wie Schmetterlingsflügel.

Sie schrie.

Hartmut erstarrte beim Blick in den Rückspiegel. Er sah, wie der Sattelschlepper hinter ihm den Rollstuhl seines Bruders unter sich begrub.

Er schrie wie von Sinnen, packte das Lenkrad und steuerte den Van, die Plastikbaken niedermähend, in den Gegenverkehr. Das letzte, was er sah, war das entsetzte Gesicht des Reisebusfahrers.

Affentheater

Er sitzt da und schaut zu mir herüber.

Nur das Gitter zwischen unseren Augen.

Fremdartig sieht er aus, aber auch irgendwie verwandt.

Fühlt er, was ich fühle?

Denkt er, was ich denke?

Er sitzt da, als würde er etwas kauen, sein breiter Unterkiefer arbeitet schwer.

Und er schaut mich an.

Jetzt kratzt er sich am Hinterkopf und schaut auf seinen Bauch.

Neben ihm, nicht zu nah, aber auch nicht weit entfernt, sitzt ein weibliches Wesen. Ob sie seine Auserwählte ist?

Beide tun so, als wären sie aneinander überhaupt nicht interessiert.

Trotzdem treffen sich ab und an ihre Blicke.

Es ist Mittag, und es ist ziemlich heiß. Wahrscheinlich sind sie nur zu träge, sich füreinander zu interessieren.

Ich kann das gut verstehen, ich sitze hier ja auch nicht alleine, aber diese Hitze dämpft jede Regung, sich mit dem anderen Geschlecht überhaupt auseinanderzusetzen.

Was ist es eigentlich, was uns trennt?

Das Fell, von dem der eine zu viel und der andere zu wenig hat?

Die Fähigkeit des einen, den anderen gefangen zu halten?

Langsam bekomme ich Hunger.

Liegt es daran, daß er ständig zu kauen scheint?

Nein, es ist ja auch bald Zeit für mein Abendbrot.

Mein Magen arbeitet in dieser Hinsicht wie ein Uhrwerk.

Eigentlich habe ich dieses Wesen ja nun lange genug beobachtet, und es brachte mir nicht eine Antwort auf meine vielen Fragen.

Diese Grenze zwischen uns, die das Gitter markiert, werden wir wohl nie überwinden können, da können wir uns noch solange in unsere Augen schauen und Grimassen schneiden!

Da steht er unvermittelt auf, dreht mir seinen Rücken zu und hängt sich diesen Stoffetzen um, als wolle er sich verkleiden.

Ihm ist es jetzt wohl auch lange genug gewesen.

Hinter mir höre ich ein Scheppern.

Der Schieber öffnet sich.

Ich hechte an das Stangengerüst und hangele mich hinunter, um mich durch die Öffnung zu zwängen zu meinem Fressen und meinen Weibern.

Man kommt zwar nie hier raus, aber das Essen wird pünktlich serviert.

Immer am 1. August

Es war der erste August. Sein Geburtstag. Ein Tag wie kein anderer. Er konnte sich nicht erinnern, daß es an einem ersten August jemals geregnet hätte, und seine Erinnerung war gut, mußte gut sein, denn er hatte nun schon fast hundert davon erlebt.

Geboren wurde er an einem wunderschönen ersten August 1914, als das große Völkerschlachten im Namen von Kaisern und Königen begann.

Er bekam als Kleinkind davon nichts mit, wohl aber vom Nachschlag 1939, als er seinen Geburtstag in Polen mit seinen Artilleriekameraden feiern mußte, statt zu Hause in Berlin.

Als der Spuk vorüber war, begann dann endlich sein wirkliches Leben.

Er traf die Frau seines Lebens und heiratete sie. Nach und nach schenkte sie ihm drei Kinder, die zwar in den Trümmern der Reichshauptstadt aufwuchsen, aber trotzdem, oder gerade deshalb, glücklich waren.

Er arbeitete fleißig, und so konnte seine Familie schon bald auch am Wirtschaftswunder teilhaben.

Die Anschaffung des ersten Autos, eines Käfers, bedurfte noch einer kleinen Geldspritze seiner Eltern, die erste Reise an die Nordsee war aber schon eigenfinanziert.

Es war keine Reise, wie man sie heute unternehmen würde.

Eine Unterkunft mit Verpflegung auf dem benachbarten Bauernhof, bei dem die Mitarbeit der Gäste erwartet wurde, ohne Fernsehen und als Freizeitsport Wattwurmhaufentreten und auf dem Deich Schafscheißeausweichen.

Da es jedoch damals so üblich war, und weder Mallorca noch Bali mehr waren als unbekannte Orte im Schulatlas, waren alle sehr glücklich und genossen die drei Wochen an der See.

Das Wetter war sehr typisch, bis auf den ersten August, denn da schien die Sonne.

Er war sehr stolz auf seine Familie. Seine Frau schmiß den Haushalt, wie es damals üblich war und erzog ihre drei Kinder, zwei Mädchen und einen Jungen, selber.

Die Zeit verging und aus Kindern wurden Schüler, aus Schülern Studenten und bald leerte sich die große Wohnung, traten Schwiegerkinder in sein Leben, und es dauerte nicht lange, auch das erste Enkelkind.

Als hätten sie sich verabredet, bekam jedes seiner Kinder ein Kind, die Töchter Söhne und der Sohn eine Tochter.

Inzwischen war er im wohlverdienten Ruhestand und genoß seine Rolle als Opa.

Was früher Bilanzen und Akten waren, wich nun Buddelschippe und Eimer, und der schönste Tag im Jahr war sein Geburtstag, an dem alle zusamenkamen und an dem immer die Sonne schien.

Allen ging es gut, und wie bei einer Welle das Tal dem Kamm folgt, hatten alle reichlich Zeit, sich zu streiten, und so entstanden erst Wunden, dann Abzesse, in denen Mißgunst und Eifersucht schwärten.

Erst sprach man kaum noch miteinander, dann blieb man fern, wenn die anderen kamen.

Es tat ihm sehr weh, mit ansehen zu müssen, wie seine Familie langsam auseinanderbrach und, so wie es üblich ist, die Kinder mit in Stellung gebracht wurden.

Weihnachten wurde nun aufgeteilt. Statt der Bescherung am 24. wurde das komplette Fest gesplittet, damit niemand den anderen traf.

Seine Hoffnung, daß sich diese Situation, unter der er so litt, ändern würde, wenn seine Enkel selber ihre Familien gründen würden, zerstob leider am Zeitgeist der modernen Gesellschaft.

Der Sohn seiner ältesten Tochter machte sich nichts aus Frauen und der seiner anderen, befand, daß man in diese Welt keine Kinder setzen solle, zu schlimm sei sie. Er war in dieser Ansicht sogar so radikal, daß ein

Kind, das sich um diese Ansicht nicht scherte, zerstückelt in der Nierenschale endete, aus sozialen Gründen.

Ihm war das an die Nieren gegangen, und er fragte sich, was er falsch gemacht hatte.

Hatte er durch seine Arbeit und seine Frau durch ihre Präsenz und Liebe nicht ein Vorbild dafür gegeben, wie man unter schlimmsten Umständen, nach einem verlorenen Krieg, drei Kinder nicht nur über die Runden bekommt, sondern auch zu verantwortlichen Menschen macht?

Bei seinen Dreien ist das ja auch irgendwie gelungen. Seine Enkel, im Luxus verwöhnt aufgewachsen, empfand er als asozial, zu mindestens die Jungs, denn seine Enkeltochter war erst 23 und hatte sich über Kinder noch keine Gedanken gemacht.

Inzwischen war er über Neunzig und hatte das Gefühl, daß ihn niemand mehr richtig ernstnahm. Sicher, sie waren zu ihm lieb und nett wie immer, nur nahmen sie ihn, außer als Vater und Großvater, auch als Menschen noch wahr?

Lange Nächte sprach er mit seiner Frau darüber, und sie gab ihm nicht grundsätzlich Unrecht, sah die Dinge aber wie immer etwas weicher, und dafür dankte er ihr, wie immer.

Es war wieder einmal ein erster August, als seine Enkeltochter ihm etwas ins Ohr flüsterte.

Nie war er ernsthaft krank gewesen, aber es hätte ihn nicht gewundert, wäre das Gefühl, das er nun spürte einem Schlaganfall geschuldet.

Er drückte sie und gab ihr einen Kuß. Seit Jahren trank er das erste Mal wieder einen Schlehengeist, und er konnte sich an keinen schöneren Geburtstag erinnern.

Obwohl der folgen sollte.

Ein Jahr später war aus dem Flüstern ein strammer Junge geworden, der gerade 3 Monate alt war.

Seine Enkeltochter und ihr Mann waren sehr stolz, und er fand, sie waren es zu Recht. Es war ein propperes Kerlchen und kerngesund.

Nur, irgendwie war es heute nicht sein Tag, und der kleine Erdenbürger schien irgendetwas verquer zu haben. Er greinte und weinte vor sich hin.

Seiner Mutter war das sichtlich unangenehm, zumal sich die Kinderphoben anschickten, ihre Weisheiten und Ratschläge in die Gegend zu streuen.

Da stand er auf und nahm den Kleinen auf seinen Arm und ging ganz langsam mit ihm zum Fenster, setzte sich auf die Bank davor und schaute Wange an Wange mit ihm hinaus.

„Kleiner Mann! Schau! Da draußen ist Deine Welt! Bis heute war sie meine, heute schenke ich sie Dir! Hundert Jahre hat sie mich ausgehalten, und sie wartet auf Dich kleiner Mann.

Siehst Du den Apfelbaum? Er hat Blätter und Äpfel, Du kannst sie sehen, sie sind schon fast reif. Jedes Jahr bekommt er neue Blätter und neue Äpfel und so lebt er ewig, denn in jedem seiner Äpfel ist ein Stück von ihm drin, wie ein Teil von mir in Dir ist, kleiner Mann.

Solange ein Teil von Dir Bestandteil eines anderen Menschen ist, lebt ein Teil von Dir weiter.

So ist es seit Anbeginn der Welt. Wenn die anonymen Urnengräber Deiner Onkel und Tanten längst verwaist und eingeebnet sein werden, weil der Mammon, den alleine sie liebten, keine Gegenliebe kennt, dann lebt immer noch ein Teil von mir in Dir, und wenn Du dann Deine eigenen Kinder haben wirst, wirst Du in ihnen leben.

Jeder sehnt sich nach Unsterblichkeit, sieht nur nicht, wie einfach man sie erreichen kann."

Der Kleine war ganz ruhig geworden, wie alle anderen auch.

Wange an Wange sahen die beiden zum Apfelbaum, dessen beäpfelter Zweig sich leicht im Wind wog.

Der Kleine lachte, der Alte weinte, beide vor Glück.

Und ab der Luzi !

Es war vor ein paar Jahren, da hörte der Alte seinen Hund aufgeregt bellen und ging hinaus in den Garten. Der Hund stand vor der Hecke, schaute auf den Boden und wedelte aufgeregt mit seinem Schwanz.

Als er näher kam, sah er, wie direkt vor dem Hund etwas am Fuße der Hecke saß, nein, eher hockte; eine junge Ringeltaube, die, noch flugunfähig, wohl aus ihrem Nest gefallen war. Die Verletzung an ihrem Kopf zeugte davon, daß dies unfreiwillig und nicht aus Tolpatschigkeit geschehen sein mußte.

Der Alte bückte sich und nahm den Unglücksvogel vorsichtig in seine faltigen Hände und trug ihn ins Haus. Ein Schuhkarton war schnell zu einem Ersatznest umfunktioniert, und ein herbeitelefonierter Tierarzt tapte die Kopfwunde.

Die Wunde heilte rasch, und der gute Appetit tat das seinige, daß aus dem Findelkind bald ein kreuzfideles Taubenkind wurde.

Es fühlte sich offensichtlich wohl, wuchs, gedieh und auch sein kahler Kopf war bald wieder befiedert.

Bald waren auch die Schwungfedern in voller Größe ausgewachsen, und bei seinen Eltern wäre der Vogel wohl nun reif für die erste Flugstunde.

Nun waren die Flugkünste des Alten eher bescheiden ausgebildet und so fiel der Flugunterricht aus.

Zum Alltag reichten Luzi, wie der Alte die Taube getauft hatte, das Flattern und Hüpfen, welches ihr im Blut lag, völlig.

Wasser und Futter waren in Reichweite ständig reichlich und frisch vorhanden. So flatterte Luzi von ihrem Schlafplatz auf der Terrasse in den Vorgarten und nur selten weiter als bis zu jener Hecke, vor der der Hund sie seinerzeit gefunden hatte.

Ab und zu saß im Apfelbaum eine Verwandte von ihr, die sie aber nicht weiter interessierte.

Als der Alte sie in ihrem jämmerlichen Zustand auflas, war sie in ihrer Prägephase, und sie machte es den Graugänsen Konrad Lorenz' nach und erkor ihn als Partner.

Der Alte mußte immer lachen, wenn sie ihn angurrte und ließ ihr einige Streicheleinheiten zukommen.

So lief es für die beiden sehr harmonisch, und selbst der Hund hatte keine Probleme mit dem gefiederten Hausgenossen

Eines Tages flatterte sie wie immer morgens an den Wassernapf vor der Hundehütte und eigentlich hätte der Hund herauskommen und sie bellend auf das Dach der Hundehütte scheuchen müssen, weil das zwischen den beiden inzwischen so eine Art Ritus geworden war.
Nur kam heute weder ein Bellen, noch der Hund.

Die Hütte war leer. Der Alte erschien kurz danach wie immer, war nur etwas ruhiger als sonst, und er rief auch nicht nach dem Hund.

Ab diesem Tag waren sie nur noch zu zweit.

Der Alte verbrachte viel mehr Zeit als früher mit ihr, die ja eigentlich keine „Sie" sondern ein Täuberich war, nur waren die Geschlechter von Ringeltauben für Menschen nur sehr schwierig zu unterscheiden, und so blieb es bei Luzi.

Als der Winter kam, durfte der Luzi das erste Mal nach drinnen. Der Alte wollte wohl nicht alleine die dunklen Abende verbringen.

So vergingen der Herbst und der Winter.

Der Frühling kam und Luzi kehrte auf die Terrasse zurück. Die Sonne mühte sich, den Alten in seinem Liegestuhl zu wärmen, und er schien es mit fest geschlossenen Augen zu genießen.

Am nächsten Tag waren seine Augen immer noch geschlossen und Luzis Futternapf leer.

Luzi flatterte ihm auf den Kopf, wie sie es des öfteren tat, aber diesmal regierte er überhaupt nicht, nicht einmal, als seine Brille durch die Heftigkeit des Anfluges herunterfiel.

Bisher war Luzi mit Futter und Wasser ausreichend und ständig versorgt gewesen, nun hatte er offensichtlich ein Problem, an beides zu gelangen.

Er flatterte auf den Dachfirst und schaute sich um.

Es gab hier viele andere Gärten in der Nachbarschaft, die hatte er noch nie besucht. Er faßte sich ein Herz und schwang sich in die Luft und aus dem Flattern wurde mehr und mehr ein Flug.

Das erste Mal in seinem Leben sah er die Bäume von oben, und als hätte er sich darüber erschrocken, landete er im Gipfel der großen Blaufichte.

Dort waren noch die fetten Zapfen aus dem letzten Jahr, und er fraß das erste Mal nicht aus einem Napf.

Nicht weit entfernt entdeckte er den kleinen Bach, zu dem er nun schon etwas eleganter hinflog.

Während er seinen Durst stillte, erschrak er ob eines kräftigen Flügelschlages über ihm.

Eine Artgenossin landete neben ihm, um ebenfalls zu trinken.

Luzi war verwirrt.

Partner für ihn mußten eigentlich graue Haare und einen Bart haben, und er fragte sich, warum dieser seltsame Vogel nun immer näher kam und was er von ihm wollte.

Irgendwann siegte dann aber die Stimme des Blutes über die Prägung, und es erhob sich ein heftiges Gegurre.

Die junge Dame hatte sogar schon ganz genaue Pläne, wo er mit ihr zusammen ein Nest zu bauen hätte.

So saßen sie wenige Zeit später in dem großen Nußbaum in dem Nest, das sie beide errichtet hatten.

Luzi staunte nicht schlecht, als eines Tages so ein rundes Ding im Nest lag, etwas kleiner aber nicht unähnlich jenem, welches der Alte immer morgens zum Frühstück gegessen hatte.

Sie aß es aber nicht, sondern setzte sich drauf, und Luzi staunte nicht wenig, als am nächsten Morgen noch so ein Ding im Nest lag. Es folgte noch ein drittes, und sie saß auf allen dreien, verließ das Nest nur um zu essen und zu trinken.

Eines Tages wurde sie sehr unruhig, erhob sich von den Dingern, und Luzi bekam einen Schreck. Eines dieser Dinger war kaputt, zerbrochen. Er dachte, daß sie nun sehr unglücklich wäre, aber ganz im Gegenteil, sie war sehr aufgeregt und begann den Sprung in dem Ding mit dem Schnabel noch zu vergrößern.

Verdattert schaute Luzi, als auf einmal ein kleiner Kopf aus den Trümmern herausschaute. Einige Strampler später lag ein Küken im Nest, welches nun von ihr gewärmt wurde, wie auch die anderen unbeschädigten runden Dinger.

Einen Tag später waren sie zu fünft, und Luzi vervollkommnete seine Flugkünste auf den vielen Flügen, die er nun zu absolvieren hatte, um seine Familie zu ernähren.

Luzi war in der Natur angekommen,

Inkarklatsch

Es war dieses weiße Licht, das mich magisch anzog.

Ich schwebte ihm entgegen durch das Dunkel. Meinen Körper spürte ich nicht, sah nur das ferne Licht. Das Gestern, mein Gestern, lag hinter mir, und ich erinnerte mich nicht mehr daran.

Was genau mit mir geschah, wußte ich nicht, ich fühlte nur, daß mir etwas bevorstand, das mein Denken überfordern würde.

Es war mir völlig gleichgültig, was war, ich spürte nur noch das Bedürfnis mich diesem Licht zu nähern.

Ganz verschwommen und undeutlich meinte ich auch andere Lichter zu sehen, auch farbige, aber sie interessierten mich auf eine seltsame Art und Weise überhaupt nicht, denn ich spürte ein unsägliches Glücksgefühl in mir.

Wie auf einem Leitstrahl, ein wenig taumelnd, schwebte ich dahin.

Irgendwie wußte ich, daß ich nicht alleine war, aber ich nahm niemand anderes wirklich wahr.

Es mag sein, daß auch andere Wesen um mich herum das gleiche Ziel hatten, möglich auch, daß sie nur meinen Kurs kreuzten oder mich nur ein Stück des Weges begleiteten.

Ja, ich war mir ziemlich sicher, daß um mich herum auch andere Wesen unterwegs waren, und es würde mich nicht wundern, hätten sie das gleiche Ziel wie ich.

Diesen Gedanken nachhängend, hörte ich auf einmal ein Geräusch.

Es kam aus derselben Richtung wie das Licht.

Es war ein ganz leises Brummen, das aber bald lauter wurde. Auch das Licht wurde heller und der Lichtkegel langsam aber stetig größer. Fasziniert und gebannt vom Geschehen und der unstillbaren Neugier darauf, was das Licht verheißen würde, ließ ich mich von ihm anziehen.

Bald füllte das Licht mein gesamtes Gesichtsfeld, und das Geräusch wuchs zu einem infernalischen Getöse an. Dann ging es ganz schnell.

Ich klatschte gegen das Glas des Motorradscheinwerfers, neben die anderen Mücken, die dort schon klebten.

Leaf me

Es geht mir nicht gut, nein es geht mir wirklich nicht gut.

Ich hänge hier rum und ich weiß, daß es nicht mehr lange dauern wird, bis ich abstürzen werde. Ich spüre den Abgrund, der sich unter mir auftut, spürte ihn eigentlich immer schon, nur wird er von Tag zu Tag bedrohlicher. Ich fühle mich magisch von ihm angezogen und ahne, daß er mich verschlingen wird, wenn meine Zeit gekommen ist.

Weit ist sie nicht mehr entfernt, ich spüre seit Tagen meine Lebenskraft schwinden. Ich erinnere mich, wie ich einst gesprossen war, prall gefüllt von der Kraft, die er mir spendete und die mich gedeihen ließ. Um nichts mußte ich mich sorgen, alles bekam ich von ihm, zusätzlich zu dem Halt, den er mir bot, ohne den ich verloren und vergangen wäre wie eine Kerze im Wind.

Unsere Verbindung war nicht nur liebevoll, auch ich gab ihm die Energie die er brauchte, obwohl er so ungleich größer und stärker ist als ich.

Nur so wie das Wasser den Berg hinab rinnt, so gingen auch unsere schönen Tage vorüber und irgendwann, ich weiß nicht mehr genau wann, spürte ich, daß sich unsere Beziehung veränderte.

Was er früher gab, forderte er nun von mir, und zwar so unerbittlich und stetig, daß meine Kräfte schwanden und vergingen.

Meine Schönheit schwand zusammen mit meiner gesunden Farbe. Ich wurde nicht nur matt, sondern auch fleckig und unansehnlich. Falten begannen meinen Körper zu markieren, der von Tag zu Tag spröder und zerbrechlicher wurde.

Nein, es geht mir wirklich nicht gut.

Das, was mich mit ihm noch verbindet, wird keinen Sturm, ja nicht mal mehr einen Wind überstehen.

Alles, was er mir je gab, hat er nun wieder unerbittlich zurückgefordert und auch bekommen, nichts ist für mich geblieben.

Da frischt der Herbstwind auf und schüttelt mich durch. Mein Halt schwindet, und er will mich auch nicht mehr halten. Ich stürze in den Abgrund, wirble im Wind herum und ergebe mich in mein Schicksal.

Dicht an seinem Stamm komme ich auf, um dort zu vergehen, wie all seine anderen Blätter.

Kopfbahnhof

Er saß vor seinem Fernseher und sah eine dieser unsäglichen Volksmusiksendungen. Zwischen einigen Humptas und Tätäres schnürte sich akustisch das rauschende Singen des einen oder anderen ICE in sein 15 Quadratmeterwohnzimmer.

Sicher, es war nicht groß, aber es war ja auch nicht als Wohnzimmer geplant gewesen. Eigentlich war das ganze Haus nie zu Wohnzwecken gebaut, denn gedacht gewesen. Es war ein alter Bahnhof, dessen Diensträume ihm als Wohnung überlassen wurden.

Seit der neue Bahnhof 20 Kilometer weiter in Betrieb gegangen war, hielt hier kein Zug mehr, waren alle Teile der Station, die früher den Menschen als Bahnhof dienten, zurückgebaut worden.

Ob es nun als Auszeichnung gedacht war oder dem Denkmalschutz geschuldet, er durfte hier für kleines Geld wohnen, wo er früher seinen Dienst versah.

Früher, o ja, was war das für eine Zeit! Eisenbahnzeit halt. Da hatten die Eisenbahner alle noch schmucke Uniformen und nicht diese schwulen Blousons.

Goldene Knöpfe und Rangabzeichen auf den Schulterstücken sortierten Bahner nach Diensträngen und Funktionen.

Es war die Zeit der Dampflokomotiven, die angestürmt kamen wie wilde Büffel und die, bevor sie wieder anfuhren schnauften und stöhnten, schließlich heißen Dampf ausatmeten, um den so manch Drache der Legende sie beneidet hätte.

Und diese Ungetüme folgten ihm, ihm, seiner Pfeife und seiner Kelle, um die manch Junge ihn beneidete.

Er war der Sproß einer typischen Eisenbahnerfamilie. Sein Vater, seine beiden Onkels, sein Opa, alle waren sie Eisenbahner, so wie sein Sohn und selbstverständlich auch sein Enkel Eisenbahner waren, wenn auch inzwischen weichgespült.

Aber das war ihm egal, er hatte den Staffelstab weitergegeben, und wenn die Eisenbahn nun nicht mehr war als ein Wirtschaftsunternehmen, denn eine Institution, er konnte eh nichts dran ändern.

Dieser Bahnhof, in dessen kümmerlichen, mittlerweile völlig funktionslosen Resten er wohnte, war sein ganzes Leben gewesen.

Er winkte als Kind seinem Vater nach, als er im stolzen Feldgrau gen Rußland fuhr, und er weinte vor Freude, als er Jahre nach dem Krieg, von dort zurückkehrend, hier aus dem Abteil stieg.

Mit nur einem Arm war er aber trotzdem in der Wirtschaftswunderrepublik willkommen.

Er fertigte keine Züge mehr ab, aber er verkaufte Fahrkarten, ein Luxus für den heutzutage die Fahrgäste kräftige Aufschläge zahlen dürfen.

So kamen und vergingen die sechziger Jahre, und er war nun der Bahnhofsvorsteher und damit oberster Zugabfertiger.

Ob es der legendäre Rheingoldexpress war oder der TEE, alle folgtem seinem Kellensignal.

Der Dampf wich dem Singen der Elektromotoren und dem dumpfen Dröhnen der Dieselmotoren.

Die Zeit verging, und sein Leben bereicherte sich um Frau und Kinder, und allen war die Schiene heilig.

In den Siebzigern kamen hier die Gastarbeiterzüge aus Anatolien an, mit den Gästen, die nie vorhatten den Gastgeber wieder zu verlassen, und es fuhren die Züge mit den Deutschen ab, die mal nachschauen wollten, wie die Gastarbeiter daheim lebten.

Es gab noch keine Billigflüge, und so war es die Bahn, die beide Ströme bewältigte.

Die Bahn war das Rückgrat des Aufschwungs und sollte es auch bleiben, bis gewissenlose Politiker in den Achtzigern begannen, sie zu verscherbeln.

Was aus gutem Grund Anfang des Jahrhunderts ver-staatlicht wurde, sollte nun den Börsenwölfen zum Fraß vorgeworfen werden.

So wurde damit begonnen, an allen Ecken und Enden zu sparen, um die Bahn an die Lobbygeier zu verhökern, die den Politbetrieb der geistig-moralischen Wende mit obszönen Spenden korrumpierten.

Und eines Tages traf es auch seinen Bahnhof.

Er wurde für überflüssig erklärt und geschlossen. Nicht einmal für den Nahverkehr blieb er geöffnet.

Und so wohnte er, nun längst pensioniert, in seiner ehemaligen Dienstwohnung, sah und hörte die Züge nur noch vorbeirauschen.

Irgendwann war die Sendung mit dieser Volksmusik zu Ende, und er wollte eigentlich schlafen gehen.

Als er ins Bad gehen wollte, kam er an der Haltekelle vorbei, die an der Wand über seiner Couch ihren Ehrenplatz hatte.

Er nahm sie von der Wand und sah sie fast liebevoll an.

Diese Kelle hatte die Dampfungetüme domestiziert und auch die flotten Triebzüge.

Er schaute zur Uhr.

20:37

In 20 Minuten würde der ICE hier durchrauschen.

Sollte er?

Ja! Entschied er. Ja!

Er ging auf den Boden zu der alten Truhe. Da lag alles so ordentlich verpackt, wie seine verstorbene Frau es hinterlassen hatte.

Er paßte besser in die schwarze Uniform als damals und die goldfarbenden Knöpfe glänzten wie in alten Zeiten.

Er nahm die Kelle von der Wand wie eine Monstranz, griff sich die rote Signallampe, lief die Steintreppe nach unten und trat hinaus auf den Bahnsteig.

Am Gleis war alles ruhig, die Nacht regierte bei lauen Temperaturen.

Irgendwann würde sich der ICE aus der Nacht schälen wie ein Riesenwurm und an diesem, seinem Bahnsteig vorbeirasen.

Doch nicht heute.

Heute war es wieder sein Bahnhof. Er würde dem Monster Einhalt gebieten mit seiner Kelle.

Er stand gefühlte 10 Minuten am Gleis, als er das Ge-räusch vernahm, das ihm so bekannt war, wie das seiner Toilettenspülung.

Der ICE kam.

Nur kurze Zeit später sah er sich dessen Drei-Stirn-Spitzenbeleuchtung aus der Dunkelheit schälen, weil er nun durch die weitgezogene Kurve geschossen kam.

Er stellte sich ganz nah an die Bahnsteigkante und schwenkte die rote Signallampe im großen Kreis als Haltesignal.

Er schaute in die drei gleißenden Scheinwerfer des Triebkopfes, war sich sicher, eine Verzögerung zu erkennen.

Ihm war schon klar, daß dem Lokführer dieser Halt hier völlig unbekannt war.

Doch heute wollte er ihn damit bekannt machen.

Inzwischen beschienen die Scheinwerfer des Zuges das nächtliche Ambiente.

Ja, der ICE stoppte, das sah er ganz deutlich.

Was hätte er auch sonst tun sollen, wenn er ihm Halt gebot?

Nach der Dienstvorschrift mußte er, bei außerplanmäßigem Halt, und das war es ja in diesem Fall, direkten Kontakt zum Lokführer aufnehmen.

So stieg er also vor dem bremsenden Zug ins Gleis, um, es überquerend, zu dem Podest zu gelangen, wo die Übergaben stattfanden mit den Lokführern der Güterzüge.

Als er das Gleis überschritt, sah er die Scheinwerfer des ICE in der Größe, wie die Augen der Hunde im Märchen von Hans Christian Andersen mit dem Feuerzeug und der Hexe.

Den Funkspruch des Lokführers hörte er nicht mehr.

„Lokführer Zug 1953 an Leitstelle. Personenunfall an Kilometer 245."

Happy Birthday

Johannes hat heute Geburtstag. Er wird acht Jahre alt und hat sich eine Geburtstagsfeier mit seinen Freunden gewünscht.

Seine Eltern erfüllen ihm diesen Wunsch natürlich sehr gerne und haben auch alles geplant. Da Johannes nicht zuhause feiert, gilt es alles gut zu verstauen und nichts zu vergessen.

Schließlich geht es mit dem Auto an die große alte Villa am See von Johannes und seine Freunde schon ungeduldig warten.

Die Geschenke werden ungeduldig ausgepackt und Johannes' Augen glänzen. Das kleine rote Auto würde er am liebsten sofort auf dem Boden herumschieben.

Seine Freunde bekommen auch alle kleine Geschenke über die sie sich riesig freuen, und dann kommt die große Überraschung. Der Vater hat für alle Luftballons mitgebracht und eine kleine Flasche Helium dazu. Bald waren alle Ballons gefüllt und nur das schmale Plastikband hindert sie sich Richtung Decke zu verabschieden.

Dann singen sie mit den Kindern ein paar Lieder, jedes nach seinem Vermögen und wer durfte bekam auch die eine oder andere Süßigkeit.

Johannes wird immer ruhiger und atmet schwer. Er schaut mit Augen aus dem jeglicher Glanz verschwunden ist, seine Eltern an und sagt, daß er sehr müde sei.

„Dann leg Dich hin Johannes und ruh ein wenig." Spricht seine Mutter, ihm zärtlich die Wange streichelnd.

Johannes schließt seine Augen.

Die Schwester tritt an sein Bett und fühlt seinen Puls schaut die Eltern an und nickt nur ganz langsam und bestimmt.

Die Tränen die bei Abschiedskuß auf seine Stirn fallen, spürt er nicht mehr.

Sie gehen durch die große Tür zu der Bank auf der Terrasse vor dem Kinderhospiz, Johannes Luftballon noch in der Hand.

Sie schauen sich traurig aber gefaßt an und lösen den Griff um die Plastikschnur.

Der Luftballon steigt empor, wird immer kleiner und fliegt dem Jungen hinterher.

Kling Glöckchen klingelingeling

Simon war ein Junge, der eh schon Probleme hatte stillzusitzen, aber heute war er besonders zappelig.

Das lag nicht nur daran, daß heute der Weihnachtsabend war, sondern daran, daß er heute endlich seine Mutter wiedersehen durfte.

Johannes war 7 Jahre alt und hatte seine Mutter nun schon 2 Jahre nicht mehr gesehen. Seit sie erst nach Köln und von dort aus direkt in den Knast kam.

Sie war zwar nicht die Hellste, brachte es aber immerhin, durch die Unterstützung ihrer Mutter, zu zwei Semestern Lehramtsstudium, welches sie mit Erfolg abbrach.

Sie wäre im Nürnberger Milieu sang und klanglos untergegangen, wäre nicht eines Tages Rolf als Weißer Ritter erschienen und hätte sie aus ihrem Schlamassel gezogen.

Die Zeit verging und auch die Ordnung seines kleinen Reihenhäuschens vor der Stadt.

Sie gebar ihm nicht nur 3 Kinder, sondern auch jede Menge Probleme mit ihrer Fertigkeit nichts fertig zu bekommen.

Johannes der Jüngste war gerade fünf, als die Polizei vor der Tür stand und das ganze Haus durchsuchte.

Sie hatte ihre Drogensucht, im Gegensatz zu ihrem Alkoholkonsum, zwar erfolgreich vor Rolf verstecken können, nicht aber vor der Kriminalpolizei.

In der Szene verrät halt jeder jeden und so schlossen sich hinter Ihr die Gefängnistore.

Nach anderthalb Jahren kam sie dann zwar auf Bewährung heraus aber Rolf wollte sie nicht mehr aufnehmen, nicht als Vorbild für drei heranwachsende Kinder.

Er finanzierte ihr eine kleine Wohnung in der Altstadt.

Da die Scheidung immer noch nicht vollzogen war, besuchte er sie ab und an um, außer Ihr Geld zuzustecken, die erforderlichen Dinge zu klären und jedesmal stolperte er in ihrem Korridor durch die Parade leerer Flaschen.

Sie war körperlich ein Wrack, hatte ihren Körper mit allem vergiftet dessen sie habhaft werden konnte.

Als es nun auf Weihnachten zuging, bat sie ihn, doch wenigstens an diesem Tag ihre Kinder sehen zu dürfen.

Rolf überlegte, grundsätzlich hatte er nichts dagegen, aber die älteren beiden Kinder hatten gar kein Interesse daran, ganz im Gegenteil, Brigitte, ihre Tochter, verleugnete sie total und war eher die Tochter der Frau, die nun bei Rolf wohnte.

Aber Johannes, geistig etwas zurückgeblieben, liebte seine Mutter immer noch und ihm wollte Rolf eine Weihnachtsfreude machen.

Also versprach er Silvia, den Jungen am Weihnachtsabend vorbeizubringen.

So setzte er ihn ins Auto und fuhr zu ihrer kleinen Wohnung und brachte ihn zu Silvia.

Die beiden fielen sich in die Arme und Rolfs Augen wurden feucht.

Abrupt wandte er sich um und fuhr nach Hause.

„John, setz Dich." Sagte sie „ich schaue mal ob ich den Weihnachtsmann schon irgendwo sehen oder hören kann."

Sie lief aus dem Zimmer.

Johannes hörte es rascheln und klappern, da er aber mit seiner Playstation spielte, maß er den Geräuschen nichts besonders bei.

Dann aber merkte er auf, eine Tür klappte und es begann laut zu klingen, als würden viele kleine Glöckchen geläutet.

Er zappelte wie wild, hielt es nicht mehr länger aus und rannte in den Flur.

Die Wohnungstür war zu, der Flur leer.

Er öffnete die Tür und sah in das Treppenhaus.

Es war dunkel, und er schaltete das Licht an.

Er ging zu Treppenabsatz und sah die vielen Klangkörper.

Es waren dutzende von zerschlagenen Pfandflaschen, deren Überreste wie grüne und braune Kristalle den Kopf seiner Mutter umrahmten, der am Hals merkwürdig abgeknickt, in einer Blutlache auf dem Podest, eine halbe Treppe tiefer lag.

Im Auge des Betrachters

Zwei Bier lang sitze ich jetzt hier schon am Tresen, hinter dem Achim mit gebremstem Eifer seine Kunden bedient.

Da geht die Tür auf, und zwei Frauen kommen herein, die unterschiedlicher nicht sein könnten.

Die eine gut auf 1,70 m gewachsen, schlank und schwarze lange Haare, die andere eine blondierte Pummelfee von der Sorte laufender Meter.

Sie setzen sich an die Bar. Kurz kreuzen sich unsere Blicke. Die Schönheit wendet den ihren ein wenig zu schnell ab, die Pummelfee strahlt mich an.

‚Sorry' denke ich, ‚Du bist nicht mein Beuteschema.' und trinke mein Bier weiter.

Die Schönheit nestelt aus ihrer Handtasche eine Zigarettenpackung vom Typ Longsize.

Ich beeile mich, mein Feuerzeug aus der Jacke zu holen und ihr Feuer anzubieten.

Sie läßt mich gewähren, allerdings mit spöttisch heruntergezogenen Mundwinkeln.

„Achim, ein Bier!"

Die Pummelfee hat auch eine Zigarette hervorgezaubert, aber ich lasse sie sie alleine entzünden. Nicht, daß sie sich nachher irgendwelche Hoffnungen macht.

Trotzdem strahlt sie mich an.

Über diese Art von Frauenpaaren habe ich schon seit meiner Jugend nachgedacht.

Sie sind grundsätzlich zu zweit. Eine ist immer hübsch und die andere immer ziemlich häßlich.

Ich kam damals zu der Überzeugung, daß das so eine Art Symbiose sein mußte.

Die Schöne wirkte durch den direkten Vergleich mit der Häßlichen noch schöner und jene bekam die abgewiesenen Bewerber als Beifang ab.

Und immer, wenn ich diese Sorte Frauenpärchen sah, schien sich meine Theorie aufs Neue zu bestätigen.

Na, soll sie meinetwegen den Beifang bekommen, ich werde jetzt den Schwertfisch zur Strecke bringen, weil ich nicht nur gut aussehe, sondern auch die besten Erfahrungen habe.

„Achim, ein Bier!"

Intellektuell zieht immer, also Köder an den Haken und die Angel ausgeworfen.

„Junge Frau, was halten Sie von der diesjährigen Vergabe der Nobelpreise?"

Sie schaut mich an, nimmt einen tiefen Zug und bläst den Qualm in meine Richtung.

„Nobel, das finde ich sehr nobel." Dabei schaut sie mich grinsend an und widmet sich ihrem Cocktail.

Und als ob sie mich provozieren will, fragt sie diesen geschniegelten Macho gegenüber, ob er wisse, wer dieses Jahr den UEFA-Cup gewinnen würde.

„Achim, ein Bier!"

Genervt schaue ich zur Pummelfee, die mich immer noch anstrahlt.

Wieso nenne ich sie eigentlich „Pummel"? So dick ist sie doch gar nicht.

Ok, sie hat eine sehr ausgeprägte Nase und zwei ziemlich große Tränensäcke unter den Augen hängen, also gewiß keine Schönheit. Aber pummelig ist sie nicht.

Nur eben nicht meine Klasse.

„Achim, ein Bier!"

„Sie interessieren sich für Fußball?" forsche ich bei der Hübschen nach.

„Ja, aber natürlich!" erwidert sie von einem sehr hohen Roß herab, um mich dann mit dem Zusatz: „Sie haben doch aber sicher nie selber gespielt.", in die Couchpotatoecke zu bugsieren.

Blondie strahlt mich immer noch an.

Wo sind eigentlich ihre Tränensäcke geblieben? Es muß am Licht gelegen haben, eine optische Täuschung.

Sie hat blaue Augen und die lachen mich an.

Aber hübsch ist sie wirklich nicht.

„Achim, ein Bier!"

„Junge Frau, ich bin dreimal den Berlinmarathon mitgelaufen!" beeindrucke ich die schwarze Hexe.

„Und sind auch immer angekommen?" giftet sie zurück.

Ist schon komisch, mit dem Licht hier, die Nase der Blonden paßt eigentlich zu ihr, ja man könnte sie fast klassisch nennen.

„Achim, ein Bier!"

„Gute Frau, ich bin schon Marathon gelaufen, als der junge Mann hier noch im Kindergarten Fangen gespielt hat!"

Tja, der Satz sitzt im Schwarzen.

„Es würde mich nicht wundern, wären sie damals in Griechenland mitgelaufen!" lacht diese arrogante Schnepfe.

Ich weiß echt nicht, was ich an dieser eingebildeten verknöcherten Zikke überhaupt gefunden habe.

„Wissen Sie was, mein Fräulein? Sie sind mir zu flach!" werfe ich ihr hinterher, obwohl dieses „flach" meine Optik Lügen straft. Aber ich wende mich nun endgültig von der Schwarzhaarigen ab.

Eigentlich ist die Blonde sogar ziemlich hübsch, und gleich wird sie eine Schönheit.

„Achim, ein Bier und einen Doppelten!"

Angeln macht Spaß

So zehn bis zwanzig Minuten döste ich vor mich hin, vor mir die Angel, an deren Haken ein fetter Wurm hing und deren Schwimmer auf und nieder wippte.

Es war hier ein herrliches Stück Erde, ein tiefblauer See, umgeben von steilen, bis zur Hälfte grünbewachsenen Bergen, deren Spitzen silbern von den dort ewig liegenden Schneefeldern im Lichte der Sonne blitzten. Die Sonne war noch nicht sehr hoch am Firmament, es war noch Frühling und der letzte Schnee schmolz erst vor wenigen Wochen.

Überall begann sich nun Leben zu regen und der ewige Kreislauf der Natur begann auf's Neue. Die Partner aller Kreaturen hier suchten und umwarben sich, um sobald wie möglich an den Nachwuchs zu denken und so ihren Teil zur Evolution beizusteuern.

Da begann sich langsam mein Magen zu rühren. Da ich seit gestern Abend nichts mehr zu mir genommen hatte empfand ich doch ein recht unangenehmes Hungergefühl.

Plötzlich wurde ich abgelenkt von dem Paarungsspiel zweier Libellen. Sie schwirrten durch die Luft dicht über der Wasseroberfläche und hatten sich Kopf an Hinterleib ineinander verhakt. So schwebten sie einem verunglückten Kreis nicht unähnlich über den See.

Von links kam ein Wasserkäfer mit seinen eigentümlichen Schwimmbewegungen an die Wasseroberfläche nahm Luft und entschwand auf dem gleichen Weg.

Einen halben Meter nach rechts hatte zwischen den Seerosen eine fette Wasserspinne ihre Schwimmglocke gebaut, in die sie unaufhörlich mittels ihrer behaarten Beine Luftbläschen von "oben" holte und in ihre Glocke entweichen ließ.

In einer Blechdose unweit vom Ufer hatte es sich ein Flußkrebs derweil gemütlich gemacht und suchte bei seinen Ausflügen den sandigen Boden des Sees nach Eßbarem ab. Da überkam mich plötzlich wieder der Hunger, riß mich aus meinen Gedanken und ohne viel zu überlegen getrieben von diesem stechenden Gefühl des Hungers schnappte ich nach dem Wurm.

Ein rasender Schmerz machte sich in meinem Oberkiefer breit, der erst endete, als der grinsende Mann am anderen Ende der Angel mich mit einem Schnitt hinter meine Kiemen tötete.

Augenblicke

Ich sah in ihre Augen, ihre großen Augen, in denen das Schwarz ihrer Pupille nahtlos in das Dunkelbraun ihrer Iris überging.

Es war ein matter Glanz in diesen Augen, aber er zog mich in seinen Bann.

Sie bewegte ihre Augen kaum, sah mich nur unverwandt an.

In deren mattem Glanz schien mir Hoffnung zu glimmen, wie der Abgesang eines großen Feuers, welches vergessen hatte, zu erlöschen.

Ich untersuchte sie ausführlich. Sie war gesund und den Umständen entsprechend ging es ihr gut, körperlich jedenfalls.

Den Unterlagen entnahm ich, daß sie traumatisiert sein mußte. Sie schwamm sechs Stunden lang um ihr und das Leben ihrer drei Kinder.

Ein aussichtsloser Kampf im offenen Meer, an dessen Küste die Urlaubsindustrie Geld generierte.

Ich bin Chirurg, kein Psychologe, versorge Fleisch und Knochen, nicht die Seele.

Ich machte meine Eintragungen und Kreuze auf dem Formular der Flüchtlingshilfe der UN und überlegte, was ich dieser Frau sagen, ihr mit auf ihren Weg geben sollte.

Ihre Augen, die meinem Blick nie auswichen, faszinierten mich. Sie mußte mit anschauen, wie sich ihre Kinder im Wasser an sie klammerten und eines nach dem anderen, den Halt verlor, verzweifelt mit den Wellen kämpfte, um schließlich doch fortgerissen zu werden, fort von ihr, fort aus dem Elend, in das sie es geboren hatte.

Sie mußte zusehen, wie die Wellen die kleinen Körper tanzen ließen, bis sie sie verschlangen, war Zeugin der grausamen Mahlzeit des Meeres.

Sie war eine starke Frau, nicht stark genug, um ihre drei Kinder über Wasser zu halten, nachdem dieses Boot zwei Seemeilen vor Lampedusa kenterte, aber stark genug, nicht unterzugehen, stark genug, das Ziel, das Europa der Reichen und Satten, zu erreichen.

So saß sie nun vor mir, ich schaute in ihre Augen. Ich sah nichts von all dem Leid, welches ihr widerfahren war, aber ich wußte, sie würde es schaffen in unserer Wolfsgesellschaft, wer, wenn nicht sie ?!

Corpus delicti

Es war der letzte Halt auf dieser Tour, er fuhr seinen Bus an die Betriebshaltestelle und schaltete den Motor aus.

Er zückte das Fahrtenbuch und trug die Daten ein, steckte es wieder an seinen Platz hinter dem Armaturenbrett und stand auf.

Er ging durch den Bus und schaute nach dem rechten. Alles sah soweit ganz gut aus, wenn man von den Dingen absah, derer die Fahrgäste sich mal wieder entledigt hatten. Auf dem Oberdeck waren auch noch alle Nothämmer an ihrem Platz und er wollte schon wieder die Treppe nach unten steigen, als er auf einem Sitz etwas entdeckte.

Eine Schraube.

An und für sich nichts besonderes, er schaute an die Decke, sah aber dort keinerlei Schraubloch dem sie entstammen konnte.

„Da war wohl bei jemandem eine Schraube locker", lachte er leise vor sich hin und steckte sie in seine Hosentasche.

Als er wieder auf seinem Fahrersitz saß und eigentlich etwas essen wollte, kam ihm die Geschichte aus seiner Schulzeit in den Sinn, in der eine Schraube die Hauptrolle spielte.

Er machte damals ein Schülerpraktikum in einer Bäckerei. Das frühe Aufstehen hatte ihn noch nie gestört und der dafür frühe Feierabend kam seinen Freizeitinteressen sehr entgegen.

Der Bäcker war sehr zufrieden mit ihm und ließ ihn auch immer öfter alleine in der Backstube herumwerken.

Eines Tages hatte er eine Tortencreme gerade fertig geschlagen, als über ihm die Leuchtstofflampe zu flackern begann.

Handwerklich begabt wir er sich wähnte, holte er die Leiter um die defekte Röhre auszuwechseln.

Er öffnete das Schutzgitter, in dem er die Schrauben löste und nahm den schadhaften Leuchtkörper heraus, um ihn durch einen neuen zu ersetzen.

Als er das Schutzgitter wieder schließen wollte, bemerkte er, daß eine der Schrauben fehlte.

Er schaute nach unten. Auf dem Tisch sah er nichts weiter als die große Schüssel mit der Tortencreme.

Er stieg die Leiter hinab und begann, den Boden abzusuchen. Als das ohne Erfolg blieb, blickte er ängstlich auf die Schüssel.

‚Sie wird doch nicht dort hineingefallen sein?' dachte er und überlegte, wie er sich davon überzeugen könne Er brachte rasch die Leiter an ihren Platz und entsorgte die ausgewechselte Lampe. Dann holte er eine große Gabel und begann damit, die Schraube im Teig zu orten.

Er rührte und spürte, wie der Meister, in die Backstube gekommen, ihm auf die Schulter tippte und sagte: „Junge das reicht doch, die Creme ist Dir doch gut gelungen!", Er packte die Schüssel und nahm sie mit in den anderen Raum, dort wo konditert wurde.

Er folgte dem Chef und sah voller Schrecken, wie dieser die Creme auf einen großen Biskuitboden verteilte.

Oh, je, das sollte die Hochzeitstorte für seinen Oberstudiendirektor werden, dessen Tochter am selben Tag heiratete.

Sie waren bestimmt schon in der Kirche und die Schraube immer nun im festlichen Gebäck.

Der Meister ging kurz zum Kühlschrank, um das Brautpaar aus Marzipan zu holen, als er die Gunst der Minute nutzen wollte mit der Gabel noch einmal, aber da war dieser schon mit den süßen Brautleuten zurück, um sie ganz oben auf dem Kunstwerk zu plazieren.

„Junge pack endlich die Gabel weg und hilf mir, die Torte im Lieferwagen zu verstauen."

Als sie mit dem Naschwerk über den Hof liefen, versuchte er in letzter Verzweiflung zu stolpern, was ihm auch trefflich gelang. Allerdings hatte der Alte Reflexe wie ein Junger und verhinderte den Tortenanschlag, schüttelte den Kopf über soviel Ungeschicktheit und brachte das gute Stück zur Hochzeitsfeier.

Was ging ihm, dem nun verzweifelt Zurückgebliebenen, nicht alles durch den Kopf, ausgebissene Zähne, abgebrochene Kronen und eine Riesenabreibe vom Meister persönlich.

Als der Wagen wieder auf dem Hof einparkte, wollte er alles beichten und lief hinaus.

Der Alte ließ ihn aber nicht zu Wort kommen und sagte nur zu ihm:

„Irgendwie war das heute nicht Dein Tag, mein Junge, pack Deine Sachen und mach für heute Feierabend. Oh, eins noch", er holte etwas aus seiner Hosentasche, „kannst Du bitte vorher schnell die Schraube in die Deckenlampe drehen, die lag auf dem Boden vor dem Kühlschrank und muß da irgendwo aus dem Schutzgitter gefallen sein."

Der Stein, der ihm vom Herzen fiel, mußte bis zur Hochzeitsfeier hin gerumst haben.

Damals entschloß er sich, Busfahrer zu werden.

Das nasse Grab

Sie schob den Vorhang leicht auseinander. Nur soweit, daß sie ein gutes Blickfeld hatte und andererseits nicht gesehen werden konnte, denn sie wollte, nein, sie mußte wissen, was ihr Nachbar um diese Zeit dort trieb.

Sein Garten zeugte nicht von eifriger Arbeit, glich eher einer Wildnis und nun auf einmal wurde er aktiv. Den ganzen Tag lang hob er ein großes Loch aus. Ein Loch, das selbst für einen Baumsetzling zu groß war. In ihr drangen finstere Gedanken aus dem Dunkel ihrer Phantasie ins Bewußtsein empor.

Statt wie sie den Garten zu pflegen, waren ihre Nachbarn mehr mit Fernsehen und Streiten beschäftigt, wie sie jahrelang aufmerksam registriert hatte. Gerade gestern noch lagen sie sich lautstark in den Haaren. Gestern ging es hoch her, und heute war es dort mucksmäuschenstill geworden, und er grub ein großes tiefes Loch.

Nun ging er in sein Haus und schleppte kurz darauf etwas heraus, das in eine große Plane gehüllt war. Leider war die Dämmerung schon zu weit fortgeschritten, sodaß sie keine Einzelheiten erkennen konnte, aber ihr gefror das Blut in den Adern. Als sie sah, wie er das Bündel in das Loch warf, wich sie entsetzt vom Vorhang zurück, ging an ihr Büfett, holte die Glaskaraffe heraus und trank erst einmal zwei Likörchen.

Ihre Gedanken rasten und sie wollte die Polizei rufen. Aber dann dachte sie daran, daß sie schon einmal die Nummer gewählt, hatte weil sie den Krach von nebenan nicht mehr ertragen konnte und erinnerte sich an die Reaktion der Polizei damals. Sie behandelten sie wie eine wunderliche Alte und taten gar nichts.

Nein, diesmal würde sie erst einmal abwarten. Der armen ermordeten Nachbarin konnte sie ja eh nicht mehr helfen.

Sie trank noch das eine oder andere Likörchen und ging dann zu Bett, fest entschlossen, morgen genau zu recherchieren

Früh am nächsten Tag trat sie wieder vorsichtig an den Vorhang und sah an der Stelle, wo gestern noch das große Loch war, einen neu angelegten Gartenteich.

„Na, so ein gerissener Gauner!" dachte sie, aber nicht mit mir!

Sie bemerkte, daß sein Auto nicht in der Einfahrt stand, beeilte sich mit der Morgentoilette und beschloß, statt eines Frühstücks auf Expedition zu gehen.

So stand sie also vor dem Gartenteich, der die sterblichen Überreste der armen Nachbarin nun für immer verbergen sollte.

Sie kniete am Rand des Tümpels nieder und schaute in das noch leere Wasser. Er war sicher in das Gartencenter gefahren, um Wasserpflanzen zu kaufen für das nasse Grab seiner Frau.

Das klare Wasser bildete in Verbindung mit der schwarzen Teichfolie einen relativ guten Spiegel, in dem sie sich und den blauen Himmel sah.

Da schob sich eine Wolke über die Szene und das Spiegelbild wurde etwas matter. Aber trotzdem, oder gerade, weil die Reflexion etwas eingetrübt war, sah sie etwas, was sie erschrecken ließ.

Es war ihr, nein, sie sah, wie das Gesicht ihrer so furchtbar gemetzelten Nachbarin sie vom Grunde des Teiches anschaute.

Wollte die arme Seele ihr noch etwas anvertrauen?

Sie war ganz erregt, aber auch bereit, alles zu tun, um den Mörder zu überführen.

Sie fragte die Erscheinung, ob sie ihr etwas zu sagen hätte.

„Ja", antwortete diese mit klarer Stimme, „haben Sie an unserem Teich auch wieder etwas auszusetzen? Und was machen sie eigentlich auf unserem Grundstück?"

Entsetzt sprang sie auf, lief um die Nachbarin, die hinter ihr stand, herum in ihr Haus zum Likörschrank.

Ein Lump, der Böses dabei denkt

Michael saß auf der Bank vor der Friedhofsmauer und hatte eine seiner besten Freundinnen im Arm, eine Tüte Rotwein.

Er blinzelte in die untergehende Sonne und dachte mit den Resten seines Hirns an sein zurückliegendes Leben.

Er wuchs hier in diesem Ort auf, ging hier zur Schule und kam nie wirklich aus dieser Landidylle heraus.

Einen richtigen Beruf hatte er nie gelernt, doch er konnte schon immer Geschichten erzählen. Seine Aufsätze in der Schule waren zwar gespickt mit Fehlern, aber seine Phantasie fand bei seinem Dorfschullehrer Anklang und rettete ihn jedesmal vor der sicheren Fünf.

In seinen zahlreichen abgebrochenen Lehren war dieses seiner Talente jedoch weniger gefragt und so jobbte er bald mal hier und bald mal dort und lag auch manche Zeit in der sozialen Hängematte.

Eines Abends in der Dorfkneipe schlug dann seine große Stunde. Ein Unbekannter, dem die Aufmerksamkeit des Lokals galt, outete sich als Autor für Fernsehproduktionen.

Michael, nie um einen peinlichen Auftritt verlegen, textete den armen Mann mit seinen Sprüchen und Geschichten dermaßen zu, daß dieser ihm, in Notwehr, eröffnete, daß er sehr gute Ideen hätte, und ob er die eine oder andere verwenden dürfe.

Das war sicher ein Fehler, wie sich sehr schnell herausstellte, denn nun war Michael gar nicht mehr zu bremsen.

Genervt gab der Mann dem Nachwuchsautoren eine Postfachadresse und bat ihn, einige seiner Ideen dort hin zu senden, zahlte seine Zeche und machte sich rasch davon.

Micha gab eine Lokalrunde auf Kosten des Sozialamtes und ließ sich als Neuentdeckung feiern.

In den nächsten Tagen schrieb und schrieb er eine Idee, einen Gag, einen Sketch nach dem anderem.

Er tat sie in einen großen Umschlag und schickte sie ab.

Mit Ungeduld wartete er nun jeden Morgen bis der Briefträger kam, um den Postkasten zu öffnen.

Nur war dort immer nur die gewöhnliche Post vom Amt, Werbung und Rechnungen.

Nach einigen Wochen fuhr er, genervt von den dauernden Fragen seiner Zechkumpane, zu dem Postamt, wo sich das Postfach befand.

Der Postbeamte wollte ihm aber keine Auskunft geben, und so wartete er dort am nächsten Morgen auf denjenigen der es leeren würde.

Kurz vor der Mittagszeit kam eine junge Frau und öffnete das Schließfach.

Schnell trat er zu ihr und fragte sie nach der Adresse des Inhabers.

Sie schaute ihn verständnislos an und erklärte ihm, daß es ihr Postfach wäre, sie es erst seit letzter Woche nutzen würde und fragte ihn, wer er denn sei.

Autor sei er, beschied er ihr, ein Autor für Fernsehproduktionen.

Sie schaute etwas seltsam, lächelte gequält und überließ ihn sich selbst.

Auf seinem traurigen Weg in sein Dorf wurde er den quälenden Gedanken nicht los, was er denn seinen Kumpanen nun sagen solle.

Da ihm keine Lösung einfiel, die ihn in einem wenigstens etwas guten Licht dastehen ließ, beschloß er, einfach der große Autor zu sein.

Abends erzählte er ihnen nun von den Produktionen, zu denen er nun sein Scherflein beitrüge und daß er nur deshalb nirgendswo genannt würde, damit das Finanzamt nicht an den Früchten seiner Schriftstellerei heran käme.

Bekannt wurde er nur unter einem Pseudonym und auch nur auf einer Internetplattform für Hobbyautoren und schreibende Großmütter, bei der es galt albernen Sternchen nachzurennen. Als er dort seiner Ansicht nicht genug bekam, verließ er schmollend diesen Raum.

Die Lücke, die er hinterließ, schloß sich wie von selbst und das einzige, was an ihn erinnerte, war der Labskaus, den er in den Foren dort angerichtet hatte.

Neulich auf der Buchmesse

Im Prater blüh'n nicht nur die Rosen, in Sichtweite lauert ein großes Messegelände auf Aussteller und Besucher. Eindringlich dazu überredet, entschloß ich mich in diesem Jahr daran teilzunehmen.

Mein letzter Besuch in Wien lag 25 Jahre zurück, und eine Mischung aus Arbeit und Urlaub kann ja nie verkehrt sein.

Zur Hinfahrt nutzte ich die Direktverbindung Berlin – Wien(Praterstern), welche von der tschechischen Bahn betrieben wurde. Die Reise war gemütlich und nostalgisch, denn die tschechische Staatsbahn pferchte ihre Fahrgäste nicht in Großraumwagen, sondern bot noch gemütliche Abteile an.

Vor meinem Fensterplatz lud ein Tisch meinen Laptop geradezu ein, dort plaziert zu werden. Er fühlte sich dort auch sehr wohl und nahm es mir übel, als ich ihn wieder verstaute, weil es nirgendwo eine Steckdose gab. Tja, das war der Preis für den Plüschkomfort.

Kurz vor der Grenze zu Österreich zog ich den Vorhang zur Seite und sah zwei wunderschöne Steckdosen mir entgegenlachen. Oder lachten sie mich aus?

Nach zehn Stunden war ich dann in Wien und fuhr mit einem Taxi zum, im Internet gebuchten, Hotel. Vor mir an der Rezeption, gestikulierten wild Migrationshintergründler mit dem Portier, der offenbar schon ziemlich genervt war.

Irgendwann waren die Wünsche der Männer radebrechend erfüllt, und ich dachte mir, wie wohl sich der Mann doch nun fühlen würde, den nächsten Check-In in seiner Muttersprache machen zu können.

Tat er dann auch. In seiner Muttersprache. Irgendwann einigten wir uns dann auf Pidgin-English, und ich bekam sogar meinen Schlüssel.

Dann rauf aufs Zimmer, um erst einmal alle Ladegeräte anzuschließen. Gesagt, nicht getan, denn im Abteil der Bahn waren mehr Steckdosen als hier. Also, die Minibar ausstöpseln und für die nächste Reise daran denken, eine Zwölfersteckdosenleiste einzupacken

Am nächsten Tag dann auf zur Messe.

Das Messegelände ist sehr modern und wirkt eher wie ein Flughafengebäude. Sonst nur die Buchmessen in Leipzig und Frankfurt gewohnt, rein ins Getümmel, ab zur Sperre, Austellerausweis gezückt und durch.

Also fast durch, bis zum zweiten Ordner, der mir mit Wiener Charme, aber deutlich klarmachte, daß ich mit meinem Ausweis hier nicht reinkäme.

Das sind die wenigen Momente, in denen ich, getrieben von meinem flutenden Adrenalinspiegel, dazu neige, lauter zu sprechen, als ich es ohnehin schon tue.

Ich deutete auf das große Transparent und las diesem Wichtigtuer noch lauter vor:

„Seniorenmesse" !

Da ich ja meine Dienstmütze noch nicht aufhatte, hoffte ich, daß mich noch keiner erkannt hatte und zog mich, auf alle Fälle noch laut protestierend, ins Foyer zurück.

„Die spinnen die Wiener!" sagte ich mir, „Zwei Messen zur gleichen Zeit! Tz…"

Also stapfte ich 500 m weiter die Glashalle entlang. Rechts tauchten die Counter auf, an denen sich die Besucher drängelten.

„Na wenigstens Andrang!" dachte ich mir und ging mit gezücktem Ausweis zu dem nächsten Messewichtigtuer. Im Gegensatz zu dem anderen Schlaumeier war er sehr höflich und korrekt, ließ mich aber auch nicht rein.

Es war die Pädagogenmesse.

Wutentbrannt stürmte ich weiter bis fast zur ungarischen Grenze. Kurz vorher war dann doch noch, in der letzten Halle, die „Buch Wien".

Nicht weit vom Eingang entfernt, gut positioniert, war unser Eckstand. Sandra wirbelte schon mächtig herum, um es allen rechtzumachen. Kein geleertes Sektglas blieb unnachgefüllt, und die Knabbereien auf dem Tresen wurden auch nie alle.

Da sah ich auf einmal Rauch aus der Ecke aufsteigen und wollte schon „Feuer" rufen, aber dann hätte Martina sicher zurückgerufen: „Danke, ich habe schon!"

Daß sie es hatte war nicht zu übersehen, Tinchen schon, denn man sah von ihr nur das bejeanste Hinterteil, ihr Kopf steckte tief im Eckschank, aus dem dichte Qualmwolken gen Hallendecke zogen.

Martina war unsere Nachwuchs-Romancière, die auf dieser Messe mit ihrem Erstlingswerk debütierte und die so auf raffinierte Weise einen Weg gefunden hatte, das allgemeine Rauchverbot zu umgehen.

Mit der ihm, seiner Meinung nach, zustehenden Verzögerung von zwei Tagen schwebte dann auch unser Star mit dem Billigflieger ein. Auch er hatte ein neues Werk, nicht nur im Gepäck, sondern auch in der Messebuchhandlung. Am Tag seiner großen Signierstunde kamen dann auch seine beiden Leser und ließen sich was Nettes reinschreiben.

Das beste an der ganzen Messe waren jedoch unsere Abende in einer der herrlichsten Gaststätten in Schönbrunn, deren Chefkellner, von dem ich immer noch der Meinung bin, ihn in „Men in Black" als Außerirdischen gesehen zu haben, wir am Ende duzten.

Sandra hatte mit viel Liebe und noch mehr Geschick einen Messeauftritt zuwege gebracht, der hoffentlich nicht der letzte war, denn das nächste Mal finde ich die Halle sicher auf Anhieb.

Die Brücke

Die Sonne schien auf die Stockrosen, die ihr ihre roten, gefüllten Blüten trotzig entgegenhielten. Ein blutroter Kontrast zur gelbgetünchten Hauswand.

Weniger trotzig schaute Matthias ihr entgegen. Er flickte in aller Ruhe an der Reuse herum, die am Abend noch an ihren Platz in der Ostsee sollte, um ihre Arbeit dort zu verrichten.

Matthias war kein Fischer, Matthias war Seemann, ja, er war sogar Kapitän gewesen.

Früher, als sie noch nicht da war, als dies hier noch eine geschäftige Hafenstadt war, da brachte er mit seiner Fähre Menschen und Güter über die Ostsee hinweg nach Skandinavien.

Viermal am Tag pendelte er hin und her, über 30 Jahre lang.

Sein Bruder führte den Gasthof, der sich damals in diesem Haus hier befand, und seine Frau half ihrer Schwägerin bei der Betreuung der Gäste.

Hier übernachteten die Urlauber, vor ihrem Trip über das Meer und auch auf dem Rückweg, wenn sie wieder den Kontinent erreicht hatten.

Bevor die Europäische Union sich Land für Land einverleibte, wie ein nimmer satter Krake, und kulturelle Eigenarten auf Gemeinschaftsniveau planierte, war dies ein lebendiger Touristenort, in dessen Geschäften die eine oder andere Mark oder Krone und auch so mancher Franc oder Gulden die Kasse zum Klingeln brachte.

Und während Matthias so seinen Gedanken nachhing, begann sich die Szene zu verdunkeln.

Es war keine Wolke, die den Sonnenstrahlen Einhalt gebot; es war ein langer fetter Schatten, der wie ein Menetekel das Leuchten der Blüten ausschaltete.

Matthias schickte einen bösen Blick gen Himmel, an dem die Sonne gerade hinter dem Stahlbeton dieses Monstrums verschwand. Diese verdammte Autobahnbrücke war eine Idee der Herren von Brüssel, um die Menschen ihrer Nachhaltigkeit zu berauben und sie ohne Halt über die See zu hetzen.

Als der Koloß eingeweiht wurde, war es der Abgesang auf die Schifffahrt, der Tod des Hafens und ein langsames Dahinscheiden der kleinen Stadt.

Der Einstellung der Fährverbindung folgte die Schließung der Hotels und Gaststätten, die nun keiner mehr aufsuchte, weil alle mit hohem Tempo darüber hinwegbrausten.

Sein Bruder arbeitete seit einiger Zeit in einem Motel an der Autobahn, und seine Frau hatte ihn verlassen, weil er als Kapitän ohne Schiffe dieselben Launen hatte, wie ein Fisch auf dem Trockenen.

Er lebte alleine in dem viel zu großen Haus und lebte von dem, was seine Reuse und die Seemannskasse hergaben.

Wie immer um diese Jahreszeit verschwand die Sonne, ohne sich auf der anderen Seite noch einmal zu zeigen, hinter dem Horizont, wechselte die Dämmerung den Schatten ab.

Früher war das eine verzauberte Tageszeit, man roch die See, hörte das Anlanden der Wellen und blickte zu den Leuchtfeuern und –bojen.

Heute hielt sich ein leichter aber penetranter Kraftstoffduft in der Luft, hörte man die Geräusche jener Fahrzeuge, deren Scheinwerfer durch die Nacht tasteten.

Matthias beendete seine Arbeit und ging zu seinem Auto, welches genauso traurig wirkte wie er.

Er setzte sich an das Steuer und fuhr los, die kleine Straße hinauf zur Autobahn. Es war keine richtige Autobahnauffahrt, dazu war die Stadt zu unbedeutend, es war eine Zufahrt für den Winterdienst.

Er fädelte sich in den Verkehr ein und fuhr bis zur ersten Haltebucht für Notfälle, stellte den Motor ab und stieg aus.

Er ging zum Rand und schaute in die Nacht. Von hier oben konnte man die See nur ahnen.

Ihm hatte diese verdammte Brücke seine wirtschaftliche Basis und seine gesellschaftliche Stellung genommen - nun sollte sie ihn ganz haben.

Ententanz

Warum ich es damals gemacht hatte, weiß ich bis heute nicht. Männerfreundschaften konnten die seltsamsten Blüten treiben. Wahrscheinlich war es das Mitleid mit meinem Freund Christian.

Er hatte selten Glück mit Frauen, und wenn ihn doch mal eine ansprach, dann fing er an, wie ein Wasserfall zu reden, zu reden von Dingen, die Frauen in keiner Weise interessieren, und er hörte erst wieder auf, nachdem die Frau irgendwann die Flucht ergriffen hatte.

Für solche Männer ist das Internet wie geschaffen, und so chattete Christian auf Teufel komm heraus.

Er nannte sich Donald und hatte aus guten Gründen kein Bild von sich online, sondern nur das einer Ente.

Irgendwann kam, was kommen mußte, und er stieß auf eine Daisy, und es war, wir er mir versicherte, Liebe auf den ersten Entenblick.

Daisy versteckte sich auch hinter einem Federvieh, und so schnatterten sie so manche Nacht miteinander.

Doch irgendwann rückte Daisy damit heraus, daß sie nicht allzuweit weg von ihm wohnte, und irgendwie gelang es den beiden, sich zu einem Treffen zu verabreden. Ja, und an diesem Punkt zerrte Christian mich auf die Bühne seiner Minne. Er hatte tatsächlich Schiß, seine unbekannte Onlinebraut von Schnabel zu Schnabel zu sehen.

Kein noch so gutgemeintes meiner Argumente konnte ihn davon abbringen, mich in eine ziemlich peinliche Situation zu lotsen. Am Ende stimmte ich zu, daß ich Daisy treffen und ihn für wenige Minuten Verspätung entschuldigen würde, um Daisy erst einmal abzuchecken.

Sein Plan war simpel wie unoriginell, aber ich willigte um unserer Freundschaft willen ein.

Am Tag X betraten wir eine Viertelstunde vor der Zeit das verabredete Lokal

Christian verdrückte sich ganz in die hintere Ecke, wo die Spielautomaten an der Wand hingen, bestellte ein stilles Wasser und ließ mich keine Sekunde aus den Augen, damit ihm das vereinbarte Zeichen ja nicht entging. Wäre Daisy hinreichend überprüft und von mir für gut befunden, würde ich mir eine Zigarette anzünden. Auch das ein Geschenk an Christian, war ich doch überzeugter Nichtraucher.

Ich stand also raumfüllend am Anfang der Bar und wartete auf das, was dort gewatschelt kommen sollte.

Was dann fast pünktlich das Lokal betrat, war zwar eine Frau, aber sicher nicht Daisy, denn dieses Wesen hätte hundertprozentig ein Photo von sich auf der Internetseite gehabt.

Mitte dreißig, lange, leicht gewellte Haare und grüne Augen. „Wow" entfuhr es mir und ich überlegte, ob ich den Plan nicht spontan ändern solle und selber auf Beutezug gehen. Da sah ich an ihrer Bluse den kleinen Entensticker, das Erkennungszeichen.

Ich erhob mich vom Barhocker, drückte mein Kreuz durch und machte zwei Schritte auf sie zu.

Sie strahlte mich an.

„Donald! Wie schön Dich endlich zu sehen!"

„Also ich muß Sie da enttäuschen, Donald ist noch nicht hier, aber er bat mich, Ihnen das zu übermitteln und Ihnen ein wenig die Zeit zu vertreiben bis er eintrifft, was jede Minute geschehen wird.

Nehmen Sie doch bitte Platz und verraten Sie mir, was ich Ihnen bestellen darf."

„Oh, das ist aber nett von Ihnen, haben Sie auch einen Namen?"

„Also, Gustav bin ich nicht!" lachte ich und sie grinste breit.

„Doch, wenn Donald zu spät kommt, dann sind Sie, bist Du Gustav!" lachte sie „und ich möchte einen Campari!"

Sie setzte sich neben mich und schlug ihre Beine übereinander, und ich sah, wie ganz hinten, bei den Spielautomaten, Christian sehr unruhig wurde. Daisy und ich kamen schnell ins Gespräch und wir plauderten über Gott und die Welt.

Die Viertelstunde war längst vorüber und ich schaute immer wieder mal ganz unauffällig in Richtung Christian, der aber mit rotem Kopf mit beiden Händen 10 Minuten Verlängerung forderte. Warum zögerte er? Ich war bereit, mein Rauchzeichen zu geben, andererseits genoß ich aber auch das Gespräch mit dieser schönen Frau.

„Weißt Du Gustav, ich bin gar nicht Daisy!" sagte mein Gegenüber völlig unvermittelt „meine Freundin ist genauso ein Schisser wie Dein Kumpel und hat mich vorgeschickt."

Wir lachten beide.

„Weißt Du was? Ich hätte noch Lust irgendwo tanzen zu gehen, sollen die beiden das doch unter sich ausmachen!" überraschte sie mich.

Ich war nicht nur einverstanden, sondern ganz entzückt von dieser Idee, entschuldigte mich in Richtung Zigarettenautomaten, um Christian im Telegrammstil die Lage zu erklären, zahlte und entschwebte mit der Braut Richtung Disko.

Der Abend endete dann fast vor ihrer Haustür, bis sie dann doch endlich die erlösende Frage nach der Tasse Kaffee stellte.

Sie hatte eine wunderschön eingerichtete kleine Wohnung, in der ich mich sofort sehr wohl fühlte. Sie bat mich ins Wohnzimmer, in dem auch ein Schreibtisch stand.

„Ich möchte nur schnell meine Emails lesen, sagte sie und fuhr ihren Laptop hoch.

Als auf dem Begrüßungsbildschirm breit und fett als Benutzername D A I S Y erschien, bemerkte sie meinen erstaunten Blick.

Sie lachte mich verschmitzt an und sagte augenzwinkernd:

„Gustav war stets das Schoßkind des Glücks".

Jürgen Rabe

Immer wenn ich aus dem Fenster schaue und die Fahne am Mast flattern sehe, denke ich an Spike und Jürgen.

Spike war mein Hund und eine Bulldogge, deren Schnelligkeit man ihr nicht im Entferntesten ansah noch vermutete. Doch Jürgen bekam sie oft zu spüren.

Jürgen war ein Rabe, der die Spitze der Fahnenstange als seinen Lieblingsplatz erkoren hatte und den ich nach einem Politiker der Union benannt hatte, der nicht nur diese Tierart wohl in seinem Namen trug, sondern der im Bundestag, wenn Herbert Wehner ihn wieder einmal schmähte, genauso mit dem Kopf hin und her wippte, wie dieser schwarzgefiederte Zeitgenosse.

Am meisten wippte er, wenn Spike mit an einem Knochen herumnagte, der für den Flieger genauso lecker war, wie für das vierbeinige Schwergewicht am Boden.

Jürgen wartete dann immer bis Spike zu seinem Wassernapf trottete, weil in meinem Garten Getränke nicht an der Liegestätte serviert wurden. Und jedes Mal, wenn Spike sein Wasser schlabberte, kam Jürgen im Sturzflug herabgeschossen, Knochendiebstahl im Gefieder führend.

Und jedesmal strafte Spike jene Lügen, die ihn ob seiner Körperfülle für behäbig hielten. Dann rasten 15 Kilo Muskelmasse gen Knochen und zwangen Jürgen zu Aufgabe und Flucht.

Ab und an kam es durchaus vor, daß Jürgen mit dem Knochen in die Lüfte entschwebte und Spike laut bellend zurückließ.

War kein Knochen im Spiel, landete Jürgen schon mal in respektvoller Entfernung und schritt, so wie es eben nur Rabenvögel verstehen, über die Wiese, Spike mit wippendem Kopf genau beobachtend. Dabei blieb Spike immer die Ruhe selber und liegen.

Das ging so viele Jahre und bis auf den Streit um den Knochen wirkte es auf mich als Betrachter fast wie eine Freundschaft zwischen den beiden.

Rabenvögel sind ja bekannt dafür, daß sie ein hohes Alter erreichen, was man von Hunden leider nicht sagen kann, und so hatte Spike inzwischen ein Alter erreicht, in dem ihm jede Bewegung mehr und mehr Schwierigkeiten machte.

Eines Tages beobachtete ich, daß Spike auf dem Rasen lag und schlief. Er machte keine Anstalten, sich einen Knochen zu holen oder zu seinem Wassernapf zu laufen.

Da flatterte Jürgen auf den Boden und spazierte vorsichtig an Spike heran. Als dieser keine Regung zeigte, flog Jürgen ohne Zwischenlandung auf der Fahnenstange davon.

Nach einer Weile kam er wieder und ließ etwas, was er im Schnabel getragen hatte, aus niedriger Höhe vor Spikes Kopf fallen. Es war irgendein blutiges Fellbündel, das ich aus dieser Entfernung weder identifizieren konnte noch wollte.

Er landete, schritt wieder um Spike herum, als wolle er ihn animieren, dieses Teil in Augenschein zu nehmen.

Der Versuch blieb jedoch ohne Erfolg und Jürgen stieg, die Gabe zurücklassend wieder in die Lüfte.

Seit diesem Tag, an dem ich Spike hinter dem Haus begraben hatte, sah ich Jürgen nie wieder.

Gott sei Dank

Christian war einer jener Berufspolitiker, der schon als Schüler beschlossen hatte, in eine Partei einzutreten. Er faßte diesen Entschluß während einer Gemeinschaftskundestunde, als es um die Gründung der Bundesrepublik Deutschland ging.

Er war begeistert von den Männern, die nach den zwölf Jahren der Schande aus den Trümmern einen Staat formten, gegründet auf Anstand und Ehrlichkeit. In seinem Jugendzimmer hingen die Bilder von Adenauer und Heuß, und er wollte so werden wie sie.

Schon bald merkte er aber, daß in den Parteien andere Regeln galten. Mehr noch als Intelligenz und Fleiß waren Ellenbogen gefragt.

Um diesen Preis wollte er sein Fortkommen aber nicht befördern, und so kniete er sich in Studium und Parteiarbeit gleichzeitig hinein, so daß er für Privates keinerlei Zeit mehr hatte.

Ohne Absprachen und Ellenbogen kam er zwar nicht ganz nach oben, aber er wurde ein geachteter Parteiarbeiter, dessen Rat gerne eingeholt wurde.

Als er dann seine Christiane heiratete, die ihm die Tochter schenkte, war sein Glück in seinem Bausparkassenhäuschen komplett.

Er trug manch' Aktentasche von den wirklichen Parteibossen, hatte aber eher Verachtung als Bewunderung für sie übrig. Wenn ihm die erste Reihe in der Partei nicht beschieden war, so hatte er sie doch in der Moral sicher.

Am unerträglichsten für ihn waren die Affären seiner Parteifreunde, die immer nach demselben Schema abliefen.

Irgendeiner quatschte doch, die Presse bekam Wind und nahm einer Bluthundemeute gleich die Fuchsjagt auf. Der sich nun als Opfer fühlende Übeltäter räumte das ein, was nicht mehr zu leugnen war und kein Jota mehr.

Christian war das so was von zuwider und er litt körperlich unter soviel Dreistigkeit. Er schämte sich, diese Heuchler auch noch verteidigen zu müssen und tat es nur mit Widerwillen.

Am schlimmsten fand er es, wenn diese Parteibonzen von den Wirtschaftskapitänen geschmiert wurden. Sie bekamen fürstliche Gehälter und dazu noch von der Industrie alles hinten reingesteckt, damit sie korruptiv für diese tätig wurden.

So saß er oft mit seiner Christina auf der Polstergarnitur vis-a-vis ihres Farbfernsehers und mußte im Fernsehen anschauen, wie sich diese Selbstbediener auch noch in Szene setzten.

Auch moralisch war er angeekelt, wenn sie ihre Freundinnen präsentierten, ihre Frauen, die sie beim Aufstieg schamlos ausnutzten, sitzen ließen, um auf zweiten Frühling zu machen.

Er hatte seine Christina, nicht hübsch und auch nicht sehr intelligent, aber seiner Tochter eine gute Mutter. Sie waren eine gute Familie, von der die Zeitungen sicher gerne berichten würden, wäre er doch nur nicht so ehrlich und wahrhaftig.

Eines Tages lernte er dann Bettina kennen, eine Frau die nach oben wollte, und der es egal war, mit wem. Sie war nicht gerade ein Modeltyp aber putzte sich relativ fehlerfrei zurecht. Für ihn als guten Katholiken kam so etwas aber überhaupt nicht in den Sinn. Er war zufrieden mit seiner kleinen Familie und noch kleineren Karriere.

Da zerriß ein lauter Ton seine Idylle.

Er schreckte auf, rannte zum Fenster. Riß die Gardine zur Seite.

Über dem Tiergarten ging die Sonne auf und strahlte ins Schloß Bellevue auf sein erleichtertes Gesicht.

Alles nur geträumt!   Gott sei Dank !

Der Höllenhund

Ich setze meinen Hut auf und verlasse den Laden. Die Tür fällt laut hinter mir ins Schloß.

Zu meinem Haus ist es nicht so weit, nur knapp zwei Kilometer und mir wird es gut tun, diese Strecke zu laufen. Der Weg durch den Park ist wunderschön, auch wenn ich an diesem Winterabend nichts von seiner Pracht erkennen kann.

Bald ist der geräumte Teil des Weges bewältigt und ich laufe über die dünne Schneedecke, die sich seit gestern Nacht hier breitgemacht hat.

Die Laternendichte ist etwas mager und ich kann den Lichtkegel der nächsten nur erahnen.

Auf einmal höre ich ein lautes Stapfen.

Ich bleibe stehen, das Stapfen verstummt.

Ich gehe weiter, das Stapfen auch. Es folgt synchron zu meinen Schritten. Ich laufe schneller, der Rhythmus der fremden Schritte paßt sich dem meinen an.

Es raschelt im Unterholz, Äste knacken.

Ich höre ein Knurren. Zu laut für die Hausgenossen die hier normalerweise Gassi geführt werden.

Ein dunkles Knurren wie man es nur aus Castors Kehle erwarten würde, dringt in mein Ohr und nimmt von ihm Besitz.

Äste knacken laut, es muß ein sehr großer Hund sein, wenn man das überhaupt als Hund bezeichnen würde.

Ich renne, renne immer schneller, das Wesen das mit mir rennt, hält das Tempo, ist mir dicht auf den Fersen.

Aus der Dunkelheit schält sich die Eingangsfront meines Hauses.

Nur noch fünfzig Meter.

Erreicht!

Kein Laut mehr zu hören, es muß hinter mir stehen und mich belauern.

Fahrig schließe ich die Tür auf und stürze in den Flur.

Das Licht im Korridor geht an.

Ein „Hallo" tönt mir so laut entgegen, als käme es aus einer anderen Welt.

Ich drehe mich in Panik um und verliere das Gleichgewicht. Meinen Kampf gegen die Schwerkraft verliere ich und stürze der Länge nach auf den Boden. Mein Kopf schlägt auf die erste Treppenstufe und ab diesem Moment ist alles völlig still.

Ich sehe wie ein Schatten sich über mich beugt und etwas aufhebt.

Bedrohlich nähert er sich meinem Kopf und steckt mir etwas in mein Ohr.

Ich höre die Stimme meiner Frau:

„Haben sie Dein Hörgerät repariert ? Nur warum ist es voll aufgedreht?

Damals in Woodstock

Gundel, Entschuldigung, Gundula und ich hatten den Sprung gewagt. Den Sprung über den großen Teich.

Ja, wir waren in Woodstock, dem Ziel unserer Hippieträume, Gundula und ich. Nein nicht mit dem Flieger, dafür fehlte uns die Kohle, denn es gab noch keine Billigflüge damals.

Nein, wir fuhren mit dem Ozeandampfer, aber nicht als Passagiere. Wir hatten dort angeheuert. Gundula im Service und ich als Techniker.

Das wurde die längste, aber auch schönste Seereise meines Lebens.

Als unser Schiff in New York einlief, fühlten wir uns beide wie die Könige der Welt.

Wir mußten nicht lange suchen oder warten, eine Mitfahrmöglichkeit nach Bethel zu bekommen. Dort angekommen hatten wir gut zwei Wochen Zeit, um uns auf das Festival vorzubereiten.

Wir kamen in einem kleinen Gasthaus unter, weil Gundula jedwedes Zelten haßte. Sie war der Hippikultur abhold und heute denke ich, sie kam nur mit, um etwas aus dem Beritt ihres Vaters entweichen zu können.

Wir verlebten also die Präambel von Woodstock genauso harmonisch wie auch romantisch in einem Haus inmitten einer riesigen Wildblumenwiese, die später im Matsch und Schlamm von Woodstock hoffnungslos versank.

Aber noch war sie real, duftete und band die Sinne der Menschen, die die Natur liebten. Wir waren ziemlich glücklich, liebten uns und genossen die Nächte, die der zunehmende Mond immer heller gestaltete.

Wir liebten uns in diesen warmen Augustnächten, die noch frei von den ganzen Hippies waren, die da noch kommen sollten, für uns aber noch unvorstellbar waren.

Zurück im Zimmer duschten wir und kuschelten dem Morgen entgegen.

Der Morgen bestand darin, daß Gundula meinem Schnarchen entwich, indem sie ins Badezimmer schlüpfte. Mir war das ziemlich egal, solange ich weiter schlafen konnte. Allerdings, obwohl ja niemand, der schläft, sündigt, nervte Gundula schon seit Tagen wegen dieser vermaledeiten Zahnpastatube. Ich drückte sie vorne, also die Tube, Gundula drückte sie hinten, gottseidank wir beide nie gleichzeitig.

Trotzdem spulte sie jeden Tag ihren Vortrag ab, der mir klarmachen sollte, daß nur die Art, mit der sie ihre Tube leerte, die effizienteste sei.

Mir war das aber ziemlich wurst. Gundula nicht!

Und so kam, was kommen mußte, sie fand einen Hintentubendrücker, obwohl ich das heftig bezweifelte, denn der hatte kaum Zähne.

Glenda und ich hatten dann viel Spaß in Woodstock, und ich durfte sie drücken, wo ich wollte und nicht nur die Tube.

Ruhestand

Er saß an seinem Schreibtisch und hielt das kleine Stück Metall in seiner Hand. Es war diese kleine Blechkappe, die am Anfang eines Zentimetermaßes die 1 verdeckte, um dafür zu sorgen, daß die Kante nicht ausfranste.

Der Rest des Bandes war weg, Zentimeter für Zentimeter, Tag für Tag, nach dem Abtrennen im Papierkorb entsorgt.

Vor hundert Tagen hatte er damit begonnen und mit jedem Schnitt an jedem Morgen kam er dem Tag näher, seinem Tag.

Und der war nun gekommen.

Sein letzter Arbeitstag!

Er hatte nun über vierzig Jahre Büro hinter sich. Vierzig Jahre war er jeden Morgen zur selben Zeit aufgestanden, hatte sich fertig gemacht, war zu Arbeit gefahren.

Am Anfang noch mit dem Fahrrad, über den Käfer bis zur S-Klasse.

Vierzig Jahre hatte er Behördenchefs kommen und gehen sehen, hatte mal Spaß an seiner Arbeit und andere Male nicht.

Er war kein Überflieger, aber fleißig, und so hatte er sich durch zwei Laufbahnen hindurch bis zum Amtsrat durchgearbeitet.

Drei Kinder hatte er mit seiner Frau großgezogen, die für seinen Beruf keinerlei Achtung zeigten, der sie aber bis zum Abitur führte und seiner Ältesten sogar das Studium ermöglicht hatte.

Ja, er war zufrieden, zufrieden mit seinem Leben, zufrieden mit seiner Familie und zufrieden mit seinem Beruf, der für ihn nun an diesem Tage enden sollte.

Er hatte in der Kantine ein Buffet bestellt, um seinem Abschied einen würdigen Rahmen zu geben.

Die Feier wurde durch die Anwesenheit des Staatssekretärs geadelt, der brav die Worte vom Blatt ablas, die irgendein hilfreicher Geist für ihn zu Papier gebracht hatte.

Ja und dann packte er das letzte mal seine Aktentasche, packte die Abschiedsgeschenke, die er erhalten hatte, zu dem Blattkaktus, der all die Jahre mit ihm das Zimmer geteilt hatte, in den Karton, klemmte diesen unter den Arm und ging das letzte mal den Weg in die Tiefgarage zu dem Stellplatz, der an diesem Tag das letzte mal für ihn reserviert war.

Seine Frau erwartete ihn schon ganz aufgeregt. Endlich hatte sie ihn ganz für sich alleine. Nachdem die Kinder das Haus verlassen hatten, verbrachte sie ihre Tage damit, darauf zu warten, daß er abends von seiner Arbeit nach Hause kam, um mit ihr zu Abend zu essen und danach fernzusehen.

Aber nun begann ein neuer Lebensabschnitt für sie. Endlich hatten sie nur noch sich. Und als Start in diese neue Ära sollte eine Reise in den Bayerischen Wald stehen.

Sie hatten sich dort eine kleine Ferienwohnung gekauft, die sie nun sooft wie möglich nutzen wollten.

So fuhren die beiden nun das erste Mal in ihrem Leben nicht in den Urlaub, sondern in einen neuen Lebensabschnitt.

Ohne Zeitkorsett wollten und konnten sie jetzt wandern. Er hatte sich extra neue Wanderschuhe gekauft und freute sich auf den Herbst seines Lebens.

In ihrer Wohnung angekommen, packten sie ihre Koffer aus, um dann ganz gemütlich in ihre Lieblingsgaststätte einzukehren.

Sie wurden auf das Herzlichste begrüßt und zu ihrem so ersehnten Rentnerdasein beglückwünscht.

Man aß wie immer gut, und einige Obstler taten anschließend das ihrige für eine gute Verdauung.

Dann gingen sie in ihr Apartment und schlüpften in die frisch bezogenen Betten. Nach etwas Nachtlektüre wünschten sie sich eine gute Nacht und schliefen ein.

Der Schlaf war tief und fest, und als sie kurz aufwachte, bemerkte sie, daß ihr Mann das erste Mal nicht schnarchte, und sie war glücklich, daß ihm das alles so gut bekam.

Als die Sonne mit Mühe über den Berg gekrochen kam, wachte sie auf. Sollte sie ihn schon wecken? Er schlief gerne etwas länger. Andererseits mußte er ja nun auch nie mehr pünktlich aufstehen, war er doch nun vom Weckerterror befreit.

Sie kuschelte sich an ihn und wollte sich ihre Füße bei ihm wärmen, wie sie es oft tat.

Viel brachte das nicht, denn seine Füße waren kälter als die ihren.

Sie waren so kalt wie dieses kleine Stück Metall, das als Talisman auf seinem Nachttisch lag.

Das Sonnenlicht fiel durch das Fenster und hüllte das Schlafzimmer in seinen goldenen Schein.

Der Tag brach an -

ohne ihn.

Trauma

„Hallo, hallo!"

drang es in mein Unterbewußtsein. An meiner Bettdecke wurde gezupft. Ich bin Langschläfer und haßte beides.

Widerwillig öffnete ich meine Augen. Oh, hätte ich sie doch zugelassen. Wie diese hühnergroßen Saurier aus dem Jurassic Park, fummelten und werkelten zwei Gestalten an mir und meiner Bettdecke herum, deren Dasein nur damit begründet werden konnte, daß auch die Evolution Humor hat.

Was wollten die, und vor allem, wie kamen sie in mein Hotelzimmer?

„Bist Du unser neuer Pappa?" quakte das eine, das andere sabberte auf mein Kopfkissen.

„Nein!" wollte ich brüllen, als ich neben mir ein Beben bemerkte. Die Matratze knarrte beängstigend, mein Kopf flog nach links.

Da lag etwas, etwas Großes.

Und es lebte!

Das Beben waren schwere Atemzüge eines übergewichtigen Körpers, der mir noch die Gnade gewährte, mir sein Antlitz vorzuenthalten.

Die Gunst währte aber nicht lange.

Urgewalten erschütterten mein Bett und dieses Etwas drehte sich, erwacht, zu mir um.

Ich war hart im Nehmen und hielt diesem Anblick stand.

Zwei mächtige Lippen öffneten sich und ließen eine mächtige, von Süßigkeiten und Dickmachern geschwollene Zunge die Worte an mich richten:

„Guten Morgen, mein Honigtöpfchen!"

Ich erstarrte.

Ok, ich war kein Kind von Traurigkeit und beendete meine Abende ziemlich regelmäßig mit einem nicht zu unterschätzenden Genuß von Bier, sofern es kein Pils war, sondern voll und leider süffig.

Aber wie kamen nun Godzilla und ihre Abkömmlinge in mein Hotelzimmer, an und um mein Bett ???

Mein Blick wanderte von den Monstern zum Muttertier und zurück, und mein Gehirn, welches sich das ganze Possenspiel nicht erklären konnte.

Da erhob es sich, nahm einen Großteils des Zimmers ein, und es begann mich zu frösteln.

Zu all dem Schrecklichen kam, daß sie kein Nachthemd trug, daß alles so wogte und wabbelte wie die Schwerkraft es diktierte.

Und was meinte sie nur mit „Honigtöpfchen" ?

Eigentlich wollte ich das nicht wirklich wissen.

Sie stand vor mir in ihrer vollen Schrecklichkeit und ich versuchte verzweifelt, nur auf ihr Zopfband zu schauen, welches etwas lächerlich versuchte ihre fettigen Haare zu ordnen.

Aber es war passend, es war rosa, wie eine überdimensionierte Fleischlieferung.

„Honigtöpfchen" „Papa" mein Gehirn tat das einzig richtige und schenkte mir einen Spontanschlaf.

Schweißgebadet wachte ich später auf und ich war glücklich, mein Hotelzimmer monster- und nachkommenfrei zu erblicken.

Ich sollte meinen Bierkonsum doch etwas drosseln oder wenigstens meinen Clan-Whisky nicht so zügellos trinken.

Als ich mich vom Bett erhob, kippte es leicht nach hinten, was mir gestern abend bei meiner Bettschwere gar nicht aufgefallen war, aber ich bin ja kein Hoteltester.

Erleichtert ging ich ins Bad, um mir die Zähne zu putzen und zu duschen. Ich genoß das warme Wasser auf meiner Haut und dachte an den gestrigen Abend.

Es war eine sensationelle Lesung, meine Herausgeberin glücklich und auch das ganze Team. Und das Abchillen danach war auch megageil.

Ich fönte meine Haare, stutzte meinen Bart und zog mich an. Danach packte ich meinen Koffer für die Heimreise. Viele Bücher hatte ich nicht mehr, fast alle waren signiert und verkauft.

Schnell noch ein Blick in alle Ecken und dann zum Auschecken.

Ja, und dann lag es dort auf dem Bettvorleger, dieses rosa Zopfband.

Über die Planke

Er stand barfuß am Ende der Planke. Seine Zehen unternahmen den verzweifelten Versuch, sich an deren Kante festzuklammern.

Er hörte die Rufe, die sich von hinten in sein Ohr peitschten: „Spring! Spring!"

Die Gunst einer verschwommenen Wahrnehmung seiner Umgebung bewahrte ihn davor, nach unten zu schauen, wo das Wasser boshaft und erwartungsvoll vor sich hin platschte.

Wie war er nur in diese Situation gekommen?

Er war als treuer Matrose ihrer Majestät zur See gefahren, hatte seine besten Jahre der See und dem Wind geopfert und erklomm mühevoll, weil ohne jedwede Beziehungen die Karriereleiter der Marine.

Nach langer schwerer Zeit hatte er es dann erreicht, und er kommandierte als Kapitän sein eigenes Schiff, eine Corvette.

Er war überzeugt davon, daß er ein zwar harter aber gerechter Kapitän war; da blieb es nicht aus, daß er auch das eine oder andere Mal hart durchgreifen mußte. Freunde machte er sich unter den Seeleuten damit natürlich nicht, aber er suchte in der Marine und schon gar nicht in der Mannschaft nach Freunden.

„Captn's word is law!" das hatte er als Matrose selber erlebt und das galt nun auch für ihn als Kapitän.

Jetzt in diesem Moment, wo er das leichte Wippen der Planke unter seinen Füßen spürte, fragte er sich, ob ein anderer Kommandostil vielleicht sinnvoller gewesen wäre.

Er spürte wie sich hinter ihm die Wut der Leute steigerte, die wollten, daß er endlich springt.

Nein, er wollte denen nicht nachgeben und in seinem Gehirn glühten die Synapsen bei der Suche nach einem Ausweg aus diesem Dilemma.

Da ertönte ein lautes Pfeifen von vorne und seine Gedanken erstarben abrupt. Er riß seine Augen auf und machte sich bereit, seinem Schöpfer entgegenzutreten.

Klar sah er nun alles um sich herum und den Herrn ganz in Weiß gekleidet. Dessen laute Stimme befahl ihm eindringlich:

„Wenn Sie nicht springen wollen, dann kommen Sie bitte wieder herunter und blockieren Sie nicht die anderen Badegäste!"

I Will Always Love You

Die Wanne war voll, der Badeschaum umspülte ihre Brüste, und sie drehte das Wasser ab. Dieser Duft begleitete sie nun schon seit über zwanzig Jahren. Ihr Manager schenkte ihn ihr zu ihrer ersten Aufnahme, als sie morgens seine Wohnung verließ.

Eines ihrer großen Idole war Janis Joplin. Als Janis in Woodstock ihren Zenit hatte, war sie noch ein Kind und als sie sich zu Tode spritzte, kam sie gerade in die Schule. Ihre Mutter sang in der Begleitband von Jimi, dem auch die Drogen den Garaus gemacht hatten. Als dann 1977 Elvis, in dessen Begleitband ihre Mutter ebenfalls gesungen hatte, starb, ging wieder ein Star, um unsterblich am Künstlerhorizont zu strahlen.

So musikalisch vorbelastet wurde sie schließlich von dem Exmanager ihres Idols entdeckt und auf die Bühne gestellt, die von nun an ihre Welt sein sollte. Mit ihrer Stimme sang sie alles an die Wand, was sich dort als Sänger tummelte, und als Hollywood sie dann rief, hatte sie sich auf den Olymp gesungen.

Ein Filmsong wurde ein Welthit, an dem sich auch noch nach Jahrzehnten Castingkandidaten vergeblich versuchten abzuarbeiten, aber kläglich scheiterten.

Sie war „The Voice" mit einer Stimmendynamik weit über drei Oktaven hinaus. Der Ruhm kam schnell und heftig, zu heftig für diese junge, zerbrechliche Frau. Wen die Götter lieben, den holen sie jung, dachte sie damals, wenn sie an Janis und Jimi dachte, obwohl ihr klar war, daß deren Tod durchaus selbst einkalkuliert und mittelbar auch selbst vollstreckt worden war.

ie verkaufte ihre Songs in Millionenauflagen und machte viele Menschen, die sie umgaben, sehr reich. Wer Geld besitzt und viele Freunde, hat alles was er sich wünschen kann, solange nicht die Liebe unter den Wünschen ist. Dafür gab es aber von ganz besonders guten Freunden

Ersatz. Glück, das man dosieren konnte und wenn man es überleben wollte, es auch sollte.

Nicht immer gelang es, denn es gab diese Stimmungen, die nach mehr verlangten, als der Köper verkraften konnte.

An irgendeinem Punkt, sie konnte mehr nicht genau sagen wann, überwand dieses Glücksgefühl, das sie sich mit immer mehr Drogen in ihren Schädel induziert hatte, die Barriere ihrer Psyche und kroch, einem Kraken gleich, in ihren Körper, streckte seine Arme in alle Organe und nahm physisch von ihr Besitz. Ihr guter Freund, der ihr immer half, wenn sie unglücklich oder verzweifelt war, war zu ihrem Kerkermeister mutiert, der sie nie wieder freilassen sollte.

Morgens im Spiegel, anfangs kaum wahrnehmbar, sah sie wie sich ihr Aussehen veränderte. Daß sie am Anfang ihrer Karriere auch gemodelt hatte, konnte man nur noch mit viel Phantasie erahnen.

Aber sie war Sängerin und sie sang, ihre treuen Fans füllten immer noch die Säle. Es waren nicht mehr die großen Tourneen, aber sie kam über die Runden, wenn sich ihre Strahlkraft auch immer mehr verlor.

Krankheiten und Entziehungskuren wechselten sich ab, aber immer wieder gelang es ihr, wieder etwas Boden unter die Füße zu bekommen. Ihre Stimme war ihr Kapital. Es war beim Soundcheck vor einem Konzert, als sie feststellen mußte, daß die Krake in ihr einen ihrer Saugnäpfe an ihrem Kehlkopf plaziert hatte und nicht vorhatte, den Griff zu lösen.

Sie sang ihr Konzert herunter und schloß sich anschließend in ihrem Appartement ein. Sie holte eine ihrer alten CDs und legte sie auf. Sie drehte das Potentiometer auf volle Lautstärke und begann, als sie die hohen Stellen hörte, die sie glasklar mit ihrer unvergleichlichen Dynamik sang, hemmungslos zu weinen.

Sie dachte an Jimi und Janis, die zu früh gestorben waren um zu scheitern, aber sie dachte auch an Elvis, der noch mit 40 sein Comeback in Vegas geschafft hatte.

Was er konnte, mußte ihr doch auch gelingen. Sein Körper war in den letzten Jahren seines Lebens auch von seiner Lebensweise gezeichnet, aber seine Fans liebten ihn. Sie wußte von ihrer Mutter, daß Elvis immer diese gelben Pillen nahm, wenn er nicht weiter konnte und dann im Nu wieder fit war, wie in alten Zeiten.

Heute war ein ganz besonderer Tag. Ihr und Janis Entdecker bat zu einer seiner Megapartys am Vorabend der Preisverleihung.

Sie blickte durch die geöffnete Badezimmertür zu ihrem Bett, auf dem ihr Abendkleid lag, in dem sie heute glänzen wollte.

Was Elvis konnte, mußte doch auch ihr gelingen.

Sie nahm die Schachtel vom Wannenrand, öffnete sie. Drei dieser gelben runden Wunderdinger drückte sie nacheinander aus dem Blister in ihre linke Hand.

Sie warf sie mit einer schnellen Bewegung in ihren Mund und spülte mit einem Schluck Bourbon aus der Flasche nach, die neben der Wanne stand.

Sie schloß die Augen.

Sie hörte ein leises Geräusch. Es war ein vielfältiges Rauschen, wie sie es von den großen Konzerten her kannte.

So klang es immer auf der Bühne hinter dem Vorhang, bevor er sich öffnete, um ihr den Weg freizugeben in den Lichtkegel des gleißenden Spots.

Das Geräusch wurde intensiver. Sie meinte, die Band zu hören, die sich bereit machte für den Einsatz, sie bewegte sich auf den Vorhang zu, der zur Seite glitt, und sie öffnete die Augen, sah in den hellen Lichtstrahl, der sie aber nicht blendete. Die Musik begann und ein stürmischer Applaus aus tausend Händen empfing sie.

Sie hielt das Mikrofon an ihren Mund und begann zu singen. Ihre Stimme war wieder voll da und schmetterte über alle drei Oktaven, wie in alten Zeiten.

Als das Lied im wiederaufbrandenden Beifall endete, lösten sich ihre Hände vom Mikro, und die Flasche zerschellte auf dem Badezimmerboden.

Wahlabend

„Und wie erklären Sie sich nun die hohen Verluste für Ihre Partei?" fragte der Redakteur den Politiker der Partei, die gerade die Wahl verloren hatte.

„Ich kann beim besten Willen keine Verluste, schon gar keine hohen Verluste erkennen. Ganz im Gegenteil, meine Partei hatte noch nie soviel Zuspruch wie bei dieser Wahl. Daß die anderen Parteien, und da sollten wir erst einmal die Hochrechnungen abwarten, mehr Stimmen bekommen haben als wir, mag ein Ausdruck dafür sein, daß unsere Themen beim Wähler noch nicht den Stellenwert erreicht haben, der ihnen gebührt."

„Aber Sie können doch nicht im Ernst behaupten, daß die Wähler an Ihrer Niederlage schuld sind?"

„Ich verwahre mich gegen das Wort Niederlage, es war keine Niederlage es war ein guter zweiter Platz!"

Der Interviewer hob die Augenbrauchen, sagte kein Wort und übergab an die Tagesthemen.

Als im Studio die Lichter nach und nach erloschen fuhr der Kandidat mit seinem Dienstwagen nach Hause in seine Villa zu seiner Frau.

Diese war schon zu Bett gegangen und erwartete ihn, um ihn zu trösten.

Nur, der Trost gelang nicht so recht und sie fragte ihn, ob das Wahlergebnis Schuld an seiner Potenzschwäche sei.

„Ich kann beim besten Willen keine Potenzschwäche, schon gar eine mangelnde Erektion erkennen.", erwiderte er mit voller Entrüstung.

„Ganz im Gegenteil, noch nie war mein Freund in solch strammer Verfassung. Deine Meinung, daß andere Männer, und das bliebe abzuwarten, über eine bessere Potenz verfügen, mag ein Ausdruck dafür sein, daß Du das wahre Wesen der Sexualität nicht in Gänze begriffen hast!".

„Aber Du kannst doch nicht im Ernst behaupten, daß es meine Schuld ist, daß er hängt!"

„Ich verwahre mich gegen den Ausdruck hängen !

Er kniet!"

Seine Frau hob die Augenbrauen, sagte kein Wort und ging ins Bad.

Als im Schlafzimmer das Licht erlosch, war seine Frau mit seinem Chauffeur unterwegs zu dessen 2-Zimmerwohnung.

Die feurige Nacht

Heute sollte es zoom machen. Nirgendwann passiert- heute doch probiert.

Ha, das wird ein Selbstläufer! Drei Wochen lang gebaggert und geschmeichelt, Zigaretten zusammen geraucht, geplaudert und geschnudelt und gepudelt. Heute war sie reif, reif für die Ernte!

Nach 3 Jahren intensiver Fortbildung in sämtlichen Kochshows des deutschen Fernsehens war ich fit und willens diese Nuß heute nicht nur zu knacken, sondern auch zu verschlingen..

Alles war aufs beste vorbereitet, die Küche fertig, das Wohnzimmer gründlichst geputzt.

Da schellte es an der Tür.

Rein ins Bad, links und rechts reichlich Paco Rabanne hinter die Kiemen und dann ab an die Tür.

Mit dem strahlendsten Lächeln stand sie in Reichweite vor mir: Jutta.

Mein scheues Wild, das ich heute zu erlegen gedachte. Wie lange war ich auf ihrer Fährte, doch heute war sie reif, mußte sie reif sein, weil ich noch nie solange jenes Wild jagen mußte.

Heute war sie fällig.

Bussi links, Bussi rechts und Jutta stand im Flur ihrer Bedürfnisse. Jacke aus, Haare gezupft und schon war sie im Wohnzimmer, der Walstatt meiner Hormone.

Sie nahm auf der Couch Platz, denn dort sollte ja der Endkampf stattfinden.

Daß sie gerne Roséwein trank, wußte ich ja, und der Sommelier von Aldi hatte mir den absolut besten Dosenöffner verschrieben. Ich flutschte in die Küche, während Jutta das erste Gläschen dieser Auslese genoß.

Was kocht man zu solch einer Gelegenheit? Fast nichts, volle Bäuche sind kontraproduktiv. Ich mach da immer Putengeschnetzeltes mit Salat, alles ohne Zwiebeln und Knoblauch, aber viel Käse, damit frau satt wird.

Meine Mikrowelle tat ihren Dienst und ich konnte zwischenzeitlich den Rosé nachschenken. Als ich das Aufgewärmte servierte, schaute mich Jutta schon ganz selig an. Sie aß brav ihren Teller auf und ich lud Schmusesongs auf mein I-Phone.

Schnell alles in die Küche, der Geschirrspüler hatte bis morgen zu warten. Pflichtprogramm beendet, nun kam die Nacht – unsere Nacht!

Jutta hatte nun schon die erste Flasche geleert, und ich beeilte mich nachzuschenken, weil es beim Sex doch durchaus stören kann, wenn frau zuviel denkt.

Ich robbte mich nun couchmäßig an sie ran und schickte meine geschmeidigen Finger auf Expedition. Also der BH-Verschluß war Standard, sollte keinen hinreichenden Widerstand leisten, was etwas umständlicher werden würde, war diese doofe Strumpfhose, die ja aber aus Sicht der Frauen so unheimlich praktisch sein soll.

Naja, die Mädels heutzutage sind halt wie die Würstchen im Saitling, da kann man nix dran ändern.

Jutta wurde nun müde und reif.

Genial wie ich bin, hatte ich im Schlafzimmer rund um das Wasserbett Teelichter verteilt, die ich nun anzündete, während Jutta sich frisch machte.

Das Zimmer schimmerte alleine im Kerzenschein, als Jutta die Arena betrat. Noch mit BH und Höschen, aber wenigstens ohne diese fürchterliche Strumpfhose. Sie fand das alles so romantisch und schmiegte sich auf das Bett. Gerade als ich meinen BH-Spezialgriff zur Anwendung bringen wollte, bäumte Jutta sich kurz auf und warf ihren Kopf nach hinten.

Leider war ihre Frisur architektonisch nur mit Mengen von Haarspray zu bändigen, die sich nun mit einer Stichflamme an einem der Teelichter entzündete.

Geistesgegenwärtig warf ich das Kopfkissen über sie und konnte auch die Flammen ersticken, nur fielen dabei weitere Teelichter um und entzündeten die Auslegware, und das Feuer fraß sich weiter zu den Gardinen.

Na, und nun sitze ich in Unterhosen im Feuerwehrauto, mir gegenüber Jutta, die mich mit ihren kurzen Haaren ziemlich böse ansieht.

Ich glaube, ich werde Frauen nie wirklich verstehen.

Walpurgisnacht

Der Weg zum Briefkasten hat sich gelohnt. Der gelbe Umschlag lugt aus der ganzen Werbemasse hervor und läßt meine Morgenlaune sprungartig in die Höhe steigen.

Er war da, der vollstreckbare Titel!

Es hatte einige Zeit und Prozeßtage gedauert, aber nun hielt ich ihn meinen Händen.

Im Namen des Volkes mußte die Alte nicht nur diese häßliche Eibe fällen, sondern auch ihre verlausten Katzen abschaffen.

Also, ich bin ja kein streitsüchtiger Mensch und eigentlich auch sehr tierlieb. Ich gehe nämlich sehr gerne zum Pferderennen und sehe mir auch hin und wieder Hundeausstellungen an; und wer sich in meinem Rosengarten umsieht, wird mir auch nicht unterstellen wollen, daß ich keine Pflanzen mag.

Es ist immer die Dosis, die das Gift macht. Eine Katze ist OK, wenn sie denn ihre Arbeit verrichtet und sich um das vierbeinige Ungeziefer in Haus und Hof kümmert.

Aber das, was die Alte da in ihrem Garten veranstaltet, ist entschieden zu viel, sie ist so eine Art Biomessi.

Das sah der Richter auch so.

Also, wenn sie zum Prozeß erschienen wäre, hätte er es sicher auch so gesehen. Aber wozu gibt es Abwesenheitsurteile?

Und das ist auch gut so.

Wenn ich das Schreiben heute im Kasten habe, hat sie es auch bekommen. Ich denke, ich gebe ihr zwei Tage Zeit, und dann werde ich den Gerichtsvollzieher beauftragen, mein Recht in die Tat umzusetzen.

Der erste Mai fällt dieses Jahr auf einen Sonntag und die Faulenzer haben einen Feiertag weniger zum Ausruhen; gleich am Montag werde ich den Gerichtsvollzieher anrufen.

Ja, da schlurft sie durch den Garten und öffnet ihren Kasten.

Sie geht wieder in ihr Haus und wirft einen Blick in meine Richtung, dabei öffnet sie ihren Mund, diese alte Hexe, und ich meine fast, das, was da zwischen dem Gehege von schwarzbraunen Ruinen ehemaliger Zähne entweicht, riechen zu können.

Ach ja, am Sonnabend ist ja diese Walpurgisnacht, deren Feier, wie vieles Überflüssige, aus Amerika hier in die Teeniehirne schwappte. Hat nicht mal Halt vor meiner Tochter gemacht. Statt für ihr Abi zu lernen, rennt sie auf so eine heidnische Feier, und ich muß auch noch mit, weil meine Frau das so will.

Eigentlich hat meine Frau nichts zu wollen, denn ich verdiene ja unser Geld, aber ich gehe doch lieber mit, damit nicht so ein ungepflegter Typ mit Hosen, deren Schritt unterhalb der Kniekehlen hängt, meiner Prinzessin an die jungfräuliche Wäsche geht.

Nach einem für mich sehr positiven Tag fahre ich meine Tochter zu ihrer Walpurgisnachtfeier. Ihre Blicke könnten Mißfallen ausdrücken, aber nur für den oberflächlichen Betrachter, der unser Vater-Tochter-Verhältnis nicht kennt und deshalb nicht weiß, wie cool sie ihren Vater findet, wenn er sie zu ihren Feten begleitet.

Die Dämmerung ist schon weit fortgeschritten, als ein Feuerschein sich aus dem Dunkel schält.

Ich hoffe, der Veranstalter hat das angemeldet und genehmigt bekommen, sodaß die Freiwillige Feuerwehr in „Hab Acht" steht, um das Ganze auf kleiner Flamme zu halten.

Ich parke den Wagen in Leerichtung vom Scheiterhaufen, damit die Funken dem Metalliclack keine Harm verursachen können.

Meine Tochter springt aus dem Wagen und ist in der Menschenmenge verschwunden. Jugendliches Ungestüm halt, dabei wird sie in spätestens fünf Minuten nach ihrem Papa suchen.

Ich gehe zu den aufgebauten Ständen, an denen für Leib und Seele so manches feilgehalten wird.

Gerade bestelle ich mir ein kühles Bier, als ich hinter mir eine Stimme höre.

„Haben Sie mal Feuer?"

Mein Puls schaltet einen Gang höher.

„Ich rauche nicht und dort hinten ist schon fast ein Großbrand! Wieviel Feuer brauchen Sie denn noch ?"

Ich drehe mich abrupt um und schaue in das Gesicht eines Engels !

„Entschuldigen Sie bitte junge Frau, ich wollte, ich wußte ja nicht…"

Sie sagt nichts, lächelt überirdisch, kommt ganz nahe und gibt mir einen Kuß.

Ich meinte vorhin den Geruch von Joints mitbekommen zu haben, aber davon kann ich doch nicht solche Halluzinationen haben.

Nein, es ist real, ihre Zunge ist real und ich hoffe, daß sich meine Tochter noch etwas gedulden würde, bevor sie nach mir sucht.

Ich beginne, die Situation zu genießen. Dieses Wesen ist höchsten 25 Jahre alt, wunderschön und es begehrt mich.

Also nicht, daß das unmöglich wäre, denn obwohl die 50 schon etwas hinter mir liegt, weiß ich, wie mein Charme auf die Damenwelt wirkt, aber dieses Tempo, das dieser Engel an den Tag legt, überrascht mich doch etwas.

Ganz sanft schiebt sie mich vom Stand weg, an dem nur mein Bierbecher einsam zurückbleibt.

Der Feuerschein ist von der Stelle aus nicht mehr zu sehen, nur das Knistern des Holzes zu hören.

Da spüre ich, wie ihre Hand meinen Schritt erkundet. Eigentlich geht mir das zu schnell, aber sie ist mit ihren Fingern sehr geschickt und keine Textiltechnik kann deren Exkursion bremsen.

Sie löst ihre Lippen von den meinen, und ich spüre den Duft ihrer Haare nicht mehr.

Es dauert nicht lange, und ich explodiere in einem Feuerball der Sinne, den auch die Feuerwehr nicht beherrschen kann.

Ich warte, daß sie sich wieder erhebt, aber dort, wo eben noch die inkarnierte Wollust kniete ist nichts mehr, ich bin allein.

Zurück am Bierstand, ist mein Bierglas abgeräumt, dafür meine Tochter aber da.

Sie bittet mich um die Erlaubnis, bei ihrer Freundin schlafen zu dürfen, und ich höre meine Lippen „ja" sagen.

Wieso stimme ich denn eigentlich zu?

Wer weiß, was sie dort treibt?

Ich weiß es nicht, gehe zu meinem Auto und fahre heim.

Walpurgisnacht!

So ein Schmarrn!

Als wenn es wirklich Hexen gäbe, die auf Besen reiten oder zaubern, sich gar verwandeln könnten!

Ich gehe an meinen Schreibtisch, öffne nocheinmal den Umschlag vom Gericht und nehme den Beschluß heraus.

Ich zerreiße ihn.

Der grüne Schal

Immer, wenn mir die Novemberkälte in die Glieder kraucht, denke ich an meine Großmutter, kommen mir jene Tage in Erinnerung, an denen ich bei ihr übernachten durfte.

Meine Omi war eine liebe, herzensgute Frau, und ich genoß es, mich von ihr verwöhnen zu lassen. Sie lebte seit langem alleine. Mein Opi, den ich nie kennengelernt hatte, war schon lange tot, aber nicht vergessen.

Auf dem Büfett im Wohnzimmer stand die Photografie von ihm und daneben eine Kerze.

Immer, wenn Omi am Nachmittag ihren Kaffee brühte, ja, der wurde früher gebrüht, so mit richtig Kaffeegrund & Co, und dann von ihrem herrlichen Streuselkuchen aß, zündete sie die Kerze an. In deren flackerndem Schein konnte man fast meinen, daß die Gesichtszüge meines Opis zu leben begannen.

Sie hatte ihn sehr geliebt. Er war damals 25 und sie 21, als meine Mutter geboren wurde, und sie genossen seine Heimaturlaube, die immer spärlicher wurden.

Fesch sah er ja aus, auf diesem Bild, mit seinen schwarzen Locken, die links und rechts aus seinem Marineköppi ins Freie stürmten. Omi sagte immer, daß Opi nicht gerne Uniform trug und schon gar nicht, wenn er mit ihr durch den Stadtpark schlenderte. Dann trug er immer den grünen Schal, den seine Mutter ihm gestrickt hatte. Er trug dann privat auch keine Mütze und lachte viel und gerne, obwohl es zu jener Zeit nicht viel zu lachen gab.

Manchmal versuchte ich es mir vorzustellen, denn an der Flurgarderobe hing ja dieser, sein grüner Schal, aber es blieb beim Versuch, denn es gab ja nicht einmal mehr den Stadtpark.

Die Tage bei Omi waren für mich immer wunderschön, denn ich genoß ihre Liebe und Fürsorge, und sie blühte auch jedesmal aus ihrem Alltag auf, wenn ich bei ihr war.

Als ich dann heiratete war Omi auch dabei, und sie hatte dort mit meinem alten Onkel Fred so manches Tänzchen gewagt, ja sogar das eine oder andere Likörchen getrunken.

Dann kam der Tag, an dem sie Goldene Hochzeit gehabt hätte, wenn mein Opi nicht gestorben wäre. Dem Schicksal trotzend, war sie fest entschlossen, diese Feier zu begehen.

Sie bat mich, die Einkäufe zu erledigen und Familie und Freunde einzuladen. Die Einkäufe dauerten länger, denn die Handvoll Gäste war schnell zu benachrichtigen.

Als der Tag gekommen war, frühstückte ich mit Omi, und sie war ganz aufgeregt. Auf dem Büffet stand eine neue, besonders schöne und große Kerze, die sie mich bat anzuzünden.

Alles war vorbereitet und Omi wollte sich noch eine Stunde hinlegen, bevor die Gäste kamen.

Ich ging in die Küche, kontrollierte noch einmal den Kühlschrank, fand alles in bester Ordnung und wollte ins Wohnzimmer gehen, um die Zeitung zu lesen.

Als ich durch den Flur ging, meinte ich unbewußt etwas wahrzunehmen, also eigentlich vermißte mein Unterbewußtsein etwas. Nur was? Ich ging ins Wohnzimmer und setzte mich auf die Couch.

Als ich beim Lesen im Feuilleton angekommen war, flackerte es vor meinen Augen. Ich drehte mich zum Büffet und sah, wie die Kerze aufflammte, um dann zu verlöschen.

Ich stand auf und ging hin, um sie wieder zu entzünden. Der Docht war jedoch so weit abgebrannt, daß es mir nicht gelang.

Die Gesichtszüge meines Opis lagen nun erstarrt im Dunklen. Aber Omi hatte ja noch eine Kerze gekauft, weil sie befürchtet hatte, daß sie nicht die ganze Feier über brennen würde, nur daß sie so schnell ihren Geist aufgab, hatte auch sie nicht ahnen können.

Es war eh Zeit, sie zu wecken, und so ging ich in ihr Schlafzimmer.

„Omi, es wird Zeit...", flüsterte ich ihr zu und sie regte sich, schlug ihre Augen auf und sagte: „Ja, wird es!"

Ich fragte sie wo die zweite Kerze sei. Sie antwortete nicht, und ich drehte mich noch einmal zu ihr um.

Sie war wieder eingeschlafen, hatte beide Hände unter ihrem Kopf, und nur der grüne Zipfel des Schals schaute heraus.

2012 der Tag an dem die Welt erlosch

Auf seinem Display tauchte sie auf, diese kleine Welt, diese Welt auf Abruf, die in dem Quandranten des Universums ihre Bahn zog, für den er verantwortlich war.

Als erstes kreuzten die Frachtschiffe sein Blickfeld auf ihrem Weg zu den Pieren, an denen emsig ihre Ladungen gelöscht wurden, damit sie sofort wieder ihre Routen in die Karibik und nach Ostasien befahren konnten, um Güter ins Land zu holen.

Die Vorstadt kam näher und mit ihr die ersten Reihenhäuser und Villen, auf deren Parkplätzen die Autos liebevoller gepflegt wurden als manch Gattin.

Die Straßen wurden breiter und der Verkehr dichter. Rote Doppeldekkerbusse durchquerten die bevölkerten Straßen der Stadt, vollbesetzt mit Touristen, die nichts anderes im Kopf hatten, als ihr Geld in den vielen Geschäften auszugeben.

Viele internationale Restaurants hatten ihre Pforten und Terrassen geöffnet für die Besucher aber auch für den bunt gemischten Migrationshaufen der Einwohner.

Vor dem kleinen Pub spielten irische Fiedler zum St. Patricks-Day ihre gälischen Weisen, sangen und tanzten dazu.

Im Industriegelände roboterten Gabelstapler Paletten hin und her und Vorarbeiter bemühten sich, den Überblick nicht zu verlieren. Am Stadtrand wuchsen die Hochhäuser der Konzernzentralen in den Himmel. Von ihnen aus wurde die gesamte Wirtschaft gemanagt, während im benachbarten Wald Holzfäller Platz für neue Industriebauten schafften.

Er überflog das Planetarium der Stadt. Dessen Kuppel war geöffnet, und das Teleskop erigierte in den Nachthimmel, war aber blind für seine Observation. Könnten sie sich schützen, sähen sie ihn ?

Er bezweifelte es, aber so wimmelten dort nur Schafe herum, und er brachte deren Schlachtbank mit.

Er schaute auf die Computeruhr, die die Ortszeit anzeigte:

21.12.2012 23:55

Es lang nun in seinen Händen. Das war die schwerste Entscheidung, die ihm je abverlangt wurde. Es waren nur noch fünf Minuten, die über den Fortbestand dieser Wesen, die aus dieser Perspektive ameisengleich über seinen Monitor krabbelten und nicht ahnten, daß Ihre Existenz in wenigen Minuten enden würde, und daß nicht einmal eine Fußnote im Weltenplan von ihnen Zeugnis ablegen würde.

Er schaute diejenige an, die ihn zu diesem Handeln zwang, sah aber in kalte mitleidlose Augen, die keinerlei Alternative zuließen. Hilflos wandte er sich wieder seinem Computer zu und drückte, nein er hämmerte die fatale Befehlssequenz in die Tastatur.

Eine letzte Rückfrage warnte vor dem drohenden Armageddon.

Ein letzter Blick, ein letzter Druck, und in Sekundenbruchteilen verschwand diese schöne Welt mit all ihren ahnungslosen Bewohnern von seinem Bildschirm.

„Das wurde aber auch Zeit", ertönte es hinter ihm, „und nun schau nicht wie ein begossener Pudel. Wenn ich morgen bei Dir einziehe, wirst Du Deine Abende sinnvoller verbringen, als mit diesem idiotischen Computerspiel!"

Der letzte Flug

Der große Korb knarrte und ächzte unter seinen Füßen als er den letzten Sandsack ergriff und in den Wind entleerte.

Höher konnte er nun nicht mehr aufsteigen und er bezweifelte, daß die Höhe reichen würde, die Berge die auf ihn zuzurasen schienen, zu überfliegen. Er schaute nach oben, doch die pralle Hülle des Ballons versperrte ihm die Sicht in den Himmel, wo er die einzige Hilfe wähnte, die sein Schicksal zum Guten wenden konnte.

Seit dieser Südwestwind seinen Ballon im Griff hatte, trieb dieser unausweichlich auf das Bergmassiv zu.

So schön und majestätisch eine Ballonfahrt auch immer war, man konnte das Gefährt nicht lenken, konnte gerade mal in der Vertikalen navigieren und auch das nur, solange genug Sandsäcke am Korb und Gas im Ballon waren, in diesem Fall also gar nicht mehr.

Der Wind wurde immer heftiger und damit seine Fahrt immer schneller und seine Gedanken kreisten um sein baldiges Ende.

Die Berge wuchsen zu einer immer bedrohlicheren Kulisse heran, und es konnte nur noch wenige Minuten dauern, bis der Korb mit ihm an den Felsen zerschmettert werden würde.

So als ob der Himmel wenigstens etwas Mitleid mit ihm hatte, schob sich plötzlich eine Wolkenwand, der der Wind noch etwas mehr Schub gab als ihm, von hinten kommend Richtung Massiv. Sie hüllte ihn ein wie der Mantel einen sterbenden Krieger, und so fühlte er sich auch. Jeden Moment mußte der Aufprall kommen, und er war froh, das nicht sehen zu müssen. Er versuchte, das Chaos in seinen Gedanken zu ordnen, wollte dem Tod gefaßt entgegentreten.

Da gab es einen Ruck, und alles um ihn herum war dunkel. Das ging aber schnell dachte er, er mußte sofort tödlich verletzt worden sein, blieb doch keine Zeit für Schmerzen.

Nur wo war er, oder besser gesagt, das Unsterbliche von ihm, das dieses alles nun jetzt wahrnahm? Er trieb irgendwo zwischen den Dimensionen.

Da bemerkte er, daß er sich bewegte. Er trieb in eine bestimmte Richtung. Nicht so schnell, wie vorher mit seinem Unglücksgefährt, aber stetig. Er erblickte einen fast unscheinbaren Lichtpunkt, der, je länger er auf ihn zu trieb, immer heller wurde.

Das war also die Pforte! Er machte sich bereit für den Übergang in jene Welt, die nun seine Bestimmung war.

Aus dem Lichtpunkt war inzwischen eine leuchtende Scheibe geworden und entgegen der Nahtoderlebnisse über die er gelesen hatte, war das kein kühles Licht, sondern es war warm und wurde, je näher er kam, immer unangenehmer.

Er hatte also nicht die Erste Klasse bekommen, würde statt einer Harfe wohl eher mit einer Forke Bekanntschaft machen müssen.

Er versuchte nachzudenken, welch schlimme Sünden er wohl begangen habe und ging dabei zurück bis in die Kindheit, in der er anderen so manche Streiche gespielt hatte. Das konnte es aber nicht gewesen sein, Kindern sollte doch laut Bergpredigt das Himmelreich gehören.

Er dachte weiter, seine Studienzeit erreichend und kritisch überprüfend, als er auf einmal die Nähe eines Wesen spürte, das ziemlich gewaltig schien. Irgend etwas beugte sich über ihn und griff an ihm vorbei.

Schlagartig erlosch das Licht.

„Daß Du bei Licht so friedlich schlafen kannst! Warum machst Du nicht die Nachtischlampe aus?"

Die Fallschirmjäger der Cluaran

Wir waren nun schon drei Tage in Alarmbereitschaft. In dieser rauhen Umgebung gab es nur Regen oder Sturm, und beides stand unserer Mission im Wege.

Der Regen, weil er unsere Gleitschirme sich nicht entfalten ließ, der Sturm, weil er eine Navigation unmöglich machte.

So harrten wir also aus auf dem Hügel und warteten auf ein paar Stunden Sonnenschein, um unseren Einsatz zu starten.

Uns allen war es klar, daß es, erstmal gestartet, keinen Weg mehr zurück gab, für niemanden von uns. Aber es gab auch keine Alternative, unseren Fortbestand zu sichern.

Gerade hatte sich eines der Gewitter verzogen und gab den Sonnenstrahlen die Bahn frei auf unseren Hügel, an dessen Fuß der kleine Fluß durch die Wiesen mäanderte. Selbst der Wald dort hinten im Westen wechselte seine Farbe von grau in ein sattes Grün.

In unseren Reihen war die Spannung jedes einzelnen nun greifbar. Jetzt hieß es den günstigsten Zeitpunkt zu erwischen und sich vom Wind wegtragen zu lassen, erst den Hügel hinunter und dann mit etwas Glück, einen Aufwind nutzend, weit weg, um irgendwo zu landen und uns neuen Lebensraum zu sichern.

Die Basis, die uns bisher vor dem Sturm geschützt hatte, gab uns frei, und als der nächste warme Wind kam, ließen wir uns mit unseren Gleitschirmen von ihm fort-tragen.

Ich genoß diesen Moment, auf den ich nun seit ich denken konnte, gewartet hatte. Dieses Gefühl schwerelos durch die Luft zu gleiten, war wunderbar.

Unsere ganze Gruppe schwebte Richtung Wald und breitete sich aus, sodaß wir uns gegenseitig immer mehr aus den Augen verloren, und genau das war ja auch geplant, wollten wir doch möglichst viel Neuland erobern.

Da verschwand auf einmal die Sonne hinter einer dicken Wolke und nicht weit neben mir fielen unvermittelt dicke Regentropfen vom nun wieder grauen Himmel.

Mit Entsetzen sah ich viele meiner Kameraden mit nassen, zusammengeklatschten Schirmen abstürzen, direkt auf das steinige Flußufer und in dessen Strom. Das eine wie das andere war für sie tödlich.

Der Hauptteil von uns war jedoch schon in der Nähe des Waldes, der nun wieder dunkel vor sich hin drohte. Verzweifelt hofften wir auf eine Änderung der Windrichtung, denn ein Landen im Wald hätte nicht sofort zum Tod, aber zu einem langen Siechtum geführt.

Immer näher kam der Wald und ich konnte schon die ersten Bäume erkennen, als der Wind tatsächlich etwas drehte. Nicht viel, aber genug, um mir eine andere Richtung und auch etwas Auftrieb zu geben, während meine Kameraden im Wald in ihr ungewisses Schicksal entschwanden.

Da sah ich den kleinen Hügel, wie geschaffen für eine neue Basis und nur schwach bewachsen.

Angespannt schaute ich in seine Richtung, und als würde dieser Blickkontakt meinen Flug steuern, glitt ich tatsächlich dorthin. Die letzte Windhilfe nutzend, landete ich sicher auf der kleinen Anhöhe.

Kaum hatte ich mich vom Schirm befreit, grub ich mich erst einmal schützend ein.

Hier mußte man glücklicherweise nicht lange warten, schon bald kam der gewohnte Regen und durchtränkte mein Erdloch.

Das war das Kommando für die Invasion. Ich trieb meine Wurzel in den feuchten Sand, die sich schnell verzweigte. Den so geschaffenen Halt nutzend durchbrach ich den Rest meines Panzers und reckte meine beiden Keimblätter in den schottischen Himmel.

Ich hatte es geschafft!

Jetzt ein Jahr wachsen, viele stachlige Blätter bilden und im zweiten und letzten Jahr blühen, um dann, bevor ich sterbe, meine Kinder auf dieselbe Weise zu entsenden, den Fortbestand Schottlands Disteln zu sichern.

Nichts geht mehr

Er saß in seinem Ohrensessel und rauchte seine Pfeife. Sicher, der Arzt hatte ihm nicht einmal diese Freude gönnen wollen, aber er war nun schon weit über siebzig und kein kleines Kind mehr.

Wenn er auf sein Leben zurückblickte, dann blickte er auch auf eine Menge Arbeit, der er nie aus dem Weg gegangen war, auf fünf Kinder aus zwei Ehen und, ja, auch auf die eine oder andere Warnung, die ihm sein Körper gesandt hatte. In diesen Fällen ging er aber nicht auf Empfang, sondern stellte sich stur wie ein Maulesel.

Nur was unbedingt sein mußte, ließ er mit sich geschehen, und auch das nur, wenn er von seinen Lieben dazu gedrängt, ja fast schon genötigt werden mußte.

Sein Bypass funktionierte jedenfalls, und eine Pfeife war ja auch gesünder als diese Zigaretten. Sein drittes Gläschen Rotwein wirkte auch schon, und er war gerade dabei, ein kleines Nickerchen zu genießen, als das Läuten des Telefons die Idylle jäh unterbrach.

Entgegen seiner Gewohnheit, nahm er den Hörer ab, wenn auch widerwillig. Er hatte ein ungutes Gefühl, es schien ihm, als hätte er diesen Anruf erwartet.

„Ja bitte?" fragte er ärgerlich in den Hörer.

Die Stimme, die an sein Ohr drang, war ihm bekannt. Er wußte, daß es passieren würde, wenn auch nicht so bald.

„Ich werde Dich jetzt abholen!"

Jede Silbe dieses Satzes fraß sich in sein Bewußtsein. Er wollte es nicht, nicht jetzt und schon gar nicht so!

Er warf den Hörer auf die Gabel. Ihm war schon klar, daß ihm das nichts nützen würde, aber kampflos ergeben?

Nein ! Niemals!

Er erwog alle Möglichkeiten, die sich ihm zu bieten schienen, und als er die eine gegen die andere abwog, schellte es an der Haustür. Er stand auf, straffte seinen Rücken, soweit es ging, und bemühte sich, mit festen Schritten den Flur zu durchqueren und sich seinem Schicksal zu stellen.

Vor der Tür stand, ihn ernst musternd, der Anrufer. Er war ihm vertraut, und das machte ihn einerseits unsicher, andererseits aber auch mutig.

„Bevor ich mitkomme, spielen wir!" warf er ihm entgegen, „Soviel Zeit muß sein, in dieser Angelegenheit!

Komm rein und spiel, jeder hat das Recht auf eine Chance, komm rein und spiel; laß mich darum spielen!"Der Besucher schaute etwas überrascht drein, folgte aber seiner Aufforderung.

Als sie im Zimmer standen, machte der Besucher ihm klar, daß alles spielen nichts ändern würde, nur die Zeit hinausschieben, aber auch ein Aufschub war ein Strohhalm, an den er sich klammern konnte.

Er ging zur Vitrine, holte die alten Schachfiguren heraus und stellte sie auf den runden Schachtisch im Erker.

Wenn es schon um alles ging, dann stilvoll! Kein Pokern, ein fairer Kampf sollte es sein!

Er überlegte lange, bevor er den ersten Zug machte. Zuviel hing davon ab, und diesmal konnte es keine hingerotzte Partie Bauernschach sein.

So ließ er sich viel Zeit und spielte so, daß auch sein Gegner lange nachdenken mußte, welche Figur er von welchem Feld auf welches setzen sollte.

Sie schienen sich ebenbürtig in ihrer Kampfstärke und belauerten sich gegenseitig. Bevor sie eine Figur des anderen schlugen, wägten sie alle anderen Optionen sorgfältig ab.

Bei dieser Partie gab es keine Schachuhr, nur die vom Kirchturm, die jede Stunde einmal schlug, als mahne sie die beiden, die Zeit zu nutzen.

Beide wußten, daß es hier und jetzt kein Remis geben konnte und auch ihm war klar, daß er selber seinem Schicksal nicht mit einer Rochade entkommen konnte.

Er mußte siegen, wollte er seinem Schicksal noch einmal entrinnen.

Die ersten Sonnenstrahlen fielen durch das Fenster und wanderten bis zum Mittag auf das Spielfeld, als auch sein König fiel.

„Schach, matt!"

Er hörte es wie durch Watte. Seine letzte Chance war vertan.

Spielschulden sind Ehrenschulden, das galt auch jetzt.

Er stand auf und ging zum Schrank.

„Wird es schlimm werden?" versuchte er möglichst beiläufig zu fragen.

Er erhielt keine Antwort.

„Werde ich leiden müssen?"

Sein Besucher warf sich seinen Umhang über, der noch an der Garderobe hing. Er meinte ihn knurren zu hören.

„Wenn ich nun mitkomme, sag mir wenigstens, was mit mir passiert!"

„Du weißt es!" dröhnte es ihm genervt entgegen.

„Der hinten links muß raus, und wenn Du jedesmal so ein Theater machst, gehst Du in Zukunft alleine zum Zahnarzt, Onkel Erwin!"

Die Eisfee

Dagmar erblickte in den Tiefen des Thüringer Waldes den realsozialistischen SMOG der Chemiekombinate. Ihr Vater drechselte Räuchermännchen, und ihre Mutter war Sekretären beim Kulturbund.

Mit Holzfigurennostalgie aufgewachsen, begleitet von Veranstaltungen der Kulturschaffenden, träumte sie davon, einmal eine Schlittschuhläuferin zu werden wie Katharina die Große.

Sie klebte am Schwarzweißfernseher, wann immer diese unter den strengen Blicken von Jutta Müller ihre Kreise zog und durch die Luft wirbelte.

Das wurde ihr Lebenstraum, dort wollte sie hin, auf das Eis, das ihre Welt bedeutete.

Ihre Mutter war durchaus angetan von ihrer Idee, doch dann drückte in Berlin, zur besten Sendezeit, jemand auf den falschen Mikrofonknopf, und statt Holzfiguren und Kultur zogen ALDI und MacDonalds in ihrer Heimat ein.

Schnell wurde ihr klar, daß es hier nichts werden würde mit Ihrem Traum. Sie trainierte zwar immer noch, jedenfalls solange, bis die Eisbahn einem Gartencenter weichen mußte.

Abends in der Disko, wie jetzt der Jugendclub hieß, lernte sie Micha kennen, den coolen Typen aus Berlin. Er sah nicht nur gut aus, sondern wußte auch alles. Kein Wunder, er war ja aus Berlin, wo alle alles besser wissen.

Ihm erzählte sie von ihren Eisträumen. Von den Sprüngen, die sie beherrschte, brachte sie aber erst der in sein Bett wirklich weiter.

Er sei Manager im größten Eisstadion in Berlin, ließ er beiläufig fallen, und er würde sie dort in jedem Programm unterbringen.

Dagmar war im siebten Himmel! Berlin, diese Weltstadt und Kulturmetropole!

Ihre Eltern waren davon nicht so begeistert, aber das war ihr ziemlich egal, denn sie wollte, nein, sie mußte raus aus diesem Mief. Sollte sie hier Versicherungen verkaufen wie ihr Vater? Oder Tupper-Partys veranstalten wie ihre Mutter?

Was hatte das denn noch mit Kultur zu tun?

So schnell sie konnte, packte sie ihre Koffer und folgte Micha in seine Wohnung im Souterrain. Es war nur ein Ausweichquartier, bis sein Loft fertig sein sollte, hoch über den Dächern von Hohenschönhausen.

Es wurde dann doch eine Dauerlösung, und eigentlich war Micha auch nicht so wirklich ein Manager, eher ein Hausmeister, das durfte sie aber nicht sagen, denn auf seinen Visitenkarten stand Facility-Manager und darauf bestand er.

Aber er hatte Wort gehalten. Sie war bei jeder Veranstaltung als Eisfee engagiert, und die Zuschauer liebten sie.

Heute abend war die Arena wieder brechend voll, der erste Showblock beendet. Die Scheinwerfer warfen bunte Muster in die Arena, das Zeichen für ihren Auftritt.

Sie machte ein paar schnelle Schritte aus dem Dunkel in das gleißende Licht.

Mit lauter Stimme rief sie: „Eiskremkonfekt, Magnum, Nogger...."

Wenn alte Liebe rostet

Ich weiß noch genau, wie alles begann, damals als wir uns zum ersten Mal begegneten. Von ihm aus war es wohl Liebe auf den ersten Blick und mir war er auch nicht unsympathisch.

Er ließ mich nicht aus den Augen, schlich lobende Worte murmelnd um mich herum, und er entschied sich für mich. Eine lange, anfangs sehr glückliche Partnerschaft begann.

Wir waren fast unzertrennlich beisammen und haben sehr viel unternommen. Ich eröffnete ihm viele neue Möglichkeiten und er dankte es mir, indem er sich schon fast rührselig um mich sorgte. Wir sahen viel. Waren wir im ersten Jahr nur im Rheinland, so sollten Reisen nach Österreich, Italien, Spanien und Dänemark folgen. Unsere größte Tour war die in die Türkei, bis nach Ankara. Was schleppte ich nur alleine von dort an Souvenirs mit nach Hause. Dort hatte ich auch den Unfall, von dem ich mich durch die mangelnde Versorgung der ungeschulten Hilfskräfte nie mehr richtig erholt habe.

Ich war zwar bald wieder zur Weiterreise fit, doch fühlte ich wie in mir so mancher Herd zu schwelen und zu wachsen schien. Wahrscheinlich hätte er mich zu vielen Spezialisten geschleppt, Eingriffe und Behandlungen veranlaßt, wenn nicht dieses junge Ding aufgetaucht wä-re. Diese kleine schwarzhaarige Hexe, die es geschickt verstand, ihm den Kopf zu verdrehen, in die er sich bis über beide Ohren verknallte, und die sein Interesse an mir auf ein Minimum reduzierte. Da hatten wir nun jahrelang die schönsten Stunden miteinander verbracht und nun war alles vergessen.

Wir sahen uns immer seltener, und wenn er kam, besaß er die Geschmacklosigkeit, dieses Weib auch noch mitzuschleppen. Dann ging es los. Wie jedesmal begann sie, sich über mich zu mokieren, über mein Alter, was er denn überhaupt an mir fände, und dieses Leiden was sich inzwischen so verschlimmert hatte, daß man es mir schon von weitem ansehen konnte und das mein Äußeres schon unansehnlich zu machen begann. Irgendwie spürte ich noch, wie sich in ihm etwas dagegen sperrte, mir den letzten entschiedenen Tritt zu geben. Dachte er vielleicht auch noch manchmal an früher, als ich noch nicht so aus-sah? Vielleicht aber sie verstand es, ihm solche Gedanken als Gefühlsduselei auszureden. Und dann kam diese Fahrt, ich spürte, daß es wohl die letzte sein würde, und sie war natürlich auch mit dabei. Die Fahrt hierher.

Hier lag ich nun, völlig hilflos von ihm dieser Maschine ausgeliefert. Langsam senkte sich das Oberteil der Schrottpresse, und gerade noch konnte ich hören, wie sie zu ihm sagte:

"Nun mach doch nicht so ein Gesicht, morgen kaufst Du dir einen neuen, schickeren Wagen."

Der Sonne entgegen

Elfi war ganz aufgeregt. Eben hatte sie den Brief geöffnet, der in ihrem Briefkasten lag.

Sie las ihn immer wieder, denn darin wurde ihr zum Gewinn des ersten Preises gratuliert.

Viele Jahre hatte sie an den Preisausschreiben ihrer Frauenzeitschrift teilgenommen, aber noch niemals etwas gewonnen. Und nun war es der Erste Preis.

Eine Kreuzfahrt nach Ägypten!

Ca. einen halben Meter nahmen die Bücher und Bildbände über Ägypten in Ihrem Bücherschrank ein.

Vor allem Tut-Ench-Amun hatte es ihr angetan, eine Nachbildung seiner Totenmaske prangte auf ihrem Büfett.

Und nun durfte sie in das Land reisen, in welchem dieser Pharao leider viel zu kurz gelebt, und noch kürzer regiert hatte.

So weit war sie noch nie gereist und den Gedanken daran, daß ihr schon bei einer Hamburger Hafenrundfahrt übel geworden war, verdrängte sie mit der Hoffnung, daß das Kreuzfahrtschiff sicher größer als jene Barkasse sein würde.

Damit hatte sie zwar recht, aber trotzdem saß sie länger beim Bordarzt denn im Restaurant.

Doch was waren diese Unpäßlichkeiten im Gegensatz zu der Erfüllung ihres Lebenstraumes.

Ägypten!

Obwohl mit einigen Zipperlein beladen, ertrug sie tapfer die nordafrikanische Hitze und auch das Anstehen bei der Besichtigung der großen Pyramiden.

Der geschäftstüchtige Ali, ihr Führer, verfügte über mehr Charme als Zähne, konnte aber erstaunlich gut englisch und war sogar zu einer rudimentären Unterhaltung auf deutsch fähig.

So ging es also im Gänsemarsch durch die Gänge der Pyramiden und alles richtete seinen Blick nach oben wenn sich eine Galerie öffnete. Nur Elfi schaute fast ausschließlich auf den Boden, denn sie war überwältigt von dem Gedanken, daß hier, vor tausenden von Jahren, Menschen gegangen sind, die gearbeitet haben, um ein Werk zu schaffen, das bis in ihre Zeit überdauern sollte.

An einigen Stellen der Gänge lagen kleine Kerne herum und sie fragte Ali, was es damit auf sich hätte.

Ali grinste breit und erklärte ihr, daß dies Lotussamen seien, die die Arbeiter in jener Zeit gekaut hätten, so wie die Amerikaner heutzutage ihre Kaugummis.

Elfi wurde hellhörig, sie hatte als zweites Hobby „Pflanzen" und wußte, daß Lotussamen Rekordhalter in Punkto Keimfähigkeit waren.

Sie fragte Ali, ob sie ein paar mitnehmen dürfte.

Ali schüttelte entrüstet den Kopf, sprach von kulturellem Erbe, bückte sich, hob einige der Kerne auf und drückte sie grinsend in Elfis Hand.

Wieder zuhause, legte Elfi ihren Schatz in Wasser und wartet geduldig bis sie etwas anquollen. Das dauerte einige Zeit, denn sie hatten ja, einige Jahrtausende Trockenheit hinter sich.

Dann pflanzte sie sie in kleine Torfquelltöpfe und stellte sie an ihr Südfenster.

Nach einigen Tagen durchbrachen einige Keime den Boden und wuchsen Aton entgegen.

Herodes

Shakira war nicht mehr die Jüngste, mit ihren 12 Jahren, aber sie war immer noch die unbestrittene Alphalöwin im Rudel von Cassius. Seit Cassius vor sieben Jahren das Rudel übernommen hatte, hatte sie ihm zwei Löwen und drei Löwinnen geboren. Ihr Jüngster, Claudius, lag neben ihr, und sie leckte ihn in den Savannenschlaf.

Die Sonne tauchte steil, so wie es in diesen Breitengraden üblich ist, dem Horizont entgegen, um die kurze Dämmerung einzuleiten.

Im ganzen Rudel herrschte Stille nach diesem schwülen Tag, als auf einmal Unruhe aufkam. Cassius grollte und hob sein mächtes Haupt, schüttelte seine Mähne und brüllte markerschütternd.

Meist reichte diese Geste aus, um wieder Ruhe in die Gruppe zu bekommen, aber diesmal erscholl ein Gebrüll aus einer anderen Kehle. Nun stellten alle Mitglieder ihre Ohren auf und schauten auf Cassius.

Der stand nun und ließ den Quast am Ende seinen Schwanzes hin und her schwingen.

Da sprang plötzlich ein großer Schatten aus dem Gebüsch, direkt auf Cassius zu und verbiß sich unvermittelt in dessen Kehle. Nun ging alles sehr schnell, das Gesetz der Wildnis forderte sein Recht und Cassius, seinem Widersacher körperlich nicht gewachsen, ereilte sein Schickal.

Shakira wußte nur zu gut was das nun für ihren Sohn bedeutete. Wenn ein Löwe ein Rudel übernimmt, dann tut er es Herodes gleich und tötet alle Kinder, damit die Löwinnen sofort wieder empfangsbereit werden und nun seine Gene fortpflanzen können.

Und kaum gedacht, begann er mit dem Kindesmord. Die Mütter waren seltsam unbeteiligt und ließen es geschehen. Als Herodes nun auf Claudius zutrottete, um das Blutbad zum finalen Ende zu bringen, machte Shakira einen mächtigen Satz auf ihn zu und hieb ihm mit ihrer Pranke ins Gesicht. Herodes war geblendet, weil ihre Krallen seine Augen verletzt hatten und stand verzweifelt brüllend im Licht der untergehenden Sonne.

Shakira und ihr Sohn nutzten ihre Chance und liefen hinaus in die Savanne.

Die Jahre zogen ins Land, und Claudius war zu einem starken Löwen herangewachsen, als Shakira sich hinlegte und starb.

Nun so ganz alleine auf sich gestellt kam ihm dieses Gefühl wieder in den Sinn, das ihn immer wieder mal überkam: Das Leben mit anderen Löwen zusammen. Shakira hatte ihr Bestes getan und immer für einen gut gedeckten Tisch gesorgt, aber jetzt, da sie tot war, zog es ihn zurück zu den anderen Löwen, die ohne den beherzten Einsatz seiner Mutter sein Schicksal geworden wären.

So trottete er nun zurück, vorbei an der alten Akazie, in das Tal, aus dem er mit seiner Mutter vor Herodes geflohen war.

Das Rudel lag faul in der heißen Mittagssonne, als er es erblickte. Und in der Mitte, als Pascha, Herodes.

Claudius war klar, daß er nur eine Chance hatte, er mußte Herodes töten.

Unvermittelt, den Vorteil der Überraschung nutzend, stürmte er mit langausholenden Sätzen los und stürzte sich auf den völlig überrumpelten Pascha. Ein wilder aber kurzer Kampf beendete das Leben und die Herrschaft des Herodes.

Laut brüllte Claudius seinen Sieg gen Rudel, und die Ohren dessen Mitglieder legten sich fest an deren Köpfe.

Er schritt auf die einzelnen Löwinnen zu, und sie machten keinerlei Anstalten ihre Jungen vor ihm zu schützen, so wie es weiland Shakira tat.

Claudius ging ganz langsam auf das erste Junge zu, das sich ängstlich an seine Mutter zu schmiegen versuchte, was ihm jedoch nicht gelang, weil sie sich zurückzog. Der neue Pascha beschnüffelte es, öffnete sein Maul und leckte ihm kurz über den Kopf. Dann legte er sich inmitten seines Rudels hin und erholte sich von dem Kampf.

Ha Ho He

Berlin ist grandios, Berlin ist eine Weltstadt und Berliner sind mitunter sehr lustig anzuschauen.

Es war im Hochsommer, und ich wurde von einem meiner Fans eingeladen, zu Hertha.

Nein, Hertha war weder käuflich, noch Nymphomanin, gar eine ältere Verwandte, die an mir ihre Backkünste ausprobieren wollte, ganz im Gegenteil, Hertha war ein Verein ! Und sie werden nie drauf kommen, ein Fußballverein!

Schon sehr früh im letzten Jahrhundert gegründet, war es auch kein Verein von Dragqueens die ihren beinbehaarten Gegnern zeigen wollten, wo Barthelt sonst noch seinen Most holen könnte. Weit gefehlt ! Die Gründung fand in Berliner Gewässern auf einem Dampfer statt, der „Hertha" hieß, eine Namensgebung gezeugt im Suff. Naja, ich bin kein Fußballfan, und es kann mir egal sein, wenn betrunkende Gründungsmitglieder eines Fußballvereins, diesen mit dem Namen einer Küchenhilfe beglücken.

Aber ich sollte ja nun diese „Dame", bzw. ein Spiel von ihr, besuchen, Drücken galt nicht.

In Berlin spielt man Fußball im Olympiastadion, dem Amphitheater von 1936.

Ein Fußballspiel dauert zweimal 45 Minuten mit einer Viertelstunde Pause dazwischen. Aber es beginnt weit vor dem Anpfiff!

Wir stehen auf dem Bahnhof Spandau und warten auf die S5, die uns zum Olympiastadion bringen soll.

In Preußen sieht es ja mit dem Karneval etwas mau aus, der Rosenmontagszug der zugereisten Rheinländer findet preußisch korrekt am Sonntag davor statt, und dann war es das auch schon mit der Narretei.

Weit gefehlt! Auf dem Bahnsteig sind jede Menge Narren, gehüllt in lustige Gewänder. Ein schreckliches Blau-Weiß, dazu auch noch gestreift. Hertha war halt ne olle Frau.

Statt Sonnencreme dasselbe fürchterliche Blau und Weiß ins Gesicht geschmiert und bei 32° C Sommerhitze Schals in der gleichen geschmacklosen Farbzusammenstellung.

Wir stehen also alle auf dem Bahnsteig, umrandet von netten und überaus zuvorkommenden Beamten der Bundespolizei, denen offensichtlich unser Wohlergehen am Herzen liegt.

Da holt plötzlich einer eine Dose aus der Tasche und richtet sie gegen den Fahrplanschaukasten. Er wird doch nicht hier vor der Polizei sein Graffiti setzen? Und schon drückt er auf den Knopf, und es erschallt ein Ton, den es sonst nur auf den Bundesautobahnen zu hören gibt, kurz bevor ein 30-Tonner in ein Stauende rast.

Preßluftsirene, belehren mich meine Begleiter, sehr effektiv und schonend für das Atemsystem. Man bläst nicht selber, man läßt blasen.

Die S-Bahn fährt ein.

Die Türen öffnen sich, um die ganze gute Luft in den Bahnhof entweichen zu lassen und der, alles mögliche ausdünstenden, Masse Zutritt zu gewähren.

Von Spandau bis zum Olympiastadion sind es drei Stationen. Das klingt wenig. Aber was man da für Bekanntschaften und Berührungen erfährt, wenn man mit diesen, „Herthafrösche" genannten Fans, in die Waggons gepfercht ist, erlebt man sicher nicht einmal auf der Transsibirischen Eisenbahn.

Auf dieser kurzen Strecke bekam ich zwei Bier, einen Rotwein und eine Cola-Rum auf Jacke, Hose und Schuhe.

Auf dem Bahnhof Olympiastadion ging es dann durch die Gasse der Bundespolizei nach oben zum Stadion.

Die Einlaßkontrolleure hatten uns auch alle sehr lieb und waren um körperliche Nähe bemüht.

Im Stadion ging es dann auf die Ränge und Kurven. Also auf den Rängen saßen die weniger Verrückten, in den Kurven die anderen.

Und dann erhob sich der Spruch „Ha Ho He ! Hertha BSC !"

Was einigen, aber nicht allen nur bis „Hertha" gelang, denn bei „BSC" mußten die mit den Zahnruinen nach dem „B" passen.

Ich schaute meine Begleiter an, die mir das alles angetan hatten. Sie strahlten, und man sah ihren Augen an, daß sie in ihrem Element waren.

Gottseidank gibt es im Olympiastadion Toiletten, und auf dem Weg zu ihnen konnte ich aus dem Stadion entweichen und etwas Vernünftiges tun

Stollenschicksal

Sie kam gerade von einem kleinen Spaziergang zurück, als Oswald sich anschickte das Grundstück zu verlassen. Er geht sicher wieder in diese Höhle, wie er es so oft tat. Nun waren Höhlen eigentlich für sie völlig ohne Bedeutung, aber Oswald tat beim Essen in der Küche immer so fürchterlich geheimnisvoll, daß sie beschloß, ihm heute einmal in sicherer Entfernung zu folgen.

Nach gut einem Kilometer gähnte der Eingang des Stollens aus dem Berg, dem die Kräfte der Erosion schon arg zugesetzt hatten.

Auch der Stollen hatte seine besten Tage schon hinter sich, denn Oswald war offensichtlich der einzige, der sich noch dafür interessierte, von einigen Touristen abgesehen, die wohl meinten, dort irgendwelche Schätze zu finden. Vielleicht waren ja auch tatsächlich noch welche dort, denn warum sprach er immer verschwörerisch über dieses Erdloch?

Na, sie würde der Sache jetzt mal auf den Grund gehen. Oswald kramte sein Schlüsselbund aus der Hosentasche und öffnete das alte Bügelschloß, das sicher noch aus der aktiven Zeit des Bergwerkes stammte und verschwand im Gedärm des Hügels.

Auf leisen Sohlen huschte sie hinterher, immer darauf bedacht, nicht von ihm entdeckt zu werden. Im Halbdunkel der Deckenbeleuchtung ging Oswald zielstrebig seinem Ziel entgegen und sie in sicherem Abstand hinterher.

Plötzlich blieb er vor einer Tür stehen, die so gar nicht zu der ganzen Einrichtung hier passen wollte und öffnete das Schloß, das so modern aussah, wie jenes in ihrer Haustür.

Er hakte die offene Tür an der Stollenwand fest, schaltete das Licht im Raum dahinter an und ging hinein.

Sie wartete einige Sekunden, bis sie meinte, seine Schritte seien nun leise genug ihm vorsichtig folgen zu können.

Behutsam schlich sie an der Wand entlang, als sie hinter einer Biegung Oswald sah. Er stand vor einem langen Regal, das voller Weinflaschen war, nahm die eine oder andere in die Hand, als wolle er deren Temperatur prüfen. Als er sich gerade an einem Kästchen an der Wand zu schaffen machte, an dem bunte Lichter leuchteten, hörte sie ein Rascheln. Eine Maus? Oder gar noch eine Nummer größer? Es raschelte im Raum links neben ihr. Ob er das auch gehört hatte?

Mit langen, leisen Schritten wollte sie die Ursache dieses Geräusches stellen und zum Schweigen bringen, als das Licht erlosch, und sie hörte wie Oswald die Tür schloß und zusperrte.

Sie war gefangen!

Im Dunkeln zur Tür hetzend schrie sie ihm hinterher, aber er war wohl schon außer Hörweite.

Ihr Herz schlug schnell. Dieses verdammte Vieh mit seinem Geraschel! Jetzt wo sie eingesperrt war mit diesen vielen Flaschen war es mucksmäuschenstill. Dieser Nager mußte durch eine der Spalten seinen Weg aus diesem Verließ gefunden haben.

Was sollte sie tun? Warten bis Oswald wiederkam? Er ging nicht jeden Tag in den Stollen, wie lange konnte es also dauern, bis er sie aus ihrer mißlichen Lage befreien würde? Stunden? Tage?

Was sollte sie trinken? Die Flaschen waren ja gefüllt, aber wie sollte sie sie aufbekommen? Was sollte sie essen? Ihre Gedanken kreisten, bis sie auf dem kalten Boden einschlief.

Ihr Schlaf währte nicht lange, denn es war hier ziemlich kühl, obwohl ihr wärmendes Outfit der Kälte mutig trotzte, sehnte sie sich nach der gemütlichen Wärme des Hauses, welches für sie im Moment unerreichbar war. Sie hätte dieses nagende Fellknäul umbringen können, das jetzt sicher in seiner isolierten Höhle saß und in aller Ruhe schlief.

Nun kam er, der Durst. Sie schlich zu den Flaschen, deren gekühlter Inhalt nur durch Glas und Korken von ihr getrennt war. Sie leckte an einer Flasche, um etwas vom kondensierten Wasser zu erheischen, aber es war der Mühe nicht wert.

Da hörte sie, wie sich Schritte ihrem Gefängnis näherten. Das konnte, nein, das mußte ganz einfach Oswald sein. Sie hatte keinen Zeitbegriff in dieser Dunkelheit, wußte nicht ob es Tag oder Nacht war. Aber das Geräusch der Schritte war real!

Da, der Schlüssel wurde ins Schloß gesteckt und gedreht, die Tür schwang auf.

Tatsächlich betrat Oswald den Raum und schaltete das Licht an.

Kleinlaut schaute sie ihn an und brachte keinen Ton heraus.

Er sah sie völlig überrascht an und sagte:

„Was machst Du denn hier? Wie bist Du denn hier reingekommen?"

Sie wußte genau, wie sie diese Situation jetzt nur noch retten konnte.

Sie faßte sich ein Herz und sprang auf seinen Arm, leckte ihm über sein Gesicht und schnurrte.

Erwin der Glücksritter

Erwin hatte keinerlei Aus- aber um so mehr Einbildung. Dabei war er ein sehr kreativer Mensch, jedenfalls hier am Biertresen unserer Weddinger Kneipe. Wir saßen am 9. November, wie immer, auf unseren Stammhockern, als nach unserem neunten Bier, Achim, der die Aufgabe hatte, darauf zu achten, daß wir nicht dehydrieren, aus dem Fenster schaute und ganz verstört übern Tresen rief:

„Sie kommen, sie kommen ! Aber in zivil ! Überall Trabbis !"

Wir schauten glasig aus dem Kneipenfenster und sahen bunte Kleinwagen, umhüllt von blauen VK-88-Wolken an unserem Glasbiergeschäft vorüber knattern, liefen alle raus auf die Straße, und als wir begriffen, was geschah, rannte Achim wieder rein und holte eine Flasche Sekt.

Wir prosteten uns zu, und auch die eine oder andere Trabbibesatzung, die anhielt und die Scheiben runterkurbelte bekam einen Schluck Proletenbrause ab. So standen wir da und freuten uns mit unseren Brüdern und Schwestern, bis uns ein allgemeines Halskratzen ob der Auspuffgase wieder an den verqualmten Tresen zwang.

Erwins Augen leuchteten. Das war immer ein ziemlich gefährlicher Moment, denn dann brütete er stets eine seiner genialen Ideen aus.

Drei Wochen später. Erwin erschien wieder zur Bierverkostung und war ein ganz neuer Mensch. Er trug einen Anzug inklusive Schlips und schmiß eine Lokalrunde.

Er sei Generaldirektor einer Fluglinie, erzählte er uns. Zusammen mit Maik aus Leipzig und Dimitri von der sich auflösenden Westgruppe der Streitkräfte der UdSSR hatte er die Lusthansa gegründet. Dazu hatten sie eine alte, aber sicher noch flugfähige Antonow-2 gekauft, den größten einmotorigen Doppeldecker, der je gebaut wurde und die irgendwo auf einem russischen Fliegerhorst stand, um vor sich hin zu gammeln.

Die Geschäftsidee war, getreu dem Motto: „Nur fliegen ist schöner!", das erste Luftbordell zu eröffnen.

Wir feierten bis in den frühen Morgen, und Erwin zeigte sich sehr spendabel. Auf meine Frage, wie er denn die Chancen für sein Unternehmen einschätzen würde, schaute er mich ernst an und sagte mit schon etwas schwerer Zunge: „Mark, entweder werde ich steinreich oder lande im Knast!"

Das war das letzte Mal, daß ich Erwin sah. Gehört habe ich hin und wieder etwas von ihm, u.a. daß sein Doppeldecker sich genauso wenig erhob, wie manch Körperteil seiner Kunden. Seine Schulden beglich er per Knochenbrüchen bei seinen russischen Geschäftspartnern und mit Tütenkleben in Berlin-Tegel.

Letzte Woche erfuhr ich bei Achim, daß Erwin schon wieder gesiebte Luft atmet, diesmal aber im Zuchthaus Brandenburg. Der Zwangsaufenthalt war wieder das Ergebnis einer seiner genialen Ideen. Er wurde wegen Entenfälscherei verurteilt, weil er Broilern die Schnäbel platt geschlagen und sie in Fürstenwalde den dortigen China-Restaurants als Enten verkauft hatte.

Gelegenheit macht Liebe

Axel schlief den Schlaf der Gerechten, als früh um 11 sein Handy ihn just aus diesem riß.

Es war dieses plärrende Getüte, welches ihm den Eingang einer SMS signalisierte. Widerwillig öffnete er die Augenlider bis zu jenem Winkel, der notwendig war, das Display seines Smartphones zu erkennen.

„Hi Axel, ich bin in Berlin und kann es kaum erwarten, Dich wiederzusehen. Unseren letzten Abend in Leipzig werde ich nie vergessen, und ich möchte, daß wir heute an diesen anknüpfen. In Liebe Tina <3 "

Er war nun wach. Tina, Tina , Tina, man, Leipzig ist groß, und wie die Sachsen zu sagen pflegen, wächst dort auf jedem Baum ein schönes Mädchen. Diese verdammte Buchmesse mit ihren Messeparties...

Stimmt, diese Blonde, die hieß Christina und die ging ab wie 'ne Rakete. Sie hatte ihn ja schon auf der Messeparty in der Moritzbastei angetanzt wie eine nubische Fruchtbarkeitsgöttin.

Fahrig tippte er zurück:

„Hallo Tina, ist ja prima, wann kommst Du? "

Er ging ins Bad um zu duschen, als die nächste Mail kam, die ihm den Besuch in zwei Stunden und die Begleitung einer jungen Dame ankündigte, die ganz neugierig auf ihn sei. Also wenn das kein Festtag wird. So hatte er Christina eingeschätzt, locker und auch einem Dreier nicht abhold.

Er machte sich nun besonders frisch, zog frisches Bettzeug auf, überprüfte die Alkoholvorräte, die er beim ALDI seines Vertrauens um süffige Weine ergänzte und vergaß auch frische Blumen nicht, er war ja schließlich noch nicht verheiratet.

Er hatte noch eine gute halbe Stunde Zeit und zückte sein Allerheiligstes, sein Notizbuch. Darin verzeichnete er seine Eroberungen, deren

Vorlieben und Eigenarten, damit sich jede seiner Damen persönlich gut und exklusiv bedient fühlte.

Christina, 27, Krankenschwester, Rotwein, Vielraucherin, macht alles mit, keine Kinder.

Ja, sie war schon 'ne Granate, jedenfalls solange sie beim Sex nicht begann zu sächseln.

Und die bringt auch noch eine Freundin mit, der sie wohl von ihm zu sehr vorgeschwärmt hatte.

Um sich schon mal an den Qualm zu gewöhnen, zündete er sich eine Zigarette an und blies den Rauch durch die Nase aus, als es an der Tür klingelte.

Er drückte die Kippe aus und ging zur Tür, warf neugierig einen Blick durch den Spion und sah eine hübsche Frau Mitte 40 mit kurzen schwarzen Haaren.

Langsam öffnete er die Tür und sorgte mit viel Energie dafür, daß sein Lächeln nicht entgleiste.

„Christina?"

Sie lachte ihn an. „Nee Martina! Du Drops!"

Da war kein bißchen Sächsisch dabei.

Seine Augen schauten unruhig nach links und rechts und er fragte, wo denn ihre Freundin sei.

Im besten Hochschwäbisch antwortete sie:

„Freundin? Willsch mi veräbbln?"

Sie bückte sich, hob das Bordcase hoch, welches sich als Babytragetasche entpuppte und drückte ihm den Nachwuchs in seinen Arm.

„Des isch dei Babba, der schafft jetzat für ons!

Father-Bull and Son-Bull

Martin war Ende 40 und, wie er immer hinzuzufügen pflegte, war das Ende vor 5 Jahren. Das Schwarz seiner Haare kam von der Industrie und lenkte immer weniger von dem rosafarbenen Unterbau ab, der sich Tag für Tag seinen Weg ans Sonnenlicht bahnte. Er war eine gepflegte Erscheinung, denn der Körperpflege verdankte er seine Existenzgrundlage. Von seinem Vater hatte er den Großhandel für Haar- und Körperpflegeprodukte übernommen und auch Reinhard, sein Sohn arbeitete sich als Juniorchef in diese Materie ein. Die beiden waren mal wieder unterwegs um die Produkte, deren Vertrieb sie übernommen hatten an den Mann und besonders an die Frau zu bringen.

Sie waren in Münster zum Fortbildungskongreß der Friseurinnung und wohnten in einem Hotel in Bahnhofsnähe. Schon beim Verlassen des Bahnhofs liefen ihnen die seltsamsten Gestalten über den Weg, was aber nicht an der Stadt lag, sondern am Karneval, der sich in diesen Tagen anschickte, seinem Höhepunkt entgegenzuschunkeln.

Reinhard war ganz wild darauf gewesen ihn zu begleiten, waren doch bei diesen Veranstaltungen immer jede Menge hübsche Friseusen dabei, die nicht mit übertriebener Enthaltsamkeit nervten.

Der erste Veranstaltungstag war geprägt vom Kennenlernen neuer und Wiedersehen alter Geschäftspartner, während sein Sohn die Zeit auf der Raucherterrasse zwischen Wasserstoffblondiertem verbrachte.

Am Abend waren sie eingeladen zu einem Empfang, eines der großen Platzhirsche der Kosmetikindustrie. Das gesellige Come-together fand in dem historischen Saal statt, in dem der Dreißigjährige Krieg mit dem Westfälischen Frieden beendet wurde. Passend zu dem historischen Hintergrund liefen viele der offenherzigen jungen Damen in Kriegsbemalung herum, und Reinhard wußte gar nicht wo er zuerst hingucken sollte.

Sein Vater nahm ihn beiseite und gab ihm den Rat, den Abend doch ruhig anzugehen und ihn zu genießen, anstatt von einer Dame zur anderen zu springen. In der festen Überzeugung, daß Väter keine Ahnung haben, was junge Mädels heutzutage wünschten, verabschiedete sich Reinhard trotzdem sehr bald mit einer der Grazien in Richtung Hotel.

Martin lächelte amüsiert und wandte sich wieder der Gruppe zu, mit der er sich so nett unterhalten hatte. Er war ein aufmerksamer Kavalier, der mit seinen Geschichten die Menschen zum Lachen und zum Nachdenken bringen konnte. Der Abend wurde wunderschön, und Martin sonnte sich im Mittelpunkt seiner Fangemeinde.

Ganz anders sein Sohn. Seine Beute zickte wider Erwarten heftigst herum und ließ ihn Knall auf Fall sitzen, sodaß er allein in seinem Doppelbett schlafen mußte. Er schaute kurz zum Zimmer seines Vaters. Vor der Tür angekommen, hielt ihn mehrstimmiges Gelächter und Gläserklirren aber davon ab, an diese zu klopfen. So ging er zurück in sein leeres Bett und schaute den Pornokanal.

Als er am nächsten Morgen seinen Vater zum Frühstück abholen wollte, war niemand da, und er ging alleine in den Frühstückssaal. Auf dem Weg zum Büfett sah er dann seinen Vater auf einer Eckbank sitzen. Dieser bemerkte ihn jedoch nicht, denn er war in ein Gespräch vertieft. Neben Martin kicherten und lachten drei junge Damen, deren Stimmen Reinhard schon nachts durch die Tür hindurch gehört hatte.

Das schwere Los der Kinder ist, daß die Alten doch meistens Recht haben.

Bananenpaul

In Hamburg an den Landungsbrücken gibt es einige Fischlokale, aber nur in einem, dem letzten, Richtung Nordsee, gibt es den herrlichsten Pannfisch, den man essen kann.

Im Winter kann man dort, wenn es draußen schneit und klirrt, seinen heißen Grog genießen und die großen Pötte, von Schleppern geleitet, ihre Reise beginnen sehen. Im Sommer, auf der Terrasse davor, kamen zu den Schiffen die zahlreichen Touristen dazu, die die Landungsbrücken bevölkerten, auf der Suche nach der günstigsten Hafenrundfahrt.

Ich sitze oft dort, denn ich habe in Hamburg viele gute Freunde, die ich gerne besuche, aber ein Abend blieb mir besonders in Erinnerung. Auf jener Terrasse, ganz in der Ecke, saß ein Seemann, dessen beste Tage auf See geblieben schienen. Er hatte eine kleine Gruppe Zuhörer, die sich um ihn versammelt hatte und der er im schönsten Hamburgerisch, um das ihn selbst ein Hans Albers beneidet hätte, seine Geschichten erzählte, die mit lachen und staunen quittiert wurden.

Ich setzte mich etwas näher an die Gruppe und fragte einen der Zuhörer, wer das sei. Er erwiderte, daß der Seebär Bananenpaul sei, ein alter Fahrensmann, der sein halbes Leben auf einem Bananendampfer verbracht hatte.

So ließ ich mich also auch in dessen Bann ziehen und hörte gespannt zu und erfuhr, daß, als sie damals in der Biskaya lagen und ein heftiger Sturm wehte, der Koch wütend aus seiner Kombüse gerannt kam, weil der Riesenkabeljau, den er gerade schlachten wollte, mit einem Riesensatz durch das offene Bulleye entkommen war.

Als er erzählte, wie durch eine undichte Luke, aus der Kühllast, die mit Bananen gefüllt war, Dutzende von Vogelspinnen das Schiff bis hinauf zur Brücke und den Mannschaftsquartieren eroberten, stellten sich bei einigen Hörern die Haare steil gen Abendhimmel.

Bei seinen Geschichten von den offenherzigen Mädchen der Südsee kamen die Männer, und bei denen über die eleganten Salons New Orleans die Damen auf ihre Kosten.

Langsam füllte sich die gesamte Terrasse, und es gab bald nur noch Stehplätze. Es waren unterhaltsame Geschichten, aber mir war klar, daß da einer einen guten Faden Seemannsgarn spann. Bei dem, was er alles erlebt hatte, hätte er hundert Jahre zu See fahren müssen, aber ein Schriftsteller hat ja auch nicht alles wirklich erlebt, oder ;-)

Außer den Ohren, waren auch alle Augen auf ihn gerichtet, während hinter uns auf der Elbe der Schiffsverkehr flanierte.

Auf einmal hörte man ein Klatschen, wie es entsteht, wenn Wellen an die Kaimauer schlagen. Ich drehte mich um. Eine Barkasse war dabei am Kai direkt vor dem Lokal anzulegen. Über die Gangway kam ein armmäßig goldbereifter Offizier direkt auf unsere kleine Ansammlung zu, bahnte sich seinen Weg zu Bananenpaul, nahm Haltung an und machte Meldung:

"Käpt'n, das Schiff ist seeklar und der Lotse an Bord !"

"Na denn man tau!" rief Bananenpaul, stand auf, schwenkte kurz seine Mütze und schritt durch die Gasse, die seine Zuhörer gebildet hatten, hindurch zur Barkasse.

"Das ist eine Marotte von ihm, vor großer Fahrt", zischte mir sein Offizier zu, wohl um mir zu helfen meinen Mund wieder zuzubekommen.

Hot Chicken

Es war vor einigen Jahren in New York. Damals lernte ich an einer Hotelbar im Hilton Angie kennen, blond, große Augen und eine zierliche Figur, so ein Typ Shelly Long. Sie lächelte mich an, während sie an ihrer Bloody Mary nippte.

"Hallo, bist Du neu in Big Apple ?", fragte sie mich im breiten Bronx-Slang.

"Ja," erwiderte ich, „meine Mannschaft nimmt hier am Tischtennis-Worldcup teil."

"Oh," lächelte sie, "Du verstehst Dich auf schnelles Zuspiel? Dann mußt Du gute Augen und Reaktionen haben!"

Ich lächelte stolz, "Sie haben mich jedenfalls bis in Deine Stadt geführt!" und prostete ihr zu. Sie wandte sich mir nun voll zu und blickte mich durchdringend an. "Was hältst Du davon, wenn ich Dir New York von einer etwas anderen, intensiveren Seite zeige?"

Ihren Blick erwidernd, sagte ich ohne zu zögern "Ja!", obwohl mir nicht wirklich klar war, was sie damit meinte.

"Warte einen Moment, ich komme gleich wieder!" sprach sie, ergriff ihre Handtasche und entschwand Richtung Toiletten. Ich trank meinen Scotch aus und ließ ihn auf mein Zimmer schreiben, als sie auch schon wieder neben mir stand und dem Keeper ihre Amexcard reichte. Ritsch-Ratsch und schon standen wir auf der Straße. Sie winkte ein Yellowcab heran, welches wir bestiegen, und sie nannte dem Driver das Ziel: "HOT CHICKEN".

Das heiße Huhn entpuppte sich als Tanzbar mit einem merkwürdigen Überschuß an Frauen. Wir setzten uns an einen Tisch, der in der Ecke des Raumes stand. In Erwartung eines befriedigenden Abends bestellte ich für sie eine Bloody Mary und mir einen Scotch, pur und ohne Rocks, was mir einen verwunderten Blick der Bedienung einbrachte.

Am Nebentisch saßen drei Männer, die mir nicht geheuer waren. Sie fixierten Angie und mich, und ich war mir sicher, daß sie sich über uns unterhielten. Nach einer Weile kam einer breit grinsend an unseren Tisch und wandte sich direkt an das Mädel, welches ich an diesem Abend zu vernaschen gedachte.

"Hey, Lady, komm doch rüber an unseren Tisch, Deinen kleinen Freund darfst Du gerne mitbringen."

Ich traute weder meinen Augen noch Ohren, als ich sie, von einem "OK" begleitet, nicken sah. Als sie aufstand, versuchte ich hinreichend cool zu wirken, stand auf und folgte.

Angie setzte sich neben die zwei und ich mich rasch an ihre Seite, sodaß der dritte sich neben mich setzen mußte. Ihn schien das aber nicht zu stören, denn er fing an mich sofort in ein Gespräch zu verwickeln, auf welches ich mich nur widerwillig einließ, denn mich interessierte viel mehr, was Angie mit den anderen besprach. Ich konnte nur Wortfetzen hören. Es ging um Geld, guten Verdienst, leichte Arbeit im Club, beschützen usw. Es dauerte nicht lange, da hatte ich das Gefühl, daß Angie an Blasenschwäche litt, denn sie entschuldigte sich und ging Richtung Waschräume. Diesmal dauerte es etwas länger, bis sie mit festem Schritt zurückkehrte und sich breit vor unserem Tisch aufbaute. Sie holte etwas aus ihrer Handtasche, einen Schlüsselanhänger, der sich als Dienstmarke entpuppte.

"New York Police Department! Ihr seid verhaftet!"

Ich war total verdattert. Die drei sprangen auf und stürmten zum Eingang, an dem in diesem Moment die Cops auftauchten und sie in Empfang nahmen. Angie schaute mich an, freundlich, aber nicht mehr so verführerisch wie an der Bar, und sagte:

"Na Mark? Hast Du alles mitgehört und kannst es bezeugen?"

Ich nickte.

Berlin ist eine Reise wert

Gisbert stand vor dem Kongreßzentrum in Berlin, auf dessen Giebelwand das Transparent des Steuerberatertages prangte. Gisbert hatte eine kleine aber feine Steuerkanzlei in Tübingen von seinem Vater übernommen und war das erste Mal in einer Stadt, die diese Bezeichnung verdiente und dann gleich in Berlin.

Die Größe eines Ortes, in dem man heranwächst, hat nichts mit den Fähigkeiten zu tun, die man erwerben kann, und so war Gisbert zu einem überregional bekannten Steuerfachmann geworden, der hier an der Tagung nicht nur teilnahm, sondern auch ein Referat halten sollte. Es war das erste Mal, veröffentlichte er doch sonst nur seine Aufsätze in einschlägigen Fachzeitschriften.

Die Tagung nahm ihren Lauf, und er bekam artigen Applaus vom Plenum. Die Veranstaltung endete mit einem großen Essen, und er wollte, bevor er wieder in die schwäbische Enge heimkehren mußte, noch etwas Unterhaltung haben und fuhr, einem Insidertip folgend, zum Stuttgarter Platz.

Der war alles andere als schwäbisch-brav, die Lokale waren sehr bunt und hatten das gewisse Etwas, welches zu einer Stadt, wie Berlin, gehört.

Da er stolzer Eigentümer einer Schmetterlingssammlung war, entschied er sich für den „Nachtfalter".

Er war sehr gemütlich eingerichtet, viel Plüsch und kein grelles Licht. Gisbert ließ sich in einen bequemen Sessel sinken und seinen Blick schweifen. An der Bar saßen jede Menge hübscher junger Damen, die sich angeregt unterhielten.

Die Bedienung kam, setzte sich auf seinen Schoß und fragte ihn „Na, was wollen wir trinken".

‚Heilig's Blechle!' dachte er, ‚die Berliner sind ja viel netter, als man immer sagt.'

„Ja was können Sie denn empfehlen?" fragte er die Dame, die sich ganz langsam auf seinem Schoß hin und her bewegte.

„Wie wäre es mit einer Pikkolo für uns beide?"

„Einer? Wir sind doch zwei? Haben sie keine richtigen Flaschen?"

„Wir haben vieles, Süßer." Zwinkerte sie ihm zu.

„Ich heiße Gisbert" erwiderte er.

„Gisbert, was für ein süßer Name! Falko, einmal die Hausmarke für Gisbert!"

Wie auf Kommando lösten sich einige Damen von der Bar und setzten sich zu und um Gisbert, der die Weltstadt und ihre freundliche Damenwelt sichtlich genoß. Nur die berühmte Berliner Luft schien mehr als trocken zu sein, denn Hausmarke um Hausmarke fand ihren Weg in durstige Frauenkehlen.

Körperliche Avancen wehrte er bescheiden aber bestimmt ab, denn daheim kümmerte sich ja Heidrun aufopferungsvoll um die heranwachsenden Steuerberater der dritten Generation.

Schließlich bat er um die Rechnung, um noch ein Mützchen Schlaf im Hotel zu ergattern.

Falko brachte lächelnd die Rechnung, stilvoll in einer Mappe auf einem Tablett.

Gisbert holte seine Brieftasche heraus um zu zahlen, als der Blick auf die Rechnung, sein Kinn der Schwerkraft überantwortete.

Eintausendfünfhundert Euro !

Er schaute Falko ungläubig an. „Dreihundert Euro für eine Flasche Sekt?"

„Inklusive Sektsteuer" grinste Falko zurück.

Gisbert schaute in seine Brieftasche, die 300 € beinhaltete. Was sollte er tun? Als genau kalkulierender Schwabe hatte er selbstverständlich keine Kreditkarten, und über sein Girokonto konnte er doch so eine Summe nicht laufenlassen, würde Heidrun ihn doch ob solcher hohen Ausgabe für nur fünf Flaschen Sekt schelten und das zu recht.

Die Mädels waren inzwischen weg, und nur Falko stand noch vor ihm, der ihn, die Lage richtig einschätzend, ins Büro bat.

Im Büro saß hinter einem breiten Schreibtisch Juri, der das Gold nicht im Haar, sondern in seinem Mund trug.

Juri schaute sehr ernst und bat in stark gebrochenem Deutsch Gisbert um Lösungsvorschläge.

Aber da zeigte sich der echte Schwabe. Gisbert hatte nach einer Stunde Verhandeln den ersten Kunden aus Berlin und Juri einen der besten Steuerberater, auf fünf Jahre kostenfrei.

Der beste Freund des Menschen

Die Lesung war vorbei, und es kam die Aftershowparty. Es war eine dieser Salonlesungen, und ein sehr interessierter, aber auch interessanter Personenkreis verteilte sich nun auf Sofas und Sesseln.

Wie das beim Lesen so ist, blickt man ja zwischen den Abschnitten nicht ins Leere, sondern ins Publikum, um seine Studien zu treiben oder die eine oder andere Entdeckung zu machen.

Mir waren zwei Menschen aufgefallen. Ein widerlicher Kerl mit Halbglatze und eine wunderschöne Frau. Zu Füßen der Frau saß ein Hund. Ich liebe Hunde, habe selber einen und finde im Gegensatz zu Menschen, kein Tier wirklich häßlich. Aber dieser Hund war gewöhnungsbedürftig.

Der Kopf hätte auf einem Schweinerumpf sicher sehr nett ausgesehen, aber auf diesem Speckbalg? Aus seinem Maul rann mehr Speichel, als bei einem ganzen Boxerwurf, und ständig kratzte er sehr verdächtig mit der Hinterpfote seinen Wanst.

Aber was sollte ich tun? Ich mußte an die Frau ran, und das ging nur über diese Töle.

Ich ging rüber zum Sofa, sprach die Schönheit an und tat so, als würde ich diesen Vierbeiner mögen.

Sie lächelte mich an und gab mir mit einer Geste zu verstehen, daß ich mich neben sie setzen sollte.

Ich ergriff die Chance und überwandt mich sogar ihren Hund zu streicheln, was mich fast zwei Fingerkuppen gekostet hätte.

Während ich nun mit den Baggerarbeiten begann, grummelte dieser Köter zwischen unseren Beinen herum, aber ich machte nicht den Fehler, ihm noch einmal eine meiner Hände entgegenzustrecken .

Wir unterhielten uns nicht nur angeregt, wir tasteten uns auch langsam aneinander heran. Arm auf Lehne, dann auf Schulter, na sie kennen das ja.

Dann hatte ich die altmodische, aber immer wieder nette Idee, auf „Du und Du" zu trinken, und als wir uns den dazugehörigen Kuß gaben, wurde meine rechte Socke warm und sehr naß.

Ich begann langsam die Koreaner und ihre Eßgewohnheiten zu verstehen und schätzen zu lernen, ließ mir aber nichts anmerken, denn heutenacht sollte ja noch was laufen, und mit Frauen, deren Lieblinge man nicht mag, läuft gar nix.

Während ich noch darüber nachdachte, was man mit solchen Hunden alles so anstellen könnte, stand auf einmal dieser fiese Glatzkopf vor uns.

„Wir werden jetzt mal gehen!" sagte er ziemlich schroff, gab dem Hund, der ihm, wie mir jetzt auffiel, wie aus dem Gesicht geschnitten war, einen Klaps und wandte sich dem Korridor zu. Beide trotteten aus dem Salon.

„Ich dachte der und dieses Vieh gehen nie!" sagte die Schöne, wandte sich mir zu und strahlte mich verführerisch an.

Ja, da läuft noch was, war ich mir sicher, ich mußte mir nur gut überlegen, wie ich ihr das nachher mit der nassen Socke erklären sollte.

Rocker sind nicht durchweg braun

Ach war Biesenthal letztes Mal schön. Einmal im Jahr ist Biesenthal und jeder Biker, der was auf sich und seine Harley hält, ist mit dabei.

Das ist immer eine wunderschöne Mischung aus Technik, Rock und Weibern, aber beim letzten Treffen kam auch der Unterhaltungswert nicht zu kurz.

Am zweiten Tag kam eine Nachzüglergruppe aus Thüringen, die schon im Jahr davor einen auf „dicke Hose" gemacht hatte. Irgendwie paßten die immer noch besser auf eine MZ als auf eine Harley, aber das alleine wäre ja OK gewesen. Nein, sie und ihre Maschinen trugen mehr eiserne Kreuze als das Offizierskorps der Wehrmacht, und sie betrugen sich auch entsprechend.

Der Sonnabend war einer der ersten wirklich warmen Tage und wir beschlossen, baden zu gehen. Aus dem Geldsegen der Aufbauhilfe waren in Biesenthal nicht nur Kläranlage, Kreisverkehr und Fahrradwege gebaut worden, sondern auch ein Freibad, und das wollten wir in der Nacht, wenn es dunkel ist, entern.

Ich ging zu dem Thüringer Heerlager und fragte die Jungs, ob sie sich trauen würden bei der nächtlichen Nacktbadeattacke mitzumachen.

Sie zögerten nicht eine Sekunde, war ja alles eine Frage der Ehre für sie.

Als die Sonne im Bett lag, fuhren wir also zum Freibad und parkten unsere Maschinen auf einer kleinen Anhöhe. Alle zogen sich aus, und wir rannten auf die kleine Mauer zu, die wir überwinden wollten. So 100 m vor der Mauer ließen wir die Thüringer uns überholen und sahen wie sie mit einem Satz über die Mauer sprangen und hörten das Platschen.

Wir blieben stehen und lachten. Die Architekten des Aufbaus, hatten wohl ziemlich zu tun gehabt und kopierten ihre Pläne wie ein Guttenberg, denn alles was hier hingebaut worden war, sah gleich aus.

Wir gingen zu unseren Maschinen zurück, zogen uns an und fuhren vom Klärwerk zum Freibad.

Drei sind zwei zuviel

Warnemünde am alten Strom und Rostocks Tor zur Ostsee war schon immer eine der schönsten Ecken Deutschlands. Auf dem Strom waren Boote festgemacht, wo Fisch verkauft wurde. Links und rechts duckte sich die eine oder andere gemütliche Kneipe in den Ostseehimmel.

In solch einer Kneipe saß ich spät abends beim Bier und grub gerade Marion, die Bedienung, an, als sich ein kleiner dicker Mann vom Typ „Hamburg-Mannheimer" zwei Hocker weiter an den Tresen setzte. Er bestellte einen sehr trockenen Wein, den Marion aus der Zauberflasche eingoß. Der Zauber lag daran, daß sich in dieser Flasche sowohl trockener als auch halbtrockener Wein befand. Er nippte dran und schaute nach rechts, wo zwei sehr auffällig geschminkte Damen saßen und mit Zigarettenspitzen rauchten. Das faszinierte den Halbglatzenträger offensichtlich, und er fragte die Damen, ob er sie einladen dürfe. Sie schauten ihn an, nahmen ihn erst jetzt wahr und nickten. Nach einigen Drinks setzten sie sich links und rechts neben ihn.

Sie erzählten ihm, daß sie im „Rosa Panther" arbeiten würden und nun Feierabend hätten. Als sie ihm erzählten, daß sie dort eine Tanzshow machen würden, schaute er auf ihre Beine und ein dünner Speichelfaden lief seinen linken Mundwinkel hinunter. Das konnte ich nicht nachvollziehen, denn die Beine der beiden Hupfdohlen waren alles andere als schön. Wahrscheinlich bewegten sie die beim Tanzen besonders schnell, damit das nicht so auffiel.

Bevor ich mich versah, steckte er der einen auch schon seine Zunge in den Hals. Dann hielt er inne, schaute die andere an und erkundete dann deren Mandeln.

Angewidert wandte ich mich wieder Marion zu, die ihre Stirn auch in Falten legte. Gottseidank ersparten uns die drei weitere Intimitäten, weil nämlich eine der beiden dem Anzugmann ans Knie faßte und ihm zur weiteren Freizeitgestaltung ihre Wohnung anbot. Er hielt kurz inne und schaute zur anderen späten Schönheit, die ihm mit rauchiger Stimme zuraunte, daß dort auch Platz für drei sei.

Schnell, fast hastig, zahlte er bei Marion die Zeche, um dann mit den beiden rustikalen Geschöpfen das Lokal zu verlassen.

„ Na, er hat ja mehr als er braucht!" wandte ich mich an Marion.

„Er hat sogar mehr als ihm lieb ist!" lachte sie zurück.

Ich schaute sie verwirrt an.

„Mensch Mark, der ‚Rosarote Panther' ist die Schwulenbar in der Altstadt.

Ritter Ethelbert von Rabenstein und der Drache

Ethelbert saß auf seinem Schemel und schaute fern aus seinem Burgfenster hinaus über seine Lande.

Über dem Burghof freiten laut schreiend die Raben, ihren Frühlingsgefühlen freien Flug lassend.

Da riß ihn eine durchdringende Stimme, die den Lautstärkepegel des Rabengezwitschers bei weitem übertraf, abrupt aus seiner Betrachtung.

Kunigunde, sein ihm angetrautes Weib, begehrte umgehend seine ritterliche Hilfe und forderte sie mit ihrer liebreizgeschwängerten Stimme ein.

Da kam ihm Fafnir, der Drache in den Sinn, den er schon lange nicht mehr gesehen hatte und er beschloß spontan, ihm, Kunigundes Räumlichkeiten um- und seiner Arbeit nachgehend, einen Besuch abzustatten.

Den verachtenden Blick seines Schlachtrosses ignorierend, erklomm er selbiges und trabte via Zugbrücke gen Küstengebirge.

Fafnir und er hatten vor Jahren, nach heißen Kämpfen sich auf friedliche Koexistens verständigt. Der Drache hatte versprochen seinen Jungfrauenverzehr einzuschränken und er verwies die hilfesuchenden Bittsteller auf den Artenschutz, der es ihm nicht gestattete, eine bedrohte Art auszurotten..

Nach langem Ritt, stieg er vom immer noch beleidigten Roß und betrat die Höhle.

Ihm fiel auf, daß der Berg mit den Jungfrauenknochen seit seinem letzten Besuch kaum größer geworden war. Es roch auch weniger nach Schwefel als früher.

Nach vielen Kurven und Gängen erreichte er die Wohnhöhle von Fafnir.

Er staunte nicht schlecht, als er in der Ecke einen bunten Berg sah, der sich langsam auf und ab hob.

Er rief laut „Fanir!" und von einem Ende des Berges erhob sich ein langer Hals mit einem farbnnfrohen Kopf.

„Was ist denn mit Dir passiert ?" rief Ethelbert.

„Mit mir ist gar nix passiert" erwiderte der Drache, „ich habe mich nur weiterentwickelt!"

„Weiterentwickelt?" fragte Ethelbert mit großen Augen.

„Ja, ich hatte mein Comming out und schule nun um auf Chamäleon!"

„ Chamäleon? Was für ein Quatsch, seit wann fressen Chamäleons denn Jungfrauen?"

„Ich bin jetzt Veganer! Das ist viel besser, Pflanzen und Früchte sind viel schmackhafter, reichlich vorhanden, und sie kreischen nicht beim Essen. Echt cool, glaub mir! Und außerdem liefern sie wunderschöne Farben und nicht nur dieses langweilige Blutrot."

„Also gegrilltes Gemüse?"

„Nein, ich speie kein Feuer mehr, in meiner Höhle herrscht Rauchverbot.

„Rauchverbot?"

„Ja, wir Drachen sind Euch weit voraus, Ihr habt ja noch nicht mal das Rauchen erfunden," kicherte Fafnir "und wie geht es Dir, hast Du auch neue Akzente in Deinem Leben gesetzt oder neue Erkenntnisse?"

„Ja, hab ich ‚töte einen Drachen, solange er noch einer ist!' "

„Das ist aber garstig von Dir!" rief der geschminkte Drache beleidigt, aber das hörte Ethelbert nicht mehr, der schnellen Schrittes die Malstatt verließ.

Ritter Ethelbert von Rabenstein und der Keuschheitsgürtel

Ethelbert saß auf seinem Schemel, schaute auf die spielende Schar seiner Kinder und grübelte vor sich hin.

Wie mochte es nur kommen, daß alle seiner Sprößlinge dieses dichte rote Haar hatten und diese Sommersprossen? Sein Haar war rabenschwarz und das seiner Gattin flachsblond. Er war sich ziemlich sicher, daß sie ihn sehr liebte, denn immer wenn er von einem Feldzug zurückkehrte, liebte sie ihn so intensiv und heftig, daß sich jedesmal schon bald Nachwuchs ankündigte. Außerdem half ja ein Keuschheitsgürtel ihrer Tugendhaftigkeit nach. Doch woher kamen diese Rotfüchse?

Es gab nur einen Schlüssel, und den trug er, wenn er nicht am Hof weilte, an einer Kette um seinen Hals.

Nun ja, jedes Schloß konnte man ja knacken und seine Holde war mit ihren Fingern sehr geschickt.

Andererseits hatte nicht einer auf der Burg rote Haare, vielleicht war es eine Laune der Natur, und er machte sich völlig unnütz Gedanken.

In einem Monat galt es wieder aufzubrechen, denn der Herzog rief seine Ritter zu den Waffen für eine kleine Eroberung unter Nachbarn.

Da Vorsicht bekanntlich besser als Nachsicht ist, ging er zur Truhe, in der er den Keuschheitsgürtel verwahrte. Er nahm ihn an sich und ritt mit diesem hinab in das Dorf zum Schmied.

Dort angekommen wies er den Schmied an, daß Schloß des Gürtels sicherer zu machen, sodaß ein Aufbrechen unmöglich sei. Dieser runzelte die Stirn, versprach aber sein bestes zu tun. Um eine Sorge erleichtert ritt Ethelbert zurück auf seine Burg, in der Gewißheit, in einigen Tagen einen aufbruchssicheren Tugendwächter geliefert zu bekommen.

Der Schmied kratzte sich nachdenklich den Bart. Er war ein Meister im Waffenschmieden und in der Anfertigung von Rüstungen, aber diese Arbeit war etwas für einen Schlosser. Also mußte, wie immer in diesen Fällen, Patrick ran. Er nahm das Bündel mit Gürtel und ging zum Fluß hinunter zu seinem Zunftbruder, der auf einer Bank vor seiner Werkstatt saß.

„He Patrick, Du mußt Dein Schloß verbessern, dem Herrn von Rabenstein dünkt es nicht sicher genug!"

Patrick nahm das Bündel in Empfang und versprach, die Arbeit am nächsten Tag fertiggestellt zu haben und ging ins Haus..

Er wickelte das Bündel aus und betrachtete das Schloß, welches er einst angefertigt hatte.

„Des Herren Wunsch sei mein Befehl", grinste dieser irische Hund, lachte und schüttelte heftig seinen roten Haarschopf.

Weihnachtsbäckerei

Heidrun war eine taffe junge Frau, die nicht nur die Welt ständig am Retten war, sondern die sich vor allem um das körperliche Wohl ihrer Freunde sorgte, welches nicht durch falsche Ernährung oder all die bösen Allergene gefährdet werden sollte.

Wenn schon Weihnachten durch keinerlei Gremien- oder Parteibeschlüsse verboten worden ist, sollte doch wenigstens keiner einen körperlichen Schaden davontragen. In ihren Frauengruppen war sie bekannt als konsequente Verfechterin gesunder Ernährung. Und so erwarteten die FrauInnen von ihr, daß sie wie jedes Jahr ökologische Weihnachtsplätzchen buk.

Damit auch die Energiebilanz für die Weltenrettung stimmte, benutzte sie zum Backen den alten Lehmofen ihrer Großmutter, der sie zu diesem Zweck und unter dem Kopfschütteln ihres Opas auf Pelletbefeuerung umstellt worden war.

So stand sie nun also neben Oma an dem großen Küchentisch und sortierte ihre Zutaten, wohl achtgebend, daß diese nicht zu nah an deren gerieten. Oma hatte fürchterliche Dinge aufgefahren, nicht nur weißes Mehl, Butter und Nüsse, nein, auch Schmalz! Also, wenn ihre Plätzchen schon mit dieser Ausgeburt an Ungesundem den Ofen teilen mußten, dann, um Gotteswillen, keinerlei Kontakt beim Kneten und Formen !

So fanden nun glutenfreies Dinkelmehl, Eier von glücklichen Hennen, kalt- aber rücksichtsvoll gepreßtes Pflanzenöl, Biomöhrchen und brauner Zucker unter ihren fleißigen Händen zusammen und wurden rührgerätfrei verknetet.

Während der Backzeit gab es die typische Diskussion mit Oma über die unterschiedlichen Ansichten beim Kochen und Backen, und danach lagen die Ergebnisse auf unterschiedlichen Blechen zum Abkühlen.

Heidrun drängte nun die Zeit, weil sie noch zur Podiumsdiskussion „Freiheit für die Zimmerpflanzen" mußte, und so bat sie Opa, ihre Kekse nach dem Abkühlen in die Recyclingpapiertütchen zu tun, die dann Erdmute abholen würde, um sie zu der Stammtischin der Frauengruppe zu bringen um sie dort zu verteilen.

Es klappte alles auf das Vorzüglichste, und beim Frauenfrühstück am nächsten Tag waren alle FrauInnen voll des Lobes über die Kekse. Heidrun war stolz, denn es war ein Lob frei jeglicher männlicher Dominanz.

Danach fuhr sie zu ihren Großeltern, um die Reste der Zutaten abzuholen. Opa öffnete die Tür, begrüßte sie unterkühlt und verschwand gleich in sein Zimmer. Als sie Oma verwundert fragte, was Opa denn habe, lachte diese laut los.

„Er hatte die Bleche vertauscht und muß nun Deine Gesunden essen!"

Der Spandauer Weihnachtsmarkt

„Meine sehr verehrten Damen und Herren, ich freue mich, Sie hier in Spandau begrüßen und über den ältesten Weihnachtsmarkt Berlins führen zu können. Seit seines Bestehens vor über 30 Jahren, war er immer ein Beispiel an Multikultur, Frieden und Genuß.

Also bitte folgen Sie mir in diese vorweihnachtliche Welt unserer Havelstadt, die hier am Rathaus beginnt und an der historischen Nikolaikirche enden wird.

Gleich hier vorne am Rathaus ist der Stand unserer Mitbürger aus Vietnam, und hier werden wir auch kulinarisch beginnen, mit einem landestypischen Bambusschnaps.

Gambe!

Das Rathaus wurde im Jahr 1912 fertiggestellt, in dem Jahr, in dem dies auch geplant war, denn preußische Beamte unterschieden sich etwas von den heutigen Partygängern.

Und hier, gleich neben dem Riesenrad, ist der italienische Stand. Neben Minipizzen und Süßspeisen sollten Sie hier unbedingt den flambierten Sambuca nebst Kaffeebohne probieren.

Salute!

Jetzt überqueren wir den alten Havelarm, der damals die Stadtmauer umfloß und gelangen zu dem tschechischen Stand. Hier kann ich Ihnen den Baumkuchen empfehlen, der am offenen Feuer geröstet wird. Da er durch den Röstvorgang getrocknet wurde, genehmigen wir uns jetzt ein Glühbier, welches nicht nur der Trockenheit entgegenwirkt, sondern an dem wir auch unsere Hände wärmen können.

Nastarowje!

Von Böhmen zum Balkan ist nur ein kleiner Schritt und wenn Sie sich umschauen wollen, sehen sie die edelsten Brände Kroatiens, die hier unter dem rot-weißen Schachbrett des Landes ausgeschenkt werden. Ich empfehle diesen herrlichen Slivovitz.

Živjeli

Hier nun, vor der alll....ten Post sehen Sie das Spandauer Beispiel für Toleranzzzz und Integrasssion. Das hier ist die Zwergenhütte, in der durchnumerierte Zwerginnen nicht nur leckere Würste und Kammstükke grillen, sondern auch diesen herrlichen Jagatee k.k..kredenzen.

Auf das Wohl des kleinen Volkes!

In Spandau sind die Wege kurz und schon stehen wir auf dem Marktplatz vor dem finnnnischen Stand. Außer Gummistiefeln und Mobil...telefonen stellen die Samen auch einen herrlichen Blaubeerwodka her.

Skol!

Diejenigen unter Ihnen, die noch auf Mohrenköpfe und Negerküsse stehen, bitte ich jetzt um po...litische Korrektheit. Wir erreichen jetzt den kongolesischen Stand, um neben einem Blick auf die herrlichen Schnitzereien, den landestypischen Lummm..ummba zu genießen.

Heia Safari!

Zur Antilopenjagd können wir niiiich bleiben, wartet doch hier am Brunnen schon der fffranzösische Stand auf uns. Hier kann ich Ihnen die äußerst schmack.. schmackhaften Crepes empfehlen, die wunderbar zu der Erdbeerbowle passen, die hier jeden Tag frisch angesetzt wird.

Chanté!

An Frankreich grenzt auch hier der Schwarzwald, und ich freue mich, Ihnen ein Familienunternehmen vorstellen zu dürfen, welches diesen lll...   diesen leckeren Zwiebelkuchen in Handarbeit herstellt. Seehr zu empfehlen ist auch der handgemachte Wint.t.zerglühwein in dem wirklich nuuuhr Wein is.

Prosit!

So nun sind wir an der Nikolaikirche angekommen, und unser Rundgang neigt sich seinem Ende entgegen. Hier in dieser Holzhütte bereitet ein bärtiger, ähm.. gebürtiger Kärntner einen ganz spessiellen Jagatee nach altem O.O.Originalrezept zu.

Holdrio! "

Tim und Struppi

Auf dem Weihnachtsmarkt am Rathaus wurde es an diesem Tag tierisch. Ein echtes Rentier hielt Einzug, um als lebendige Kulisse sein Herrchen beim Sammeln für die Kinderkrebshilfe zu unterstützen. Dieser machte auf Weihnachtsmann, war aber sicher vom örtlichen Caritasverband für den guten Zweck rekrutiert worden.

So saß er auf seinem Schemel vor dem Eingang des Einkaufszentrums und schwang seine Glocke, begleitet von einem Hoho.

Zehn Meter neben ihm saß ein Weihnachtsmann in zivil und versuchte, neben dem Verkauf der Obdachlosenzeitung, die eine oder andere Barspende zu erheischen.

„Das ist ja fast unfair," meinte der zu dem Weihnachtsmann, „Tiere und Kinder ziehen immer !"

„Ja" erwiderte jener „und was ist falsch daran ?"

Da wurde die kurze Unterhaltung jäh unterbrochen. Es kam eine merkwürdigen Unruhe auf, eine Stimme rief laut nach einem Struppi, andere Stimmen forderten zum Stehenbleiben auf, und es quietschten Bremsen. Die beiden alten Männer schauten Richtung Straße, aus der die Aufregung zu ihnen drang.

Da bemerkten sie, wie ein kleines Fellknäuel gegen eine Windschutzscheibe prallte, um dann auf dem Bürgersteig zu landen. Jämmerlich jaulend schleppte es sich auf die beiden zu, und als der Obdachlose seinen Blick von der Straße abwandte, war der Hund nicht mehr zu sehen.

Einen Wimpernschlag später rannte ein kleiner Junge auf die beiden zu, der völlig aufgelöst war und hemmungslos weinte.

„Haben sie meinen Struppi gesehen?" fragte er herzzerreißend die beiden Außenmitarbeiter.

Der Zeitungsverkäufer schaute skeptisch, sagte aber nichts, als der Weihnachtsmanndarsteller dem Jungen versicherte, keinen Hund gesehen zu haben. Auf die Frage, was passiert sei, berichtete Tim, wie der Junge hieß, daß sein Struppi doch von ihm ein neues Halsband zu Weihnachten bekommen sollte, weil das alte schon sehr zerschlissen war. Und gerade als er mit ihm nun ins Einkaufscenter wollte, um das schöne blaue, welches er gestern im Schaufenster gesehen hatte, zu kaufen, zerriß das alte und Struppi rannte auf die Straße.

Der Aalte streichelte ihm den Kopf und versuchte ihn zu trösten.

„Solch einen Zusammenprall überlebt so ein kleiner Hund nicht", sagte der Zeitungsverkäufer, „er liegt bestimmt hier im Einkaufscentrum tot in irgendeiner Ecke."

Weinend sprang Tim auf und rannte ins Gebäude.

Nach über einer Stunde erschien der Junge total niedergeschlagen bei den beiden, und der Weihnachtsmann hieß ihn, sich zu ihm zu setzen.

Er hatte überall geschaut und gefragt, aber seinen Struppi hatte niemand gesehen.

Da las er das Schild mit dem Spendenaufruf, welches neben dem Rentier stand.

Tim faßte in seine Hosentasche und holte einen zerknitterten Zehner heraus. Er steckte ihn in die Sammelbüchse, weil er das Geld für das Halsband ja nicht mehr brauchte.

„Das ist aber sehr lieb von Dir, mein Junge", sagte der Alte „da werden sich die Kinder aber freuen!"

Tim schaute zu dem Mann, und er fragte sich, ob es nun dem Tränenschleier geschuldet war, der seinen Blick immer noch etwas behinderte oder bewegte sich der Sack, der zwischen ihm und dem Rentier befand?

Der Weihnachtsmann öffnete den Sack. Mit einem Satz sprang Struppi heraus. Der Zeitungsverkäufer schaute total verwirrt, und Tim war so sprachlos, daß ihm nicht einmal das blaue Halsband auffiel, das sein Hund nun trug.

Winterabend

Ich sitze in der Sonne und schaue auf eine herrliche Winterlandschaft. Der kleine See ist erstarrt in dieser Kälte, und die Bäume tragen ihr weißes Gewand. Es ist windstill, und so können sich die Minusgrade hinter der Nachmittagssonne verbergen.

Über mir pflügt ein Flugzeug durch die beißende Luft, dicke Kondensstreifen als Marken zurücklassend, auf seinem Weg gen Süden, dem Sommer entgegen.

Der Frost hält die Stadt seit Wochen in seiner eisigen Klammer gefangen und was das Auge erfreut, durchkriecht den restlichen Körper mit gnadenloser Gründlichkeit.

Ich greife neben mich, trinke einen Schluck Wein und denke zurück. Meine alte Wohnung ist nicht weit von hier. Sie war im Winter immer überheizt, weil man die Regler an den Heizkörpern nie richtig einstellen konnte. Diese Wärme machte träge, satt und faul, verführte zu wahren Fernsehorgien, die aber letztlich die Langeweile noch verstärkten.

Die Zeiten sind vorbei und auch der damalige Trott. Die Enge habe ich hinter mir gelassen, wie auch Ehe und Kinder. Die eine gescheitert und die anderen ausgewandert.

Das Flugzeug ist inzwischen nur noch ein Punkt, der die 4 Himmelslinien anführt, deren Enden sich aufzwirbeln, um ganz langsam zu vergehen. Ich nehme noch einen Schluck Wein, um den Hunger etwas zu dämpfen. Das ständige Essen ist auch so eine überflüssige Angewohnheit aus der Spießigkeit, sich die Zeit zu vertreiben.

Das Firmament beginnt mit dem Abspann. Die Sonne wechselt über Orange zu Rot und spendet nun keinerlei Wärme mehr. Auch ohne Wind sind nun diese extremen Temperaturen auf einem Schlag präsent. Die Wasservögel haben sich ganz dicht an einer Stelle zusammengedrängt und wärmen sich gegenseitig.

Mich wärmt nichts mehr, außer dem Wein, der mich nun müde werden läßt. In meiner Tüte ist noch ein kleiner Schatz, den ich jetzt berge. Ich trinke den kleinen Doppelkorn und lege mich auf die Bank, Beine und Arme ganz dicht an den Körper gewinkelt, den ich bald nicht mehr spüre. Über mir hängt das Netz der Sterne, dominiert vom Orion, dessen Gürtelsterne im Schwarz der Nacht glitzern.

Bart und Augenbrauen sind von Eiskristallen besiedelt. Ich schließe meine Augen, und mir wird langsam warm. Die Wärme breitet sich rasch aus. Dies hätte mein Herz niemals vermocht, das seinen Dienst nun beendet.

Und Lennard fährt zum Weihnachtsmann

„Herr Castell, ich muß Ihnen leider mitteilen, daß Len-nard keine Fortschritte macht. Seine Blutwerte werden immer schlechter, und wir sind mit unserer ärztlichen Kunst am Ende."

„Das heißt…"

Er antwortet nicht, verzieht keine Miene, schaut mir aber bis auf den Grund meiner Seele.

Nicht, daß ich damit nicht irgendwie gerechnet hätte; seit einem Jahr wütet der Teufel in Lennards kleinem Körper, ließ sich hin und wieder abbremsen, aber niemals aufhal-ten.

„Herr Castell, entschuldigen Sie bitte die Frage, aber Lennard fragt nie nach seiner Mutter, und sie war auch noch nie hier. In Anbetracht…"

In Anbetracht wessen ? Außerdem fällt es mir schwer, diese Frau als Mutter zu bezeichnen. Sie lebt nicht mehr hier, sie zieht durch das Land wie eine Zigeunerin und ist nur mit einer Person beschäftigt, mit sich selber, hält sich für eine Autorin, schreibt lieber Kinderbücher für andere, als sich um ihren Sohn zu scheren. Problemen pflegt die Dame auszuweichen, der Junge fragt nicht einmal mehr nach ihr !

„Entschuldigen Sie bitte, das gehört nicht hier her und ist nicht Ihr Problem."

„Sicherlich nicht, Herr Castell, es ist das von Lennard."

Genau, ich verabschiede mich kurz angebunden und will jetzt nur noch zu meinem Jungen.

Ich gehe in sein Zimmer. Man sieht ihm die Strapazen des Therapiemarathons an. Nur seine Augen sind noch voller Lebensfreude.

„Vati, Vati, schau doch mal, ich kann meinen Namen schreiben !"

Er hält mir ein Blatt Papier entgegen, auf dem in Blockbuchstaben L E N N A R D steht. Ich schaue zur Schwester, und sie lächelt mich an. Ich bin so froh, daß die Schwester ihm die Zuwendung gibt, um die seine Mutter ihn betrogen hat.

„Papa, bald ist Weihnachten, kann ich da wieder zu Hau-se sein?"

Ich schlucke, wie soll ich nur reagieren, er würde es spü-ren, würde ich lügen.

„Ich nehme Dich bald wieder mit nach Hause, Lennard."

Der Blick der Schwester trifft mich wie ein Florett. Doch was will sie?

Ja, er kann jetzt seinen Namen schreiben, aber er wird auch sterben. Doch muß das hier sein?

„Lennard, Du hattest letztes Jahr doch einen ganz großen Wunsch zu Weihnachten."

„Ja Vati, ich möchte den Weihnachtsmann besuchen, die Rentiere streicheln und den Kobolden zuschauen, wie sie die ganzen Geschenke für die Kinder bauen!"

„Lennard, dieses Jahr fahren wir hin, Du und ich!"

Lennard umarmt mich, und die Schwester schaut mich an, als wäre ich reif für die „Psychiatrische".

Ich bleibe noch einige Stunden bei meinem Jungen, bis er tief eingeschlafen ist und gehe dann zur Stationsschwester.

Sie versucht gar nicht erst, mich umzustimmen, denn auch sie weiß, daß Lennard austherapiert ist, und ich er-wähne natürlich nichts vom Nordpol, sondern von begleitender Sterbehilfe daheim.

Nach einer Flasche Whisky rufe ich meinen Freund Peter Nilmé in Schweden an. Er hat seinen ‚Absolut' auch schon intus, sodaß wir Nägel mit Köpfen machen.

Es braucht 2 Tage für den Papierkram und, um über eine Pflegestation Schwester Claudia zu finden, die bereit ist, die Sterbebegleitung auch mobil zu leisten.

Am dritten Tag ist Lennard daheim, es ist gegen Abend, als ich ein bekanntes Geräusch höre. Es stammt von Peters altem Volvo, von dem er sich um keinen Preis der Welt trennen will. Zum Glück ist es ein Kombi, in dem wir alle Platz finden, inklusive des medizinischen Equipments.

Lennard scheint, seit er weiß, was wir vorhaben, seine Reserven zu mobilisieren. Fast vergißt man seine tödliche Erkrankung.

Schließlich sitzen wir im Auto, und es geht ab zum Weihnachtsmann.

Gegen Morgen erreichen wir den Überseehafen in Rostock, wo die Fähre schon ihr Riesenmaul aufsperrt, um Autos und LKWs zu verschlingen, und mittags sind wir schon in Trelleborg.

Von hier aus beginnt unsere lange Reise. Unser Ziel ist Korvatunturi in Finnland, dicht am Polarkreis, dort, wo der Weihnachtsmann wohnt.

Nach sieben Stunden erreichen wir Stockholm, und Lennard schläft tief und fest in meinem Arm. Claudia über-nimmt ihn so vorsichtig, daß er nicht einmal aufwacht, und ich Peter am Steuer ablösen kann.

Nach weiteren 15 Stunden und drei Fahrerwechseln haben wir die 1800 km hinter uns und sind am Ziel, in Napapiiri, einem kleinen Ort in Lappland, nördlich von Rovaniemi am Fuße des Korvatunturi, den die Finnen Ohrenberg nennen, weil er Hasenohren nicht unähnlich ist.

Ich trage Lennard in das kleine Gasthaus und lege ihn vorsichtig in sein Bett, um anschließend tief und fest einzuschlafen.

Als mein traumloser Schlaf endet, bemerke ich, wie Claudia den Jungen mit seinen Medikamenten versorgt.

Die Fahrt hat ihn eigenartigerweise nicht geschwächt, er wirkt sehr vital, und ich ertappe mich dabei, an ein Wun-der glauben zu wollen. Wenn es welche geben sollte, warum dann nicht hier, warum nicht jetzt ?

Ich schrecke auf, als das Eintreten von Peter mich aus meinen Gedanken reißt.

Es sind nur noch wenige Tage bis Weihnachten, und ich bin immer fester davon überzeugt, daß eine Wendung des Schicksals Lennard die Lebenszeit schenken würde, die ihm auf so grausame Weise genommen werden soll.

Ist er nicht jeden Tag ein wenig kräftiger geworden? Ich nehme mir fest vor, an den Weihnachtsfeiertagen mit ihm wieder das Laufen zu üben, sicher haben seine Beine ihre Kraft wieder zurückerhalten.

Am Morgen des Heiligen Abends ist Lennard als erster munter und aufgeregt wie nie.

„Vati, jetzt müssen wir uns aber beeilen, sonst ist der Weihnachtsmann mit seinem Schlitten auf und davon, bevor ich ihn sehen kann."

Ich zwinkere Peter zu, der schon alles arrangiert hat, und er trägt den Jungen hinaus zu dem Motorschlitten, der uns an den Fuß des Berges bringen soll, und er weiß auch, wo eine Rentierherde ihr Winterquartier hat.

Es dauert nicht lange. Die Scheinwerfer durchschneiden die Polarnacht, die hier 24 Stunden am Tag andauert und strahlen ein Gatter an. Hinter dem Draht stehen ziemlich träge ein paar Dutzend Rentiere, und ihre Augen funkeln im Kunstlicht.

Ich trage Lennard zu der Koppel, damit er das eine oder andere Tier streicheln kann.

Peter schaltet kurz den Motor des Schlittens aus, und wir befinden uns für einen Moment in der großen Dämmerung.

Es ist keine pechschwarze Nacht. Irgendwo scheint noch Restlicht zu sein, und es wird immer stärker. Man sieht die Quelle nicht. Es ist ein Glimmen, das sich stetig ver-stärkt, ein kühles farbiges Licht, in der Erscheinung dem eines Glühwürmchens nicht unähnlich, nur daß es bald einen größeren Sektor des Himmels erfaßt.

Es ist das Nordlicht, ich habe es noch nie gesehen, nur darüber gehört und gelesen und auch Peter, mein Schwede sah es selber noch nie.

Ich bin mir absolut sicher, daß dies ein Weihnachtsgeschenk für meinen Jungen ist, ein Zeichen des Himmels. Mein Herz klopft.

Lennard schaut in das Nordlicht, es scheint, als würde er in der Ionenwolke etwas sehen. Er lächelt.

Kann es sein, daß er etwas sieht, das mir verborgen bleibt?

Er bewegt seine Lippen. Ganz leise höre ich das Weihnachtsgedicht, das er gelernt hat. Er sagt es ganz leise auf, stockt nicht ein einziges Mal. Es verläßt seinen Mund in einem Guß, dem verzauberten Licht entgegen.

Als er zu Ende ist, meine ich, das Licht etwas dunkler werden zu sehen, ja es erlischt ganz allmählich.

Wir beide sitzen im Dunklen, seine Hand in meiner Hand.

Es ist totenstill, Lennard atmet nicht mehr.

Sonnenuntergang

Du, Sonne scheinst mir in die Augen,
nicht mehr so stark wie früher mal.
bequem kann ich Dein Feuer schauen
das ewig lodert und uns wärmt.

Du dominierst seit Jahrmilliarden
das Geschehen dieser Welt.
Die Lebensspende Deiner Strahlen
alles am Gedeihen hält.

In allen Farben wie ein Künstler,
zeichnet Dein Licht die Schöpfung nach,
doch die Palette, die Dir eigen,
hat noch kein Maler je gemischt.

War es am Anfang nur ein Filter,
ein zarter Hauch nur, kaum zu seh'n,
ging von den Farben viel verloren
nur Dein Gelb-Rot, es blieb besteh'n.

Auch Dein Pinselstrich wurd' gröber
die Einzelheiten aufgelöst.
Expressionistisch wirkt das Ganze,
nur daß es ihm an Leuchtkraft fehlt.

Konturen fließen ineinander
verknäulen sich in einem Grau.
Der Teufel tief in meinen Augen
zensiert brutal, was ich auch schau.

Ein letzter Blick noch vor dem Schlafen
glutrot leuchtet mir Dein Bild,
von dem mir bald, statt seiner Schönheit
nur noch die Wärme bleiben wird.

Freiherr vom und zum Stein

Gezeugt im Feuer der Kernfusion,

gehärtet im Sonnenbrand,

von einer Supernova ejakuliert,

im Raum Gestalt geworden,

gehärtet im Planetenmagma

wurdest Du Fels.

Zeitloser Fels.

Geboren durch Eruption,

gespien in unsere Welt

aus der Hölle des Mantels,

erkaltet in Deinem Erdzeitalter,

gefaltet durch die Kräfte der Tektonik

wurdest Du Berg.

Zeitloser Berg.

Die Lebensadern des Wassers,

die Dir entspringen,

benetzten Dich stetig,

schneiden Dein Fleisch,

treiben Dich fort in ihren Strömen,

mahlen zu Kieseln deinen Leib.

Kiesel auf Zeit.

Auf Deiner Reise zu den Schelfen,

wo Deine Physis gemahlen wird,

zu feinem Sand, der nun im Kleinen,

dafür in Massen Dein Leben beschließt.

In Därmen von Würmern und Förmchen von Kindern,

erkennst nun auch Du,

die Zeithaftigkeit.

Un/Geliebte

Wir wollen Dich,

jeder für sich

unter seinem Vorbehalt.

Gibst Du Dich uns nackt,

und Dein Leib enttäuscht uns,

verhüllen wir ihn, bis er uns paßt.

Wir lieben Dich nicht wirklich,

von der Moral dazu gezwungen,

ertragen wir Dich mit maskenhaftem Wohlwollen.

Ins Bett steigen wir mit Deiner mißratenen Schwester.

Sie ist der Kitt, der unsere Zivilisation zusammenhält.

Du warst, wirst immer der Sprengstoff sein, ließen wir Dich gewähren.

Laß uns Dich lieben, doch bleib uns vom Leibe.

Metamorphose

Spieglein, Spieglein an der Wand,
 wie zieh' ich nur 'nen Mann an Land ?!
Nun bin ich schon fast Mitte dreißig,
 die ersten Adern schwellen an,

zwar schminke ich mich viel und fleißig,
 nicht alles man verdecken kann.
 Spieglein, Spieglein an der Wand,
 wie zieh' ich nur 'nen Mann an Land ?!

Schon in der Schule war es gräßlich,
 die Pickel in der Pubertät,
 ich war nicht schön, schon eher häßlich.
 Das erste Mal geschah recht spät.

Spieglein, Spieglein an der Wand,
 wie zieh' ich nur 'nen Mann an Land ?!
 Ich tat es weil ich einen wollte,
 viel Freude hat ich   dabei nicht,

Er nur, weil seine Freundin schmollte,
 nie wieder sah ich sein Gesicht.
 Spieglein, Spieglein an der Wand,
 wie zieh' ich nur 'nen Mann an Land ?!

Voll Neid sah ich die andren Frauen,
in weiß an ihrem schönsten Tag,
verliebt auf ihre Partner schauen,
nur ich fand keinen,der mich mag.

Spieglein, Spieglein an der Wand,
wie zieh' ich nur 'nen Mann an Land ?!
So ging es mir so viele Jahre,
die Zeit, sie fordert ihr'n Tribut.

Das erste Grau durchzieht die Haare
und Haß mein Herz, auf die Männerbrut.
Spieglein, Spieglein an der Wand,
ich zieh wohl nie 'nen Mann an Land !

Ich werde mich nicht länger^pflegen,
ich lauf in ausgetret'nen S huh'n,
erreg' mich nicht der Mode wegen,
ich änderemein sein und tun :

Statt den Männern nachzuschielen,
geb' ich mich lesbisch, weil's modern,
die Intelektuelle werde ich spielen,
einsam bleib ich, doch jeder denkt^gern !

Spieglein, Spieglein an der Wand,
eine Emanze mehr im Land!

Herbst

Wenn des Sommers warme Tage,
sind vergangen und vorbei,
bringt der Herbst die schönsten Farben
in das grüne Einerlei

Wenn die bunten Blätter tanzen,
weil der Herbstwind es so will,
des Sommers Kräfte nun erlahmen,
wird es in Wald und Wiese still.

Wenn der Nächte frost'ger Panzer
alles Leben unterdrückt,
war die Natur der Souverän,
sie gibt sich nun in ihr Geschick.

Wenn alles stirbt was nicht bei Zeiten
der kalten Macht ein Schnippchen schlägt,
freut Ihr Euch bunter Blätterleichen,
verdrängt, daß nur was grün ist lebt !

Entschuldigt

Aug' in Aug' sie sich fixieren,
wohl ist keinem in der Haut.
Bei einem ist's unsich'res stieren,
beim anderen nur Angst man schaut.

Dem einen ziehen lauter Zweifel ,
durch den Kopf und martern ihn.
Der andere kann nichts begreifen,
nur nackte Angst erfüllt sein Hirn.

Die Hemmungsschwelle ist doch höher,
als er sich vorher hat gesagt,
der Schritt vom Menschen zum Zerstörer
elingt nie, wenn 's Gewissen plagt.

Doch wenn man schöne Worte findet,
ist das Gewissen bald besiegt,
wenn man dann objektiv auch schindet,
Einer muß er tun - oh, wie man lügt.

Die Hände packen den großen Hammer
und dreschen auf die Kreatur,
die taumelt, fällt, es ist ein Jammer,
wie pervertiert man die Natur.

Der erste Teil ist nun erledigt,
das Messer raus ich stoße zu.
Am Sonntag in der Morgenpredigt,
da findet meine Seele Ruh'.

Rasch ergießt sich auf dem Boden,
das Blut aus dem Einstichkanal,
Den Metzgermeister hört man loben,
war gar nicht schlecht für 's erste Mal.

Auf der Schwelle

Weiß gekachelt sind die Wände,
an der Decke Leuchtstofflicht,
kaum noch spür ich meine Hände,
manch Schleier hindert meine Sicht.

Besorgte Minen mich umgeben.
Doch steht die Sorge nur zur Schau.
Theater nur ihr fleiß'ges Streben,
was hinter steckt seh' ich genau.

Die einen, die im weißen Kittel,
voll Sorge von Berufes wegen,
ob Schwester oder Doktortitel
bezeichnen diese Farce als pflegen.

Für sie besteht der Mensch allein
aus Knochen, zweihundert an der Zahl,
acht Litern Blut und Innerei'n
die zu kuriern reicht alle Mal.

Die anderen, die mir bekannten,
die sorgen sich aus and'rem Grund.
Das sind die lieben Anverwandten,
die kämen nicht, wär ich gesund.

Für sie besteht der Mensch im Alter

nur noch aus Krankheit und aus Geld.
Sie spielen gern den Sachverwalter,
gilt es zu scheiden aus der Welt.

Von früh bis spät gebärn sie Worte,
die jahrelang man hat vermißt,
'nem großen Stück der Erbschaftstorte
gilt diese widerliche List.

Ja, Ihr Heuchler hier im Kreise,
was glaubt Ihr wer hier vor Euch liegt?
Es stimmt der Körper, der ist greise,
der Tod doch nur den Stoff besiegt.

In meiner alten welken Hülle
glimmt auf was lange hat geruht,
zu beenden dieser Qualen Fülle,
und dies alleine macht mir Mut

Verscharrt nur heuchelnd meine Reste,
ich traure diesem Leib nicht nach.
Füllt Euch den Wanst beim Leichenfeste,
schlagt Euch ums Geld, mit Zank und Krach.

Weiß gekachelt sind die Wände
an der Decke Leuchtstofflicht.
Ich spüre diesmal and're Wände
als mir jemand auf den Hintern drischt.

Flug

Hoch in den Wolken zieh' ich Kreise,
als wäre ich den Adlern gleich.
Ich gleite auf die schönste Weise
durch dieses son'ge Himmelreich.

Dort unter mir im Schein der Sonne,
sind Dörfer, Wiesen, Wälder Seen.
Der Anblick erzeugt in mir Wonne,
so hab ich es noch nie geseh'n.

Ich ziehe langsam meine Schleifen,
flieg tiefer, weil da etwas ist.
Ich kann es noch nicht ganz begreifen,
was eigentlich geschehen ist.

Dort unten windet schlangengleich,
sich ein Sand und trennt das grün,
ne Straße kommt es mir sogleich,
versucht mich magisch anzuzieh'n.

Tief und tiefer flieg ich nun,
ich sehe Autos, Menschen auch.
Es ist wie unter Zwang mein Tun,
ich seh' Erregung, Feuer, Rauch.

Die Leute umeinander rennen,
ein Mensch beschäftigt mein Gemüt,
und während noch die Autos brennen,
ein Notarzt sich um ihn bemüht.

Ich kann die Flugbahn nicht mehr halten,
ein starker Sog zieht mich hinab.
Mir unbekannte Kräfte walten,
und mein Bewußtsein gleitet ab.

Schmerzen meinen Körper plagen,
jemand der meinen Kopf hochhebt,
hör ich aus weiter Ferne sagen:
Es ist geschafft, ein Glück, er lebt !

In ihrem Sinne

Zwei Betten in dem Großen Saal,
umringt von summenden Maschinen,
bergen zweier Menschen Qual,
enen sie als Lager dienen.

Was der Arzt Bewußtsein nennt,
ist entschwunden beiden Wesen,
und was die medizin nicht kennt,
gibt 's nicht und ist nie dagewesen!

Doch ist ss sichtbar allen beiden,
was hier geschieht um sie herum,
sie müssen für sich selber leiden,
für alle ander'n bleib'n sie stumm.

Der eine hat sich aufgegeben,
er wartet auf den sanften Tod,
der and're hängt wie wild am Leben,
doch niemand hört der Seelen Not.

Der, der bereit ist abzutreten,
hält man am Leben ihm zur Qual.
Er hört wie die Verwandten reden,
sterben darf er auf keinen Fall !

Sie meinen 's gut denkt er verbittert,
doch denken sie wohl mehr an sich,
denn wenn der Tod auch sehr erschüttert,
dient Trauer nur dem eignem Ich.

Der and're, der beseelt vom Leben,
zum Sterben lang nicht ist bereit,
hört wie die Verwandtschaft eben
traurig bekundet es sei Zeit.

Zu lange dau're schon sein Leiden,
der Tod wohl die Erlösung sei.
Schleim '- Heilig sie darum entscheiden,
er soll ihm gegönnt sein,-Heuchelei !

Als hätten Weisheit sie geborgt,
verlassen sie den großen Raum,
wo nur eins Körper noch versorgt,
den Fluch des and'ren spür'n sie kaum.

Atoll der Sinne

Ich schau das Atoll,
das Atoll schaut mich.
Ich fühle das Dahinter,
das Dahinter spürt mich.
Ich interpoliere das Davor,
das Davor kennt mich nicht.

Ich schau das Atoll,
schimmernd wie Las Vegas,
reizt es zum Setzen,
setzen bis zum Limit.
Ich setze auf Gold,
alles auf eine Karte.

Ich schau das Atoll,
es zieht mich hinein.
Hinein in die Seele,
die Schwester mir scheint.
Hinein in die Untiefe
der Seligkeit.

Ich schau das Atoll
In dessen Mitte,
ein tiefschwarzes Loch
Geborgenheit bietet.
Entkoppelt der Zeit,
gen Ewigkeit.

Ich schau das Atoll,
schimmernd und klar,
niemals kann mehr
etwas sein, wie es war.
Es ist das Fenster Deiner Seele,
durch das ich schau.,

Deine Iris ist das Atoll,
Millenniumfrau.
Dein Blick schaut jedem tief ins Herz,
unverbindlich ohne Schmerz.
Wer Deiner Augen Blick empfängt,
als Fisch an Deinem Haken hängt.

Alz die Koralle heimkam

Ja, ich sehe Dich,
Dein Gesicht sehe ich,
ich rieche Dich,
Deinen Duft rieche ich.

Ja, ich höre Dich,
Deine Stimme höre ich,
ich spüre Dich,
Deine Hand spüre ich.

Ja, ich kenne Dich,
irgendwie kenne ich Dich,
ich weiß, wer Du bist,
irgendwie weiß ich es.

Meine Mutter bist Du,
ja meine Mutter,
ich meine, Du bist sie,
aber ich weiß es nicht so ganz genau.

Meine Frau bist Du,
ja meine Frau,
ich meine, Du bist sie,
aber ich weiß es nicht so ganz genau.

Meine Tochter bist Du,
ja meine Tochter,
ich meine, Du bist sie,
aber ich weiß es nicht so ganz genau.

Meine Gedanken mineralisieren,
das Denken kristallisiert,
bin ganz nah bei Dir,
und unendlich entfernt.

Bei einer Koralle versteinert
was gestern gelebt,
nur noch fressen tut sie,
solange es geht.

Mein Schatz, ich möchte,
daß Du mich so siehst,
als Deine Koralle,
die Dich immer noch liebt.

Der Liebesbrief

Ich wollte Dir einen Liebesbrief schreiben,

meine Gefühle in Worte kleiden,

die wunderschönsten Metaphern auftreiben,

für das was da ist zwischen uns beiden.

Gedanken schwirren herum wie Hornissen,

die den Ausgang des Nestes nicht finden.

Was nützt alles Denken und alles Wissen

um meine Gefühle zu begründen?

Wenn ich Dich sehe und sei es auf Bildern,

wenn ich Dich rieche und Dich berühre,

wie kann ich diese Erfahrungen schildern,

wie beschreiben, was ich dabei spüre?

Ich kann es nicht nennen, gar nicht beschreiben,

nicht annähernd schildern meine Begehr.

So muß es halt bei meiner Sehnsucht bleiben,

mein Herz ist voll, doch dieses Blatt bleibt leer.

Schrödingers Katze

Die Katze kauert in ihrer Todeszelle. Niemand außerhalb kann sagen, ob sie noch lebt oder schon tot ist. Verrückte Wissenschaftler wollen sie vergiften, um ihre Theorien zu beweisen. Der Versuchsaufbau ist pervers, nimmt Auschwitz voraus. Atom trifft Giftgas mit den besten Empfehlungen der Hölle. Unter einem Hammer lauert ein Glasbehälter mit dem flüchtigen Tod.

Das Atom zerfällt, seine Trümmer durchschlagen das Zählrohr. Die Mordmaschine setzt sich in Bewegung. Die Katze im geschlossenen System weiß davon nichts Die Betrachter außerhalb onanieren Formeln und Gleichungen an Tafeln.

Der Mechanismus löst den Hammer aus.

Doch der Hammer fällt nicht.

Newton mag keine Quantenmechanik.

Das Floß der Gescheiterten

Sie treiben, an morschen Planken hängend
im unendlichen Ozean der Ignoranz.
Der gemeuchelte Zimmermann,
 weil Liebe ignoriert wird,
der Prinz, weil Gewalt eine beliebte Abkürzung ist,
der Prophet, weil schon seine Nachkommen
sich blutig über sein Erbe zerstritten.
Der, dessen Wort sie predigten,
schaut ohnmächtig zu,
hat seine Welt übergeben an Mammon,
kann kein Strafgericht mehr halten.
Das Floß kentert,
verschlungen von den Wellen des Egoismus.
Milliarden Seelen umsonst
geglaubt,
gelitten
und gestorben.

Die Börse schließt fester

Freispruch für Tantalus

Auf der Glücksinsel bot Tantalus,
 die Götter prüfend,
das Leben seiner Schutzbefohlenen feil.

Erzürnt ließ Zeus daraufhin die Erde beben, daß Neptun erwachte.

Mit Macht schlug er gegen des Tantalus Tand, daß dieser zerbarst.

Das nutzte Pluton, um aus dem Höllenfeuer zu entweichen.

Er wurde von Tantalus in Neptuns Reich gespült, dessen Geschöpfe zu vergiften.

Der Frevel bleibt diesmal ungesühnt.

Anmerkungen:
Glücksinsel heißt auf japanisch: Fukushima

Berater

Herr Engel, Lebensberater, meinte Urlaub zu haben und fuhr mit seinem Rad den Höhenwanderweg entlang.

Er kam zu der Brücke, welche die Anhöhen verband, zwischen denen die Bahntrasse verlief. Da sah er Herrn Raffke, Berater der Raiffeisenbank, auf dem Brückengeländer sitzen. Dessen Beine baumelten, in fünfzig Metern Höhe, über den Gleisen.

"Ist das nicht ein Wagnis, hier so zu sitzen?" fragte Herr Engel.

"Für ein Wagnis muß ich morgen sitzen!" erwiderte dieser.

Herr Engel zog eine Zigarettenpackung aus seiner Hosentasche.

Er steckte eine an und hielt sie dem Raffke hin.

"Nehmen Sie einen tiefen Zug;

am besten den nächsten!"

Wir machen was aus

Ich steh in Gedanken an dem gelben Pfahl,
warte auf den Bus, da spricht mich wer an.
Hallo altes Haus, wie geht es Dir denn?
Haben uns lang nicht geseh'n, was macht Frau und Kind?

Hallo, mein alter Freund, wie schön, daß wir uns seh'n!
Wir müssen unbedingt mal ein Bier trinken gehen!
Hallo, mein alter Freund, ja auch ich hab grad zu tun,
doch wir machen was aus!

Ich wende den Blick, es ist Wolf-Dieter,
die hohe Stirn, derselbe Bart,
mein Schulfreund von früher
und noch immer per Rad.

Hallo, mein alter Freund, wie schön, daß wir uns seh'n!
Wir müssen unbedingt mal ein Bier trinken gehen!
Hallo, mein alter Freund, ja auch ich hab grad zu tun,
doch wir machen was aus!

Wir drückten die Schulbank,
zusammen streßten wir Kameraden
und Eltern, doch noch mehr die Lehrer
und hatten auch sonst einen Riesenspaß.

Hallo, mein alter Freund, wie schön, daß wir uns seh'n!
Wir müssen unbedingt mal ein Bier trinken gehen!
Hallo, mein alter Freund, ja auch ich hab grad zu tun,
doch wir machen was aus.

Beruflich gingen wir andere Wege
der Freundschaft tat das keinen Abbruch,
wir gründeten zeitnah unsre Familien
und hatte die hübschesten Töchter der Welt.

Hallo, mein alter Freund, wie schön, daß wir uns seh'n!
Wir müssen unbedingt mal ein Bier trinken gehen!
Hallo, mein alter Freund, ja auch ich hab grad zu tun,
doch wir machen was aus.

Das Leben ist leider, keine Routine,
und manchmal läuft eine Freundschaft leer.
Erst sieht man sich nur selt'ner und irgendwann nie mehr.
Keiner will es wirklich, doch es geschieht.

Hallo, mein alter Freund, wie schön, daß wir uns seh'n
Wir müssen unbedingt mal ein Bier trinken gehen!
Hallo, mein alter Freund, ja auch ich hab grad zu tun,
doch wir machen was aus.

An den Marken unserer Wege fahre ich heute wieder vorbei,
das kleine Kaffee am S-Bahn-Bogen, Dein Schlachtensee, Dein Grunewald.
Unter den großen märkischen Kiefern, zwischen Findlingen eingerahmt,
klafft ein Loch ein mal zwei Meter, in das sich langsam Dein Sarg absenkt.

Ruh sanft mein alter Freund, wie schön, daß wir uns kannten
Wir können nun leider kein Bier mehr trinken gehen!
Ruh sanft mein alter Freund, ja auch ich hatte immer zu tun,
doch wir machen was aus…

Platanenallee

„Was das für Bälle sind ?

Das sind Früchte mein Junge.

Ja, auch ganz normale Straßenbäume tragen Früchte, nur tragen sie sie nicht für uns."

„Das ist ein Platane, Blätter wie ein?

Richtig Ahorn ! Und Früchte wie eine Eiskugel, die auf den Rasen fiel.

Ohne Früchte und Blätter erkennst Du sie am sich nackig machenden Stamm!"

Mein Enkel schaut mich fragend an, und ich halte diesen Ball in meiner Hand und reise zurück.

Zurück aufs Land, zu jener Platanenallee, die zu dem alten Gutshof führte.

Auf der Allee lagen in jedem Herbst so viele Früchte herum, daß wir Jungen sie links und rechts in den Straßengraben kickten.

Es war aber nicht Herbst, es war Frühjahr, und es sproß kein Maigrün, sondern es hagelte Eisen, es waren die Endzuckungen des tausendjährigen Reiches.

Mein Bruder Michael lag nicht weit entfernt als HJ-Helfer mit seiner Panzerfaust und seinen Kameraden der Realschule im Straßengraben, statt sonst auf meiner Cousine Silke.

In dieser Zeit war uns jungen Leuten so ziemlich alles egal, die Olympiade war vorüber, der Krieg verloren und wir wollten nur eins: leben !

Diese Bällchen rollten auf der Straße hin und her.

Unsere Schule schloß wegen „Feindbeschusses" , und ich hatte eigentlich keine Aktionen mehr erwartet. Doch wie der Fluch der bösen Tat, folgte ein Fliegerangriff, der mich in den Straßengraben hechten ließ. Es waren viele lange Minuten, in denen mein Kopf dort steckte, wo sonst die Platanenfrüchte keimten.

Motorengeräusche holten mich ins Jetzt zurück.

Es waren 3 Kräder der Feldgendarmerie.

Kaum, daß sie standen, sprangen die Führer aus ihren Beiwagen und stürmten in das Gutshaus am Ende der Platanenallee.

Dort war seit 2 Monaten ein Stab der Wehrmacht stationiert, der die Aufgabe hatte, die Rheinbrücken zu bewachen.

Nun, da der Krieg sein gefräßiges Haupt gen Boden neigen mußte, hatten die Wehrmachtsoffiziere, im Glauben auf das baldige Ende des Schlachtens, versucht die Zivilbevölkerung zu schonen.

Um so mehr überraschte mich das Feuer aus den Waffen und vor allem, daß Wehrmacht auf Wehrmacht schoß.

Am nächsten Tag war Ruhe in der Platanenalle.

Die Bäume standen treu und fest wie immer, nur daß einige Offiziere, die bis dato treu und fest zum Führer standen, ziemlich fest gehenkt an ihren Hälsen die Tragfähigkeit der Platanen testeten. Ich nahm die obskure Parade der Hingerichteten ab und wunderte mich ob manches Ritterkreuzes, das unter dem Strick von Heldenhaftigkeit schwätzte.

Das war also das Heldentum, für das uns unser HJ-Führer begeistern wollte. Getötete Helden machten Platz für noch zu tötende.

Mir wird übel. Nicht von den Kugeln in meiner Hand, sondern von der Erinnerung an diese Allee in ihrer schlimmsten Zeit.

Ich nehme meinen Enkel in meine Arme, und er versteht nicht, warum ich weine.

Wann wird man je versteh'n ?

Das verschwundene Zimmer

Ich hatte mich in dieses Haus verliebt. Hatte es doch alles was ich wollte, eine ruhige Lage, etwas außerhalb der kleinen Stadt und groß genug für meine Zwecke. Es waren zwölf Zimmer, eine Riesenküche und zwei Bäder, in jedem Stockwerk eins.

Es war ein altes Gutshaus und gehörte nach dem Tod des letzten Eigentümers einer zerstrittenen Erbengemeinschaft, die es jahrelang leerstehen ließ.

Der Makler bekam dann letztendlich von den Erben den Vermittlungsauftrag, aber kaum Unterlagen.

Die Bausubstanz war aber in Ordnung, das Dach sah noch sehr dicht aus, und der Preis war OK.

Wir wurden uns schnell handelseinig und saßen eine Woche später beim Notar.

Der Kaufpreis war schnell belegt und die Auflassungsvormerkung im Grundbuch. Mit den Schlüsseln vom Makler fuhr ich zum Haus, zu meinem Haus.

Ich hatte vor im ersten Stock einiges umzubauen und wollte schon mal maßnehmen. Dort waren sieben der insgesamt zwölf Zimmer, und einige wollte ich zusammenlegen.

Vier auf der Süd- und drei auf der Nordseite, südlich sollten aus den vieren zwei große Zimmer werden mit großem Wintergarten, und das Größte auf der Nordseite sollte ein Erlebnisschlafzimmer werden, mit Wasserbett und allem drum und dran.

Ich nahm also mein Ultraschallmeßgerät und meinen Skizzenblock und begann mit der Zeichnung.

Das erste Zimmer maß fünf mal fünf Meter, das zweite auch, also mußte das letzte dann wohl zehn mal fünf sein, und da es eine Ostseite hatte, war es ideal als Schlafzimmer. Im Gegensatz zu den anderen befanden sich dort zwei Fenster, es maß aber nur acht Meter. Na vielleicht waren in der Zwischenwand Kamine und Versorgungsleitungen, aber zwei Meter waren dafür sehr reichlich bemessen.

Ich ging vor das Haus und schaute mir die Nordfront an, alle vier Fenster symmetrisch über die Fassade verteilt.

Am nächsten Tag fuhr ich zum zuständigen Bauamt und sah die Bauakte ein. Ich staunte nicht schlecht, als ich auf dem Grundriß des Obergeschosses auf jeder Seite des Flurs VIER Zimmer sah.

Mit einer Kopie der Pläne fuhr ich zurück zum Haus.

An der Stelle, an der in der Bauzeichnung die Tür zum vierten Zimmer eingezeichnet war stand dieser schwere eichene Schrank.

Ich öffnete die schwere Mitteltür des Möbels, es war leer.

Aus dem Schuppen hinter dem Haus holte ich eine Eisenstange und einen Keil. Dann begann ich den schweren Eichenschrank von der Wand zu rücken.

Ich staunte nicht schlecht, als ich dahinter die vierte Tür auf dieser Seite des Flurs entdeckte.

Sie hatte keine Klinke. Mit einem Schraubenzieher im Vierkant, ließ ich sie aufschnappen, und sie schwang nach innen auf.

Im Lichtkegel meiner Taschenlampe erschienen total verstaubte Dielen.

Die Tür ging nicht ganz auf, und ich wollte mich hindurchzwängen, als mein Fuß gegen etwas stieß: Ein kleines Notizbuch mit geleimtem Rücken und erstaunlicherweise unvergilbten Seiten, die wohl in Abwesenheit des Sonnenlichtes dazu keine Chance gehabt hatten.

Neugierig schlug ich es auf. Die Seiten waren eng in Sütterlinschrift beschrieben. Da meine Jahrgänge diese noch lernen mußten, konnte ich sie lesen und begann sofort damit.

Es war ein Tagebuch. Das Tagebuch eines Mannes, der anscheinend in diesem Haus gelebt hatte. Er beschrieb seinen Aufenthalt sehr merkwürdig. Einerseits waren seine Worte voller Lob über seinen Gastgeber, andererseits wurde er wohl auch immer wieder von jenem in diesen fensterlosen Raum gesperrt.

Es waren nicht viele Tage dort vermerkt. Seine Aufzeichnungen gingen nur über wenige Tage und endeten mit dem Eintrag:

„Ein fürchterliches Geschreie und Gepolter im Flur, Schüsse, Stiefeltritte und dann Ruhe. Diese fürchterliche Ruhe. Sie wird mein werden!"

Verdutzt schloß ich das Buch und ging mit meiner Taschenlampe in der Hand wieder in das offensichtliche Verlies.

Ich drückte die Tür gegen den Widerstand, der ein völliges Öffnen verhinderte. Zwei-, dreimal trat ich dagegen, als ein morsches Knacken zu hören war.

Ich betrat den Raum nun vollends und leuchtete ihn aus. An der Wand war mit Bleistift ein Strichkalender gezeichnet, wie er mir aus alten Gefängnisszenen bekannt war. Als Jahreszahl stand 1944 darüber. Ich schaute hinter die Tür zu dem Lumpenbündel, welches die Tür blockiert hatte.

In den Lumpen steckten die Überreste eines Menschen und davor lag auf dem Boden, wohl im Todeskampf abgerissen, ein gelber Stern.

Ich weiß nicht, was soll es bedeuten

Er nahm den alten Koffer in beide Hände und blickte auf den schon etwas verblaßten Aufkleber, auf welchem diese Anfangszeile des Rheinliedes das Bild des Loreleyfelsens umrahmte.

Diesen Aufkleber und den Koffer hatte er als Junge oft gesehen. Immer wenn ihr Nachbar, der alte Juwelier, sich wieder auf die Reise nach Antwerpen machte, trug er ihm diesen Koffer bis zur Straßenbahnhaltestelle, und dafür bekam er im Gegenzug immer eine Postkarte mit wunderschönen Sondermarken geschickt. Nach seinen Geschäften an den Edelsteinbörsen Westeuropas genoß der alte Herr immer noch ein paar Tage am Rhein, den er so sehr liebte.

Er war Witwer und sein Sohn blieb im ersten Weltkrieg auf dem Feld der Ehre. Er wußte nicht einmal, wo die Armee des Kaisers ihn begraben hatte und wo er ihn betrauern konnte. So hatte er nun ihn wohl als Ersatzsohn auserkoren.

Er durfte ihn sogar in seiner Goldwerkstatt besuchen und zuschauen, wenn er einer Taschenuhr wieder das Gehen beibrachte. Dabei erfuhr er auch die eine oder andere, mal launige, meist aber lustige Geschichte von dessen vielen Reisen.

Nur einmal sah er in den Augen des alten Mannes einen verständnislosen Ausdruck. Das war als er mit seiner schmucken, neuen Uniform mit der Armbinde von der Aufnahmefeier kam. Er sagte aber kein Wort, sondern bemühte sich um Normalität, was ihm aber nicht gut gelang.

Er trug ihm danach nur noch einmal diesen Koffer zur Straßenbahnhaltestelle. Diesmal nahm der Goldschmied aber eine andere Linie, nicht die zum Anhalter Bahnhof sondern zum Bahnhof Grunewald. Beim Abschied stecke er ihm einen Siegelring mit den Initialen seines Sohnes an den Finger, der ihm damals viel zu groß war, heute aber tief ins Fleisch schnitt.

Auf eine der Postkarten mit Sondermarke wartete er vergebens.

Da tippte ihm jemand auf die Schulter und sagte mit starkem polnischem Akzent :

„Die Exponate bitte nicht berühren!"

Er stellte den Koffer vorsichtig zurück in das Regal, drehte sich um und verließ die Ausstellung und eilte durch das Lagertor zu seiner Reisegruppe.

Unter den Schwingen des Adlers

Ich empfand Adler immer als die wunderbarsten Geschöpfe. Die Könige der Lüfte mit breiten Schwingen im stolzen Flug majestätisch gleitend ihre Kreise ziehen.

Ich mag Adler nicht mehr, sie sind mir zuwider. Sie schweben nicht mehr über Land und Seen, sie stehen still, die ausgebreiteten Flügel erstarrt über einem Totenschädel.

Und dieser Totenschädel bleckt seine Zähne von jeder Mütze die hier Hoheit verkörpert.

Er bleckte als ich nach links, auf die gute Seite geschickt wurde, und er bleckte als ich im Anschluß gefragt wurde, ob ich ein Instrument spielen würde. Ich konnte es, und das schenkte mir das einzige, was hier Währung war, Zeit !

Ich durfte dann auch jeden Tag spielen, ein Privileg, keine körperliche Arbeit, nein, ich durfte mit drei anderen Frauen spielen, keine Sinfonien - Quartette, Streichquartette, und wir strichen um unser Leben.

Wenn wir musizierten saßen wir in einem Pavillon, zu viert und sehr ernst. Wir schauten uns gegenseitig in die Augen, bemüht nichts von dem mitzubekommen, was um uns herum geschah und wer an uns vorbeizog.

Wir sahen nicht hin, wir sahen weg, doch unsere Herzen sahen die zerlumpten Gestalten, die in Gruppen an uns vorbeigetrieben wurden, in diesen Todestempel, der nicht weit von uns sein gefräßiges Maul weit aufgesperrt hatte..

Dessen Tore wurden geschlossen und verriegelt und es begann die lauteste Stille, die man sich nur vorstellen kann.

Kurz darauf schien dieser Koloß ein Eigenleben zu führen, in seinem Inneren wurde es auf eine perverse Weise lebendig, es ächzte, stöhnte und rumorte bis diese Stille wieder Einzug hielt, noch lauter als davor.

Und wir spielten Quartette von Haydn, Beethoven und anderen deutschen Schöngeistern.

Was dort geschah wußte keiner von uns genau, aber es wurde geraunt und sofort verdrängt. Diejenigen von uns, die darüber hätten berichten können, weil sie eines Tages nicht mehr mit uns musizierten, waren dieselbe Einbahnstraße entlanggetrieben worden.

Auch heute spielen wir, wie immer. Ich halte mein Cello und bearbeite trotzig dessen Saiten, als neben mir der Adler zur Landung ansetzt.

Unter ihm prangt wie üblich der Totenkopf und darunter das Gesicht einer Frau, deren Augen ausdruckslos schauen.

Neben ihr steht eine junge Frau, die, wie kurz und knapp gesagt wurde, nun mein Cello spielen soll.

Ich stehe wie gebannt auf, überreiche dem jungen Opfer meinen Bogen, steige die Stufen vom Pavillon herunter und reihe mich ein, in den Zug der der Einbahnstraße folgt.

Der Chor

Ich sitze im Abteil erster Klasse des D-Zuges nach Warschau. Meine Mitreisenden sind müde, genau wie ich, es ist Sommer, und wir sind unterwegs nach Ost-Polen. Wir sind vom Internationalen Komitee des Roten Kreuzes und unser Auftrag ist die Inspektion einiger Kriegsgefangenenlager der Deutschen Wehrmacht.

Wir haben hochrangige und –dekorierte Begleitung vom Auswärtigen Amt und SS.

Das Dunkel der Nacht verwehrt uns den Blick auf das niedergeworfene Land und die gleichmäßigen Stöße der Räder des Zuges beginnen uns in einen leichten Schlaf zu wiegen, als ein Kreischen einen außerplanmäßigen Halt ankündigt.

Vereinzelt schälen sich Leuchten aus der Nacht, die einen Güterbahnhof mühsam erhellen. Wir kommen zum Stehen, und ich schaue aus dem Fenster.

Da öffnet sich unsere Abteiltür und der Schaffner teilt unserem Begleiter mit, daß wir hier außerplanmäßig halten müßten, da die Hauptstrecke blockiert sei.

Ich konnte das alles sehr gut verstehen, da meine Mutter aus Deutschland stammte, bevor sie meinen Vater in Stockholm geheiratet hatte. Kurz übersetzte ich den Sachverhalt für meine Kollegen vom IRK.

Der SS-Offizier verließ das Abteil, und kurz darauf sah ich ihn draußen einige Gleise überqueren. Da fiel mir der andere Zug auf, der einige Gleise weiter stand. Es war ein Güterzug, nur von den Bahnsteigleuchten etwas erhellt.

Im Halbdunkel sah ich nun auch, daß sich an diesem Zug Personen befanden, als würden sie dort Wache stehen. Diese Gruppe war offensichtlich das Ziel unseres Begleiters.

Ich stand auf, schob das Abteilfenster herunter und beobachtete diese nächtliche Szene.

Die Männer diskutierten und mein Blick wanderte den Güterzug entlang. Dessen Luken waren alle geschlossen. Er mußte mit wertvollen Dingen beladen sein, denn wozu diese Bewachung. Es war sicher ein Munitionstransport an die Ostfront.

An einem der Waggons fiel mir ein Schatten auf. Es sah so aus, als fehle dort eines der Bretter, die die Wand bildeten. Hinein konnte man natürlich nicht schauen, aber was jetzt passierte, ließ nur den Schluß zu, daß man von drinnen nach draußen sehen können mußte.

Mitten in die Stille erhob sich eine laute feste Männerstimme. Sie trug das Kaddisch vor, den jüdischen Totengesang. Meine Mutter hatte mir oft davon erzählt, wann und wie es in der Synagoge gesungen wurde.

In das offensichtliche Begleitkommando dieses Transportes kam Bewegung, und ich konnte sehen, wie unser SS-Offizier mit weitausladenden Gesten auf unseren Zug weisend, versuchte die Aufregung zu beruhigen.

Zieht, Gedanken, auf goldenen Flügel,

Zieht, Gedanken, ihr dürft nicht verweilen!

Lasst euch nieder auf sonnigen Hügeln,

Dort, wo Zions Türme blicken ins Tal!

Um die Ufer des Jordan zu grüßen,

Zu den teuren Gestaden zu eilen,

Zur verlorenen Heimat, der süßen,

Zieht Gedanken, lindert der Knechtschaft Qual!

Warum hängst du so stumm an der Weide,

Goldene Harfe der göttlichen Seher?

Spende Trost, süßen Trost uns im Leide
und erzähle von glorreicher Zeit.
Singe, Harfe, in Tönen der Klage
Von dem Schicksal geschlag'ner Hebräer.
Als Verkünd'rin des Ew'gen uns sage:
Bald wird Juda vom Joch des Tyrannen befreit.
Bald wird Juda vom Joch des Tyrannen befreit.
Bald wird Juda vom Joch des Tyrannen befreit.
Bald wird Juda vom Joch des Tyrannen befreit.
Bald wird Juda befreit.

Kaum war der Gesang verklungen, erhob sich aus einem anderen Teil des Zuges ein Gesang, der sich wie eine Stafette von Waggon zu Waggon fortpflanzte: Der Gefangenenchor aus Nabucco. Die Juden, wieder in Gefangenschaft, hilflos ausgeliefert, sangen uns ihre Not durch diese Nacht.

Es war unheimlich, und wir waren unfähig auch nur ein Wort hervorzubringen.

Unvermittelt setzte sich unser Zug wieder in Bewegung Richtung Osten, nahm uns mit, damit wir den Herrenmenschen vor der Weltöffentlichkeit bescheinigen, daß sie sich an die Genfer Konditionen hielten.

Daniel in der Löwengrube

Hans saß an seinem Lehrerpult, während seine Primaner eine Klassenarbeit über die Punischen Kriege schrieben. Über das Ringen Karthagos und dessen Versuch politische Rivalitäten mit Kriegen zu lösen, und dem Ergebnis, daß nach dem dritten Krieg nichts mehr von Karthago übrig war.

Es war nicht mehr lange bis zum Abitur, und seine Schüler mühten sich redlich, die ihnen gestellte Aufgabe zu lösen.

Hans schaute zu dem leeren Platz am Fenster auf dessen Tischplatte die Sonnenstrahlen tanzten. Das war der Platz von Daniel. Er war der beste seiner Klasse gewesen und hätte sein Abitur sicher mit Auszeichnung bestanden, wäre er nicht vor einem Jahr umgesiedelt worden. Erst als er von einem Tag auf den anderen nicht mehr kam, und der Schuldirektor Hans davon unterrichtete, daß Daniel mit seiner Familie ins besetzte Polen abgeschoben worden war, wurde allen klar, daß in Deutschland nicht alle Deutschen mehr Deutsche sein durften.

In zwei Wochen nun endete die Schulkarriere aller hier. Die Jungs waren schon alle gemustert und „kv", und auch er hatte seinen Einberufungsbescheid bekommen.

Soldaten brauchte das Land, Kämpfer, keine Schöngeister. Seine Jungs freuten sich darauf im Osten Indianer spielen zu dürfen, waren doch die deutschen Truppen an allen Fronten auf dem Vormarsch.

Hans' Begeisterung hielt sich in Grenzen. Er war schon im Ersten Weltkrieg beim großen Schlachten mit dabei und sein Vater in Belgien gefallen. Seine Familie hatte schon Blutzoll geleistet, aber das Großdeutsche Reich forderte neue Einsätze.

Einen Monat später, die Jungs waren durchs Abitur und eifrig bei der Grundausbildung, als er zur Wehrmacht einrückte.

Er kam wie viele seiner Lehrerkollegen zu einem Polizeibataillon, wahrscheinlich, weil diesen Männern vom Schreibtisch, andere Waffengattungen nicht zugetraut wurden.

Grundsätzlich fand er diese Entscheidung gut, war bei diesen Einsätzen doch wenig mit Feindberührungen zu rechnen.

Die Wehrmacht hatte gerade ihren Napoleongedächtnislauf gegen Moskau gestartet, und die Polzeiregimenter wurden in die eroberten Räume in Ostpolen verlegt.

Schon bald bemerkte Hans, daß die Freude über seine Verwendung vorschnell war. Es wurde zwar nicht gekämpft, aber sie hatten im Rücken der Wehrmacht die Drecksarbeit des Führers zu erledigen.

Die erste Erschießung von Partisanen war für ihn ein Schock, die zweite unangenehm und die dritte Routine.

Es war Frühherbst, als sie ein Ghetto auflösten, und unter dem Jubel der traditionell judenfeindlichen Einwohner, dessen Bewohner in den Wald getrieben wurden. Auf einer Lichtung war ein breiter Graben und 50 m davon entfernt stand ein Maschinengewehr. Gruppenweise und nackt mußten sich die Deliquenten an den Grubenrand stellen und das MG fraß seine Opfer.

Danach kam seine Aufgabe, er mußte an den Grubenrand treten und denjenigen, die sich noch rührten, den Fangschuß aus seiner Pistole geben.

Auch das war für ihn inzwischen blutige Routine geworden.

Die vorletzte Gruppe war gerade in die Grube gefallen, als er mit frisch geladenem Magazin an den Rand trat. Nichts rührte sich. Nur ein leises Stöhnen konnte er vernehmen. Er trat näher heran um dieses Geräusch einem Körper zuordnen zu können. Da sah er, wie sich noch etwas rührte. Ganz langsam drehte eines der Opfer, ein junger Mann, seinen Kopf und blickte nach oben.

Hans versteinerte, es war Daniel,

Daniel in der Leichengrube.

Das Bild von Walter

Martha saß auf dem Sofa, auf dem sie jeden Abend mit Heinrich, ihrem Mann, gesessen und gehäkelt hatte, während Heinrich in seine Zeitung vertieft, eine seiner Zigarren genoß.

Martha häkelte nicht, nicht mehr seit dieser Brief gekommen war, dieser Brief in diesem braunen Umschlag vom Amt. Heinrich war für das Vaterland gefallen, stand dort drin. Heinrich hatte für sie und Walter ehrlich und fleißig gearbeitet und folgte dann dem Führer in diesen wahnsinnigen Krieg, aus dem er nicht mehr zurückkommen sollte.

Sie hatte das Bild in der Hand, das Bild von Walter, ihrem Sohn, der nun keinen Vater mehr hatte und der mehr als andere Kinder einen brauchte. Die Geburt von Walter war für Mutter und Kind ein Kampf auf Leben und Tod, den beide knapp gewannen und dessen Spuren unauslöschlich waren.

Walter war anders als andere Kinder, bei ihm dauerte alles etwas länger. Er war ein lieber Junge, der gerne schmuste und es genoß, wenn er gestreichelt wurde. Nur standen die Zeichen der Zeit nicht auf Zärtlichkeiten. Die Härte von Kruppstahl war gefragt, die Zähigkeit von Leder und flink wie ein Windhund war Walter schon gar nicht.

Nach einem zum Scheitern verurteilten Versuch, die Volksschule zu besuchen, landete Walter auf einer Hilfsschule. Weder von der einen, wie auch von der anderen, bekam Walter viel mit, aber auf ihm lastete das Auge eines auf Rassehygiene bedachten Staates voller Volksgenossen.

Martha bekam dessen Fürsorge zu spüren und war dankbar für die Hilfe, wollte sie doch für Walter nur das Beste, was für einen Jungen in seinem Alter möglich war.

Sie freute sich, als der Mann vom Amt kam und ihr eröffnete, daß es eine Kur für Walter gäbe, die ihn stärken und seine Sinne befördern sollte.

Walter weinte zwar, als er ihr aus dem Fenster des Busses zuwinkte, der ihn und all die anderen Kinder zur Erholung bringen sollte.

Das war jetzt zwei Wochen her. Sie blickte auf das Bild, auf dem Walter lächelte, und sie meinte, diesen Duft zu spüren, den nur Mütter bei ihren Kindern wahrnehmen.

Keine Sentimentalitäten, keine Tränen. Sie hatte mit ihrem Sohn zusammen bei der Geburt um das Leben gekämpft, und sie hatten gewonnen. Nein, sie wollte stark sein, stark für beide.

Walter war ihre Zukunft, auch wenn diese nicht auf Rosen gebettet schien, und wenn er wieder bei ihr wäre, dann würde auch sicher alles wieder gut werden.

Diese Hoffnung würde sie sich von niemandem zerstören lassen, und deshalb würde sie auch niemals diesen braunen Briefumschlag öffnen, der am Morgen gekommen war.

Wenn sich die späten Nebel dreh'n

Ganz dicht stand er neben der alten Gaslaterne.

Er schaute nach oben. Warmes Licht strömte aus den Glühstrümpfen und projizierte wie eine Laterna magica die Bilder der Erinnerung in sein Gehirn. Er sah, wie er mit den anderen Jungen hinter dem Laternenanzünder herlief, der damals pünktlich dafür sorgte, daß die Straße ordentlich beleuchtet war.

Dabei sangen sie den Gassenhauer „Lampenputzer ist mein Vater".

Geputzt wurde die Laterne auch, diente sie doch den Hunden der Umgebung als Schwarzes Brett.

Bis fast nach oben war er geklettert, um ja seinen Vater als erster sehen zu können, wie er, als geschlagener Soldat, aus dem Ersten Weltkrieg zurückkam.

Oft war sie im Spiel auch der Marterpfahl an dem der arme Winnetou mit Taubenfeder im Haar auf Old Shatterhand wartete, um befreit zu werden.

Dann sah er Lili und wie sie ihm den ersten Kuß gab und Marleen, wie sie sich vor 2 Jahren hier von ihm verabschiedete.

Hier im Arbeiterbezirk hingen am 1.Mai an den Laternen traditionell die Roten Fahnen, und wenig später bekamen sie ein Schwarzes Kreuz als Zugabe.

Statt Straßenkämpfen zogen nun des öfteren Landser im Gleichschritt vorbei, und auch er ging bald mit gemischten Gefühlen durch das große Tor.

Heraus kam er wieder in Uniform, und auf der prangte ein Adler mit weitausgebreiteten Schwingen.

Diese trugen ihn weit, sehr weit weg, und er erlebte wie aus den Schlachten das Schlachten wurde.

Irgendwann konnte er das nicht mehr aushalten. Als er wieder einmal zu Hause seine Mutter besuchte und erfuhr, daß sein Vater gefallen war, riß er sich den Adler von der Brust.

Er lief auf die Straße und rief immer, daß der Wahnsinn endlich aufhören muß.

Der Glühstrumpf erlosch und überließ nun der Morgendämmerung die Beleuchtung der Szene.

Er wandte seinen Blick ab und sah wie einer der Kettenhunde ihm ein Pappschild um den Hals hing, gefolgt von einer Schlinge, die der andere über die Anstellhaken der Laterne geworfen hatte.

Nun trat der Feldgendarm gegen den Schemel, auf dem er stand, und das letzte was er hörte war das Lachen der beiden.

Nach dem Krieg wurden die Ordnungstruppen der Wehrmacht vom Nürnberger Militärtribunal vom Vorwurf, eine verbrecherische Organisation gewesen zu sein, im Wesentlichen ausgenommen.

Die Feldgendarmerie wurde nach dem Krieg von den (West-)Alliierten als Ergänzung ihrer eigenen Militärpolizei herangezogen und blieb unter Waffen.

Die Buche

Zu Füßen jener alten Buche,
die manches Leid sah dieser Welt,
gleich einem großen Leichentuche,
wogt kräftig gelb ein Weizenfeld.

War sie doch erst ein junger Stamm,
als der Franzosen Größenwahn
ich festfraß in des Winters Schlamm,
und tausenden das Leben nahm.

Sie freute sich an and'ren Tagen,
wenn ihr zu Füßen halb im Schatten,
verliebt sich in den Armen lagen,
die noch so vieles vor sich hatten.

Die Träume mancher jungen Leute
erfüllten sich jedoch fast nie.
Der Traum spielt morgen, das Schicksal heute
und das kennt keine Harmonie.

Und sah der Baum bisher Kosaken,
lagert heute hier das rote Heer,
im Kampf mit weißen Kakerlaken
fällt manch Revolutionär.

Nach des Bürgerkrieges Schrecken
fall'n der blinden Säub'rungswut,
zum Opfer viele rote Recken,
unnütz vergossen wird ihr Blut.

Und wieder dröhnen die Geschütze.
Ein Heer von Narren rückt heran,
mit Totenköpfen an den Mütze,
verblendet voller Rassenwahn.

Den Lebensraum im Osten suchend,
bringen sie Terror, Tränen, Blut,
im Winter Jedoch, leise Fluchend,
verreckt so mancher von der Brut.

Und jenem den der Wahn verdroß
und verweigerte den Blutbefehl.
Ein Ast als Henker dienen muß,
das tötete des Baumes Seel'.

Heut steht der Baum als tote Hülle
auf dem Hügel über'm Weizenfeld.
Hier floß das Blut in großer Fülle,
doch fließt es ständig auf dieser Welt!

Mutter

Ich halte ihre Hand mit beiden Händen,
die Runzeln dort vertraut aus Kindertagen,
das Lebenssaldo, aller Müh und Plagen.
Die Haut ist blaß, paßt farblich zu den Wänden.

Gedanken fliegen, sich ins Gestern wenden.
Von dieser Hand geführt, konnt' ich es wagen,
den ersten Schritt ganz ohne zu verzagen;
nun halt ich sie, weil ihre Wege enden.

Dich halten möcht' ich. Deine Schmerzen lindern,
dem Schicksal trotzen und auf Hökerweise,
was Dir bestimmt, durch Handel zu verhindern.

Ein müder Blick, die Worte kommen leise:
„Ich gehe, doch wir leben in den Kindern."
Die Hand erschlafft, ich wünsche gute Reise.

Nachruf

"Deutschland, Deutschland über alles,
über alles wächst mal Gras.
Ist das Gras ein Stück gewachsen,
frißt's ein Schaf und sagt: das war's."

Zur Erinnerung an den großen Menschen und Karnevalisten

Jürgen Dietz

* 15. August 1941

† 7. Februar 2015

Auch ihr nächstes Buch wartet schon beim

Autorenverlag Berlin

Damit Lesen Spaß macht !